# 美しく生きる

## 幸せの絆　74歳の奇跡

塩田智子

新潮社
図書編集室

自分と仲良くすること、それが究極の繋がるという事だと思います。自分を大切にし、愛してあげれば楽しい。自分と繋がる、もう一つ奥にあった自分に気付くということは、もう寂しくないし揺れることもない、失う事のない幸せなのだと思う。

恋もした、女優もしてみた、起業もした、可愛い孫もいる、なおも彷徨う、魂が行きつく先これは、生きる意味を考え続けた人生の軌跡、そして幸せの本です。

# まえがき

本を書きたいと思ったことは有りますか？　これはなかなか大変です。

書き始めて思い知ることになったのですが、もう全人格が問われるような恐ろしさです。

しかも文才という代物、少しは有るかも知れないと幻想を抱いていました。こうして書く以上は誰かに読んで貰わなければいけません。こんなものを読めというのか！　そんな声が聞こえそうです。

そして、物の見方、感性。その深さ、切り口。やはり、素人とプロの違いは、もの凄い違いがある訳で、どうして私ごときが踏み込んでいい場所だと思ったのか、後悔は先には立ちません。

それでもどうしても伝えたい。長々と続く物語の中に、見つけて下さいと、お願いするしかありません。それはとても大切なことで、もしかしたら心に深くそのことが届くかもしれないのです。

書くことは怖い。それでも、書くことにしました。伝えたいことをそのままに出来ないから、思い切って。


「本を書いたら？」と色々な人から言われました。何を書けと？　期待されているのは何？

若い時タレントをしていて、40代で化粧品会社を興し、離婚し、60代で再婚しました。そういうことを書けばいいの？　と、時間があるようになると時々書いていました。期限はないので、もう5年か、もっとになるかもしれません。読んで頂けるものが書けるのかどうか中途半端な気持ちで。

日本中がコロナで動けなくなった春、一つの出会いがありました。ずっと昔に、ちょっとだけ関わりのあったKさんに、LINEで他の知り合いや友人と同様、あれこれ回ってくる面白動画などを送っていた時、頻繁に返信されるようになり彼の話に引き込まれ返事を書いたり感想を伝えたりしていました。

Kさんは夫と同じ声楽家で、今もなお歌の道を極めようと、理想とする世界的歌手の声に少しでも近づくため日々工夫をし、コロナの間も技術の研鑽に時間を費やしています。それこそ寸暇を惜しむような真剣さを感じて、この人は本物だと思いました。そして気持ちが引き締まるのを感じた。私もそろそろちゃんとしなければ。

Kさんは自分の出演したステージのことを色々書いてくれていたが、目標に向かって自分を追い詰めるように頑張っていて今も忙しく時間がなさそうだった。そういう中、貴重な話を私に送るのは心の整理か息抜きになるのかもしれない。私は心を込めて返事を書いた。書くことで、当時は考えた事もなかったものが見えて長年の課題に取り組めるかもしれないと思えた。

親しくしているNさんに「本を書くという話を覚えていますか」と文章を送ってみた。Nさんは「既に、ドラマチックです」と返事をくれた。Nさんは言葉にしないでも心の友だ。ほとんど私たちは通じ合い感性が似ていると思っている。Nさんは優秀な編集者だ。

子供の時、母からクリスマスのプレゼントで貰ったアンデルセンの人魚姫やトルストイの短編を読んで、そのままそこに住んで、所謂世の中を見ていなかった。本の中の主人公のように、本当の愛を見つけ善良で聡明な女性になる、それが人生の目標になった。

今どきの通信販売の会社を興したのは「本気でしたいことがあったら、それは実現できる」と小説の中のように思っていたからで、何も持っていない私が一つ一つ積み上げるようにして会社を作ったのは、大変だったけれどロビンソン・クルーソーの世界だった。私の中では夢の中の世界で生きることも、事業をするのも矛盾は無かった。

知り合いに、頑張って仕事を成功させた人がいます。その人は、私が仕事のためにマンションを購入した事に衝撃を受け、女性でも買えるんだと目標にして頑張ったおかげで今日がありますと話して下さった。彼女の、夢を無心で追いかける人胆さと賢さには驚かされる。性格や出会いや運命のようなたくさんのものが味方したことだろう。

この話はそれだけに留まらない。実際にマンションを購入した彼女に影響された多くの方が夢を持ち仕事に向き合われたという。私が30年前に突如マンションを買い仕事の拠点としたことが、私の知らないところで多くの夢を生んでいた。一つの事が、受け取る人によって運命を変えるほどの影響を与えることがあるのだ。

Kさんも自分が高みを目指して頑張っていることを色々な機会に人に伝えられたと思う。それを心に刻んで精進された方もおられるだろう。私は生きることの真剣さを教えられた。

仕事を始めた時から、いつか拠点としてのビルを建てる、そう決めていた。それは目標ではなく一つの通過点として考えていたことだけれど、当時の何も持っていない私が、そういう夢を持っていたことは誰も気付かなかったと思う。彼女にしても私にしても、目標や夢を持って努力し実現した。そうやって頑張って仕事をしたにも拘わらず心には、虚無が時として顔を出す。心を埋めることを探さねばなりませんでした。

濃くて濃くて、濃い。共感の感動でいっぱいです、と言うNさんの言葉に後押しされ、勇気をもって書き進めようと思います。

作曲家は一音一音に、作詞家は一語一語に、命を懸けるとKさんが教えてくれました。私も言葉に命を込められるだけ込めよう、その時その時の気持ちを思い出し言葉を探しています。こんなことを書いて良いのか何になるのか、めげそうになりながら、それまで書き散らしたものを集めて整えましたから文体は都合次第で変幻自在に変わり、事象をまとめると時系列通りにもならないし、量は膨大になった。会社の一線から退いて好き勝手をしていた私が何より優先していたのは録画したドラマ鑑賞だったが、書くことに変わった。すると命が気になるようになった。完成するまで生きていられるかしら。それまでは、まだずーっと先があって、明日も同じ日が続くとどこかで思っていた。そんなはずは無いのだ。時間は無限ではない。命のあるうちに想いを形にしなければ。もしかして書き終わる前に何か起こって出来なくなるかも知れない、突然命が絶たれるかもしれない、何とかその前に完成させたいと焦るようになった。

# まえがき

74歳は次の夏が来ると後期高齢者です。この年齢の人が恋をする？　体力は落ちるばかり？　体の事も超個人情報ですが思い当たる人のために書いています。

伝えたいのは、心の、ずっと中の事。そして70代は若いという事、若くいられるという事。一人でも、一人じゃなくても楽しいという事。

大したことをしている訳ではないし勇気が要ります。だけどどうせ一度の人生、飛ぼう！　壊れかけのパソコンと一緒に。

一日を大切に生きられるかもしれない。何かしたい事があるのは良い。

これは「心と体の健康書」です。

この本で、心をほどく言葉に出会って貰いたい。

オムニバスのような４つのお話。

２０２０年　夏

# 目次

装画　相田　洋
装幀　新潮社装幀室

# 美しく生きる

幸せの絆　74歳の奇跡

# 1章

# 恋

4月29日
こんにちは。筋肉痛はおさまりました？
時間はいっぱいあるのに、出かけられませんから体を鍛えるには良い機会ですね。
ゴールデンウィーク明けでも通常には戻りそうもありませんね。またまた送ってきました。こちらはいかがですか？

5月2日
あちこちから回ってきます。こんな時期だからみんなで、少しでも楽しんでいるんですね。
でも先生にはもしかしたらご迷惑？
これで最後にいたしますね。お気をつけて。

5月3日
こんばんは。そんなに大変だったんですね。やると決めたら突き進むタイプですね。

お大事に。もしかしてコロナに罹られたのか、それとも赤ちゃんのお尻に慣れなくて驚かれたのかと思っていました。
先生は、お孫さんはいらっしゃいませんか？
玄関も素敵にしていらっしゃいますね。
庭に先週扉が付きました。子供が走って外に飛び出さないようにです。此の辺で自由に出入りできるような庭は他にはありませんでした。

5月4日
今朝のがんばっているバラ達。
最後のさくらんぼ。
玄関のほかりっぱなしで元気なアンスリウム。
昨年末４人家族になった息子達。

5月5日
体の小さな部分でも痛むと、とても嫌なものです。

広い部分が痛んでいるようですから、お辛いでしょうね。もしかしたら長引くかもしれません。

昨日の午前中つぼみだった花は、夕方にはこんなに開いて、今日はもう、ちょっと哀れな様子です。急に暑くなりましたから花たちも大変かも。

昨日ちょっと庭師さんに来てもらいましたが、庭でのティータイムは気持ちが良かったようでゆっくりしておられました。☕

空には昼の月が。蚊のいない今だけの贅沢な時間です。💕

外から帰った孫が蟻を見ています。こんな可愛らしい花も見つけました。💗

通販で購入した洋服が届きました。試着をしていないので合わないことも多いのですが、このコートは可愛くて気に入りました。🎶

私の人生は、修羅とも言えるような険しさだった気がします。それでもどこかのんびりしているので、過ぎてしまえばそれで良かったと思えます。

平和で気持ちの良い日々は、安定してあるわけではありませんね。この家は6年前に建てましたが、風と光と緑がテーマです。

この家で過ごせる一時の、気持ちの良い時間を大切にしたいと思っています。✿

先生の気持ちは、好奇心とチャレンジ精神にあふれ、いつも前に向かっているのでしょう。👍🍀💖

5月6日

おしゃれなお庭ですね。💕🍀

今日は久しぶりにホームセンターとスーパーへ行ってきました。外出は一週間ぶりなので、結構新鮮でした。運転が好きなので、なんだか少しウキウキしましたよ。🚗

街なかは驚いたことに、普段の様子とあまり変わりませんね。ホームセンターはものすごくたくさんの車が入っていました。

中に入ると、お客さんは距離を保つようにずいぶん気をつけている感じがしました。

先生の世界でも、私以上の修羅場を潜られたと思います。とにかくまだまだお元気で現役として頑張られている姿に感動しています。🎶💖
早く体調が戻られるようお祈りします。👍💕

5月8日
不思議な光景の中でのリサイタルだったんですね。

渾身の、魂のこもった歌だったことでしょう。

今も大勢のファンの方に、見守られて先生はお幸せだと思います。🎶💕💖ツルバラがだいぶ咲きました。🌹かわいい花はハクチョウゲです。

早く快癒に向かい、少しでものんびりした気分でお過ごしになれるといいですね。🍀

5月9日
だいぶひどそうですね。😢
私も腕を折ったとき、そのじんわりとした痛みに泣きそうで、眠れないことがありました。よく言われるように、もう時間薬でしょうか。
ブルーベリーは可愛らしい花ですね、うちは、チビが手の届くところをとってしまいましたから、実がなるのは数粒かも。😔

5月10日
本当にいろいろな花がありますね。🎶🌸💕
2年前のクリスマス、上の孫のお宮参りに行く日に息子たちを待っている間に窓拭きをしていて、椅子から落ちました。慣れないパンツを穿いていて降りる時に足に絡んだようです。
そのままみんなで熱田さんまでお参りに行って、帰りに救急診療の病院で降ろしてもらいましたが、診察を待っている間にもう動けなくなっていて😱腕が折れていました。お正月も一人であれこれしていたので大変だった記憶です。元日の朝、なんとも悲しくなって大声で泣き出しました。息子がたまたま降りてきて、どうしたんだ、というので、腕が痛いっ！　と。それ以来、あちこち鍛えて転ぶのはやめました。👍💪✌

今日は母の日でお嫁さんからカーネーションをもらいました。庭のバラと一緒に飾っています。🌹私は骨を折ったとき、もしかしたら折れてるかなぁと思いましたが、あまり痛みは感じなかったので、息子たちもそんなに心配はしていませんでした。😊

音楽のことは分かりませんが語学一つも大変だと思いますので、それを覚えて歌うというのけもう理解を超える世界です。今回の休憩が、より良い形で現れると素晴らしいですね。それにしても、芸術の道は高く厳しく険しいですね。👍

5月11日

すごいお話ですね。💓人間の出会いは、まさに運命なのでしょう。一つの道を極めるのは誰にでもできるものではなく、極めた人にしか分かり得ない苦しみも喜びもあるのだと思います。その喜びは至上のものでこの世に生まれた者にとって、それ以上はないのだと思います。💓💖💕人間の歴史の中をそれぞれの天才たちが歩んだ道だろうと思います。黙々とそこを目指し、修行僧のように進んでこられたのでしょうか？

のんびり過ごしている私は、目の前の緑や花々を愛で、これも人生と思い日々過ごしています。💖🎶まるで小さな林の中に住んでいるように見えるでしょ。仕事一筋だった日々は、はるかに思えます。

## 5月13日

間近で聞いたその声に、身が震えるほどの感動をし、生涯忘れない。本当にすばらしいご経験だったのですね。そしてとても幸せな経験ですね。そのことで一生、進むべき道が見えて生きていく、凄いことだと思います。❤そこで生かされていると言えるのでしょうか。

一生懸命一つのことを考え求め進んでいると、人知を超えた、後から考えると奇跡だとしか思えない出来事が起こることがあると思います。

でも、それはたまたまそうなったわけではなく、起こるべくして起こったことのような気がします。

単に幸運とは言えないような、様々なことがあった結果だと思います。💕

考えていて先生を思い浮かべたら、剣の道を極めようとしている武士のように思えました。

仕事の現場を離れて10年以上になりますが、初めはそれでも忙しくしていて、結構しなければいけないことがたくさんありました。

この5年近くは、もういなくても大丈夫だと分かり、と言うより無性に何もしないで無為に時間を過ごしたくなって、家を建ててしばらくした頃、勝手に閉じこもりました。

そしてひたすら旅行に出かけ、家に居れば毎日何本かの映画と何本ものドラマを見る、生産的な動きからはすっかり離れてしまいました。😊

庭の植栽達と付き合っていると、会社へ行くのが億劫で、それ以前には考えられない事でした。

しばらくしてから「虹の会」なるものを勝手に立ち上げて、ヨガやフラダンスや瞑想の会を行っていました。チャリティーコンサートも虹の会の主催になっています。

瞑想は私がこれまでに経験したいろいろなことを生かしてストレッチやヨガ風の事、瞑想などを行う会です。会といっても本当に少人数ですが責任上、体のことをいろいろ考えているうちに、最近、驚くようなことを発見するようになりました。

いろいろな国を旅されたのでしょうね。レッスン室に入るのが楽しそうです。

去年、ベルギーで買った家、後ろに見えるのは、台湾で見つけたあまりにきれいで、どうしても持って帰りたくなった花瓶です。

5月14日
自慢をするわけではありませんが、相当なずぼらで、あらゆることを何となくこういう感じ、でやってきましたので、研究などと言われると少し困ります。
それにしてもいつの間にか話し込んでしまったようです。あまり誰とも話していない、興味を持たれないような内容だったと思います。先生のお話にすっかり引き込まれてしまったようです。お忙しいのに申し訳ありません。
今日も録画の鑑賞三昧と、ピアノの下に潜ってチビと遊ぶ、一日が終わりました。♪♪

5月15日
雰囲気のある素敵な絵です。

私もローマには3回行きましたが住んでいらした先生と違い、いずれも2泊くらいずつでしたが、イタリアはどこへ行っても素敵です。去年はギリシャへ行く途中でアルベロベッロへも行きました。絵が好きで、以前は旅行に行くたびに買っていましたが、置くところが無くなっています。好きなものに囲まれて、気持ちよく生きられたらいいですね。お体の調子が良くなってきたようで、何よりです。

若い時より、体を動かすと、あれ、ここはこうなってるの？　という感じで、いろいろな筋肉の動きがわかるような気がします。

20年くらい前、ものすごく忙しくしていた頃、人気絶頂のヨーヨー・マがコンサートホールに来たことがありました。電話でやっとチケットを取って、大切にしまっていました。半年位先のチケットでしたので、もうそろそろだと思いながら忙しくて確認をする暇がありませんでした。ある日、夜中の12時頃になって、やっと取り出してみたら、公演はその日だったのです。
良い席を2枚とっていましたので、本当にショックで今も忘れられません。そのチケットは捨てることができませんでした。😂😂
あの頃を思うと、別の世界で生きているような気がします。❤❤
私もメモをする習慣をつければよかったです。アイデアや広告で使うコピーを思いついた時に、こんなことを忘れるはずがないと思いながら、消えてしまいました。メモ用紙を枕元に置いて眠っていた時もありましたけど。
2日前にゴーヤの苗を植えたのですが、もうちゃんとツルを伸ばして上に伸びる準備をしています。植物に目があるかのようです。

5月16日

なんと洗練された素敵なお庭ですね。ブールブリッコの、会社の1階のレストランのことですが、今もスタッフがいれば美味しいお料理をご馳走できましたのに残念です。

昨日近くのスーパーへ出かけましたが、お客さんはみんなマスクをして、これまでと変わりなくお互いに近づかないように用心されていました。名古屋は大都市の中では最も感染率が低かったようですね。きっと用心深い方が多いのだと思います。

今日はちょっと楽しい気分で過ごしています。♫

5月17日

名古屋の恩人ですよね。とても魅力的な方だったと思います。先生の心酔も納得です。🍀
今日は、観葉植物にいつの間にか花らしきものが咲いているのを見つけました。姪の結婚式で披露宴が終わって、並んで受け取った小さな鉢でしたが、5年位経ってこんなに大きくなっています。たまに水をあげるだけでほったらかしだったのに、ちゃんと頑張ってくれていました。

5月18日
どこの世界も自分を通そうとする人がいて、人変だろうと思います。本番がうまくいくのは、まるで奇跡のようですね。本当に数々の修羅場があったんですね。😨
我が家の玄関の絵。大きいので夏も冬も同じです。😁ロサンゼルスで買ったリトグラフです。🎶

5月19日
オペラは芝居心が必要ですね。🎶
私はもともと演劇がしたくて、若い時に劇団にいました。オペラを見るようになったら、その華やかさは、私たちの芝居とは別格でした。先生は真ん中でいつも輝いてこられたんですね。
去年、中国の武陵源に行った時、自然を背景に取り込んでステージにしていて、壮大なスケールで600人くらい出演する、有名な演出家による狐の話のオペラを見ました。とても美しく楽しかったです。💓💓♪
我が家の玄関はゴージャスとは程遠い、実に軽い雰囲気です。身近に置くものは明るい気軽なものが好きで、家は木造りです。
木の家って100年もつと聞きましたよ。お隣の家も、もう60年だそうです。
今日は会社の健康診断がありましたので、久しぶりに出社しました。スーパーに寄って、またまた山のように食材を買ってしまいました。🌶🍆🧅🥔またせっせと食べて、デブ街道驀進中です。

5月20日
スペイン風邪の事はコロナが始まってから時々出ますが、そんなに酷かったんですね。大変なことでした。
一日見ないと、もう庭の様子がずいぶん違います。柏葉紫陽花や、下野、プリペット、ホタルブクロなどが咲いていています。ジューンベリーの実がずいぶん赤くなってきましたので、もう少ししたら食べられます。

5月21日

我が家のワンちゃんは今留学中ですので、散歩が無くなり外にさえ出ないで何か月か。

毎月21日に日泰寺の参道にたくさんの露天が出るのですが、先月は中止だったようです。いつも終わってから、あ、今日だったと気づいたりしています。

5月22日

先生も絵がお好きですね。古い時代の事を思いやるのは夢があって素敵です。先生のステージは痛いことがたくさんあったんですね。

申し訳ないのですが笑ってしまいそうです。

それにしても、足が変になってしまいそうで大変だったと思いますが、ブラボーがたくさん、幸せですね。

ジューンベリーを今日一つ二つ食べてみましたが、さくらんぼより甘くておいしいです。

今から散歩に行ってきます。

先生が家族愛に溢れた情の深い方だと、だんだん分かってきました。親は本当にありがたいものです。恩返しなど到底できません。

私たちもあの年代ですから、若いときには一応、お茶やお花を習いましたが、お茶は何とか今でもいただく位はできますが、お花はやはりセンスが必要ですよね。それでも時々庭の花を切って、好きなように飾っています。さっきツバメの巣を見つけました。

ハナミズキ、いいですね。これからとても綺麗ですよね。

ドイツの少年かっこいいです。ナイトのように生きると、お手本を示してくれたんですね。

素敵です。人生にはそういう出会いがいくつかあるような気がします。困った時や苦しい時に、ピンと心が立つような。勇気を取り戻せるような。

5月23日

今もこの時の面影がありますね。幸せいっぱいの、素敵な思い出写真です。

ウィーンは私も2回訪れました。親しみやすく、素敵な町でした。美術館で5、6時間過ごしましたが、それでも時間が足りないヨーロッパの文化の厚みに圧倒されました。そんなところで何年も過ごされたのは素敵な人生。

5月24日

神や仏の最も近くで行う職業は、舞や音楽に携わる人たちと聞いたことがあります。

平等院の鳳凰堂などを見ても、仏様の周りを、楽器を持った人たちが天を舞い踊っています。

音楽には、そういう神に近い力があるとか。♪♪

今日は子供が幼稚園の時からの付き合いの友人達がジューンベリーを食べにやって来ました。ひとしきり摘んで、庭でコーヒータイムをして、それから新玉ねぎの特製のお好み焼きを食べ、久しぶりにタクサンおしゃべりをして帰っていきました。お手製のマスクをお土産にもらいましたよ。

先生の活動もそろそろ始まるのでは？

コロナも悪いことばかりではありません。なんだかちょっと不自由な、休暇が終わったかのようです。私も普段だったらできなかったことができたような気がします。

裏庭に素敵な森があるようですね、緑は本当に心を癒します。

今日、アナウンサーの安住さんがハクモクレンに魅せられていて、ずっと見ていても全く飽きないという話を見つけました。私も好きなので気持ちがよくわかります。我が家も今年はたくさん咲いてくれました。何とも言えない清潔感と、落ち着いた華やかさのある素敵な花です。

来週からはお忙しくなりますね。急に、現実世界に戻っていくような感じがあるかもしれませんね。

5月25日
今頃の夕暮れは、戸外にいるととても気持ちが良いですね。まだあまり蚊もいませんし。そこで夜お酒を楽しむなんて、なんと素敵な。

かっこいいです。若い時の思い出、記念ですね。私もタレントをしていた時、絵のモデルもしたことがあります。先生の絵を見て、探してきました。全部描くそばから売れてしまったようで、写真ですが。これはその方が個展をされたときのプログラムの表紙になった絵です。もう50年近く前です。

なんだか先生とやりとりをしていると、若いときの話が出てきたり思わぬ話の展開があります。自分でもすっかり忘れていて懐かしいです。今からは想像できないほど、ほっそり、としていました。あ、それから明日は、平常心で受け止めてくださいね!!

先生は雰囲気のある美しいものに囲まれて生活をされているんですね。
道理と原則を踏まえていれば、いずれ意見が通ると思いますが、韓流ドラマなどを見ていると、とんでもない話のすり替えや、まことしやかな言葉遣いをする人たちがたくさんいますから、組織も大変だと思います。

5月27日
お疲れ様でした。やらなければいけないことがあれば、粘り強く頑張ってください。
年を経てさらに歌の深みや声に納得、励まされるなんて！

え〜、「心の友」⁉

アン・シャーリーが、生涯の親友となるダイアナに言った言葉です!!（腹心の友、かも知れない）いろいろな友人がいましたけれど、女性からも男性からもそんな言葉を聞いたことがありません。この年になって、この世でそんな言葉を聞くことがあるとは、何と言ったら良いでしょうね？　素敵です。✌♫💖

誰にも、人生を歩んでくればいろんな出会いがあります。もしそんな出会いがあったら本当に幸せですね。誰もがそんな出会いを、心を開けるような出会いを、心のどこかで夢見ているのかもしれません。

先生には応援してくださるファンの方や、寄り添ってくださる方もたくさんいらっしゃると思いますが。私!?

久しぶりに花が咲いた姫沙羅、きれいに華やかになってきた柏葉紫陽花、いつも気づかれないでひっそりと咲く、あ、😢思い出せない。それから繁りすぎたので切ってきた銀梅花です。いい匂いがします。🍀☘✿あ、そよご、です。風が吹くと、なんだか音が出る木です。🍀✿

5月28日

本物ですか？　すごいですね。😁💪たくさんの人になりきってきた人生ですね。💕🍀♫

夜半目覚めて、爽やかに吹き渡る風の中で癒され、しばらくの間佇む。気持ちが良かったでしょうね。✿🍀☘

先生の言葉の中で「無能ぶり」という言葉に気持ちが動きました。正直に心を開いていらっしゃる、と感じました。

赤毛のアンは、若い時夢中になって読んでいました。アニメも見ていました。

昨日はその声優さんの声がはっきり蘇りました。「ダイアナ、私たち心の友になりましょ！」😁💕

コロナで、こんな時間が持てたおかげですね。

庭のスモークツリーが、写真では表せないほど赤くて今とてもきれいです。クロアチアの山にはたくさんのスモークツリーがありました。アガパンサスの花がたくさん咲いていたのも印象に残っています。

人間は、何か失うものを持っているととても怖いものです。ありのままを晒して、慎ましく生きられれば怖いものはないですね。

かっこ良いですね。

ステージを見ていて、いいなぁと思うのは、出演者が観客を信頼しているのを感じられる時です。

天国と地獄は、音大の公演でも見せていただきましたよ。

私も仕事以外のいろいろな場面でも、しまった、あの時はこう言えばよかった、こういう反応すればよかったと思うことが多くて、悔しくて情けない思いをします。

信じられません。人間としてとても恥ずかしいことです。そんな人たちをなんとしても撃破してください。

5月29日

落ち着いて、固い決意で臨んでくださいね。

今夜は、賑やかな夕飯でしたね。きっと頬が緩みっぱなしでしたね。

母は生まれて3か月で母親をなくし、6歳の時に父親も亡くなったそうです。かなり年の離れた兄妹だったのでお兄さんは親代わりのようだったと思います。家は造り酒屋で、当時はたまたま裕福だったので世話をしてくれる人や、お父さんと再婚した人とか、いろいろいたようです。

今はその母の実家もすっかり没落して、家のあったところに少し土地が残っているだけです。子供の時に遊びに行った記憶の中の場所です。

私は、もう少しで母の亡くなった年齢です。

5月30日
こんばんは。

母は生涯いろいろな夢を追いかけて子供の私から見ても少女のような人だったと思います。

お母様は素晴らしいですね。肝っ玉母さんです。おかげでどんなに感謝されていたか知れませんね。

今日は夕方暗くなる頃に少し散歩に出て、しばらく庭にいましたが風がそよいでとても気持ちが良いです。☘♫しばらく瞑想をしていないので、そこでちょっと座っていました。


うちもさっき、チビがまだ起きていて抱っこされてやってきました。おチビちゃんが本当に可愛いですね。

画家を目指していた姪の描いた動物の赤ちゃんたちです。リビングに飾っています。♫

5月31日
会社を興して社長を退くまでの15年くらい、化粧品の仕事一筋に打ち込んでいて、特に通販に切り替えてからは子供の世話もちゃんとできず、ゆっくり食事を楽しむ余裕もなかった気がします。先日、友人がその頃のことを、ちゃんと食事をしているのかと思っていたと言いました。世間の奥様方が、優雅に会食などされているのは別世界でした。😢☹でもそれも言ってみれば好きでやっていたことですね。
今一人で、自分の食べたいものを作って庭を見ながら、ゆっくり食事をしているとなんて有難いことだろうと思います。美味しくて食べ過ぎたりしていけませんが。
子供の頃から、夕日や月や星をずっと眺めているようなところがありました。空が見えるように家は一部を吹き抜けにしています。😊
今も、星の綺麗に見えるニュージーランドや、オーロラを見にアラスカへ行ったりしています。
いつか、そこそこ便利で環境の良いところに居を構え、庭を作って好きなように過ごしたいと思っていたことが、ある程度叶っています。もともとの性格がへそまがりで自由のないところでは生きられないので今はまあまあです。

とても残念でした。でもそこまで頑張られて、お母様のお気持ちが実りましたね。

私は5人兄弟で、東大生はいませんが、妹の息子と兄の孫娘が東大へ行きました。

私のことですね。

本当は未だに慣れなくて、えっ？　と一瞬止まって、あ、私のことだ、と思います。

先生は、30代の頃コーラスにちょっとだけ通っていた、私を覚えていらっしゃいますか？

肩の荷を下ろして少しゆっくりされたいようなことをおっしゃっていましたが何もしないでいられる方とは思えません。

友人はよく長生きしないといけない、と言っていましたが、私はそれをとても不思議な気持ちで聞いていました。そうなのかなぁって。長生きする気は全くありません。もちろん命を奪われそうになったら、真っ先に逃げ出すと思いますが、命というものは生きていればそれでいいものだろうかと、毎日怠け放題に生きているのにそう思いながら聞いていました。

もちろん一日一日、少しでも気持ちよく生きたいと思っていますよ。

捨てられるところだったマルバノキを急いで拾ってきました。早くから紅葉してとても美しくなります。

そうですね、長いこと塩田をやっていました。あれは帰られたばかりだったんですね。自信に満ちているように見えましたよ。

ちょうどその頃、公演をされるというので皆さんがおしゃれをして出かけられたのを覚えています。

生徒さん達の憧れの的になっておられる様子をすごいなぁと思って、ずいぶん遠い人のように見ておりました。生き様、そうそう、そうですよね。今回の長いお休みの間も研鑽を重ねてこられた情熱は、持って生まれたものでしょう。

生き様と言えるかどうか分かりませんが、あと少しやりたいことが残っています。なかなかそれに取り掛からない自分の怠け者ぶりに呆れています。怠け者だけではなく実は人前に立つのが苦手で、目立つのが嫌いで、いつも人の陰に隠れるようにしています。その様がなかなか見事だと言われたことがあります。

裏庭の木の立派なこと、素晴らしいです。この木を毎日見るだけでも気持ちが良いでしょうね。

6月1日

日常がだんだん戻ってきましたね。これまでの活動を振り返ると膨大な量になるでしょうね。

今日はみんなに渡すための健康についてのいろいろな資料をまとめていました。こういうことは気軽にどんどんできます。B4でびっしり6ページになりました。

大抵の人は今でも私のことを塩田さんとか、しおちゃんとか、古い友人は、さとちゃんとか、あんた、と呼びます。きみ、と言う人も。田中の関係の方は、奥様、と呼んでくださいます。

楽しいこともたくさんありましたけれど、大変なことがもっともっとたくさんありました。

きれいなもの、また出てきましたね。マルバノキはこんなハート形をした可愛い葉です。

美しいものがお好きですね。

今日は励ましていただいて、嬉しかったです。

6月2日

うちのホールももう少し設備があれば、こんなふうに使っていただけるでしょうけれど。♪

さっき窓から東の空を見上げたら、まだ明るい中に月が見えて、とても爽やかでしたよ。

私たちが交わしているのは、写真を織り交ぜたりしながらの言葉ですよね。言葉は、心、言霊、魂につながっていると言いますね。

心の友って、もしかしたら魂のどこかが触れ合った、という事かもしれませんね。とても温かい気持ちがします。

あの日人間ドックがあって、乳がんの疑いと言われていました。結局四月に行った精密検査で、乳がんではないとわかりました。

なんだか怖いような、すごいお話です。人間には何か突然、まるで関係のない時にでも、閃くように思いつくことがありますね。ちょうど何か降りてきたように、行く手に進むべき間違いのない道が見えたように、そしてそれに導かれて進んでいくってことありますね。

きれいに咲きましたね。お近くだったら見られるのに、ちょっと残念。

ワンちゃんはドディといいます。昔、コーギーで、息子が好きだと言うのでジョディ・フォスターから取ったジョディと言う名のワンちゃんを飼っていました。

リンパ腫で早くに死なせてしまって、あまり二人で泣いたので、その後長いこと飼うことができず10年後に我が家にやってきたこの子は、同じような感じに呼べるようにドディと名づけました。フレンチブルドッグです。私はドタンと呼んでいます。

6月3日

すごいですね。笑いそうです。韓国の集団感染も大きな声でお祈りをしたり歌ったことが原因と言われていますから、思いっきり声を出すお仕事はこれからしばらく神経を使いますね。

昨日は、私もその場にいたかのような感じがしました。不思議な感じで、色々なものを見たような気がしました。表現力でしょうか？　思いが伝わったのでしょうか？👍🍀💗
なんだかどんどん親しみが湧いています。私の中ではこうさんで、こうちゃん、で、こうたん、で、こうぱん、です。

私の為だけの歌、ですね。♪♪💕

ドちゃんとは、見つめ合って癒されます。🍀🌿ワンちゃんにもそういう力があるそうですね。ワンちゃんもそれで癒され、人間が大好きになるそうです。
日本にこんなきれいな川があるの知っていました？　銚子川と言うそうです。三重県の大台ヶ原から太平洋まで、17キロの短い川だそうです。
アフリカの夕日です。

銚子川は私も行ってみたいと思っています。
大台ヶ原も行ったことがありませんが、名前にロマンを感じますから是非ついでに行ってみたいです。🍀
グランドキャニオンかしら。アンテロープとかセドナとか、いろいろなところを回りましたが、やはりグランドキャニオンの大きさには心打たれますね。💗私はモニュメントバレーもすごく好きです。💗👍♪
携帯のトラブルで、かなりの写真が失われましたが、Facebookにあげていた分が残っています。Facebookもご無沙汰です。旅は楽しいですね。

6月4日

私はオアフ島しか行ったことがありません。英語もオッケーですか？👍✌
ラベンダー見事ですね。大好きなハーブです。そういえば私、アロマテラピーインストラクターの資格を持っています。全く活用していませんが。
香りが好きです。
腕の調子はすっかり良いですか？
ドちゃんの1歳半位の写真です。

あーかわいいこと。とてもきれいです。
では、友人が南アフリカに結構長く協力隊か何かで行って、その後、輸入していましたのでその中の一つです。いろいろ見せあって楽しいですよ。

ハワイの独特の海の明るさが、開放感とともにとても好きです。しばらく行ってなかったのですが、社員旅行だったりですが、向こうではみんな自由で、窓からサーフボードで遊んでいるのを眺めたり、一人でパールハーバーに行ったりしました。荷物を預かる所で日本人かと聞いてきました。心を開いているように感じました。

いい記事ですね、思いがよく伝わります。

歌手として充実して脂がのっている感じが伝わってきます。それにしてもステージは危険がいっぱいですね。本当に体を張っている感じがします。こんなに大変なことがいろいろあるとは知りませんでした。

6月5日

今日は早いですね。お仕事が一段落？　一生懸命社会と戦って、帰ると快適な憩いの場が待っている。素敵な人生だと思います。
最近収入が減ってローンが返せなかったり、家賃が払えなくて家を失ってしまう人たちの話がたくさんありますが、家がないって本当に辛いですよね。それを思うと、こうした憩いの場があるのは本当にありがたいですね。感謝しないといけないと思います。

私もこの頃、体力、特に筋肉をつけることが大事だとやっとわかってきました。俳優の美木良介さんがロングブレスで腰に筋肉をつけ長年の腰痛から解放されたと言って今は事業をされてますね。今日は往年の名画「男と女」を見ていました。フランシス・レイのあの名曲が流れる、おしゃれな映画です。有名な映画は若い時は大抵見たのですが。

舞台にかける情熱でつい怪我をしたり危険なことにでも一生懸命取り組んでしまう、それこそ不器用な位に。そーゆー姿勢をずっと貫いているんですね。これと決めた道のために、痛いことも辛いことも全部引き受けて、もう全身ボロボロかもしれないのに。考えたら、それはやっぱり才能を授かった故にですね。
大変なことがいっぱいあったとしても、人には、そこから生まれる歓喜を到底理解できないでしょう。一生忘れない素晴らしい歌を、大勢の皆さんにお届けできた時の喜び。☆🌈★やっぱり凄いことだと思います。

こうさんの生き様と素晴らしい人生に、拍手を送ります。本当にお幸せです。ずっと応援します。
私たちは生涯の友情を誓いましたから。👍💖💪

6月6日
レッスンの合間に！💖🎶
一生懸命書きましたが、それはこうさんの思いにつながっていたのかもしれませんね。自分の人生や思いを理解し受け止めてくれる人との出会いはそんなにあることではないかも知れません。
もしかしたら似ている所があるかもしれませんね。
そのお話、情景が浮かび、よくわかりました。いい役ばかり演じていますね。💓これは映画にもなっている雨月物語に似ているなぁと思って、調べたら出典はそのようですね。📚
それにしても、文章が上手です。👍💓後半を楽しみにしていますね。昨日はびっくりするほど赤い大きな月が出ていましたよ。🌓

ふふっ、やりますね～。♪♪
帯状のものが必要だから、までは合っていましたが。🙌🙌🙌危機一髪ですね。私も、追い詰められた場面で、何とか工夫して乗り越えてしまうところがありますよ。使えるものは何でも使います。みんながしないような工夫をするんですね。
とても爽やかな月ですね。

6月7日
5時まで起きていました。
昔、5、6個だけなった梅で梅酒を作りました。粒が大きくてきれいな梅でした。その美味しかったことが忘れられず、ここでもナンコウウメの苗を植えました。🌱今年はとうとう花が咲いたので楽しみにしていましたが、実は一個もなりません。
きれいですね。🍀👍
室生犀星はこんな俳句を詠んでいたんですか。
☕🍪美味しそうです。あそこのランチは軽くできるので好きです。土日は上の住人たちは大抵出かけるので、のんびりしています。
もうじき74歳です。😱😊
お誕生日はいつですか？

6月8日
こんなに食べたら太りますね。😊
これは昨日のブランチです。🍳☕どうしても痩せないので、記録のために写真にしています。私も好き嫌いはなくて、納豆以外、生ハムもチーズも大好きです。
1階にあるレストランは私の好みでイタリアンにしました。🍕🍷何とか、また開きたいです。
今夜は少しアルコールが欲しい気分でしたけれど、やめておきました。👍こうちゃんの人生は、日々ドラマチックで目が離せません。
確かに若く見えますね。😁私も10歳以上若く見られた頃もありましたけれど、でも、そんなことにも抵抗しないことにしました。💕私も酔っ払っているみたいです。


BSやCSで、1週間分の映画やドラマを録画します。今夜はクリント・イーストウッドとメリル・ストリープの「マディソン郡の橋」を見ていました。以前も今回もやはり、何故それほど惹かれあったのと思います。

かわいい紫陽花がいつの間にか咲いていました。


闇の静けさ、いい感じですね。私もこの頃散歩から帰るとしばらく座っているようになりました。

瞑想は本当に大切なようですね。

奥蓼科に、東山魁夷の絵のモデルになった池があるのをご存知ですか？　たまたま去年2回行きましたが、思ったより小さい池でとても綺麗です。

良い言葉ですね。すべては、祈りかもしれません。

何かあると、辛い事や困ったことがあると特にそう思います。


イーストウッドの作品はハートを感ずるものが多いですね。テーマは、法と正義の不一致、と聞いたことがあります。

6月9日
林がすべて池に映り込んでとても神秘的でした。

🌿🍀🌲美術館で東山魁夷の森の絵をじーっと見ていたら、一瞬、風が吹くのが見えた気がしました。

やっぱり凄いなぁと思いましたよ。

魁夷さんがそのような少年時代を送っていたことは知りませんでした。芸術の才能のある人は、皆さんとても繊細で心が折れそうなところを、何とかすり抜けるように生きて来られるのかもしれませんね。

歌が歌えなくなることが何回もあったんですね、その度に天使が舞い降りて立ち直させてくれる。

凄いです。💖✨人のためにという思いが勇気を出させるのでしょう。

家の近くに時雨を降らしてくださるんですか？

なんとロマンチックな!!

まるでシラノ・ド・ベルジュラックのセリフのようです。


スモークツリーの赤みがひいてグリーンがかってスモークらしくなりました。

今日はもし聞いてくださるなら、田中さんとなぜ結婚することになったかお話ししたいと思います。


初めて会ったのは、多分２００４年ですが４月の郵政記念日でした。

その日は前日から東京に泊まり、帝国ホテルで記念の式典があり、その後皇居で天皇皇后両陛下に御拝謁ということで生まれて初めてのことでした。

前の方でしたので、当時の美智子妃殿下が、終始少し前に体重をかけるようにして綺麗に立っておられるのを、凄いなぁと思って見させて頂きました。とても慎ましく見える国民に対する気遣いのお姿に見えました。

皇居の中に入ったのも、この日が初めてです。

会社が郵便局事業に貢献したということで表彰されることになり、同じ年、田中さんも参加していました。郵便局は長年朝のラジオ体操を主催しており、そのピアノ伴奏を20年とか30年の長きにわたり務めて表彰されたということです。

移動のバスの中で、名古屋から来たとわかり、コンサートのチラシを渡されました。そこに音大の名があったので、「多分私の友人がここの先生をしています」という話になりました。

そのコンサートに招待していただき、その後数年して今度は60歳を前に、引退コンサートをするということでまた招待していただきました。お弟子さんたちも総出のステージでした。

後日その打ち上げをうちの会社のレストランで行うことになり皆さんで来られました。その後、手料理をご馳走したいので友人と来てくださいということになり自宅にお邪魔しました。

私はその頃、塩田さんと離婚してから10年以上経っていました。塩田さんとなぜ離婚したかというと、結婚していた当時、徒然考えるに自分のたった一回の人生を、どうしてもリセットしたいと10年近くかかって離婚してもらいました。

50歳になっていました。それから10年、誰も見つかりませんでした。

考えたら仕事ばかりしていて、ひたすら会社にいるのに出会いなどあるはずがありません。郵政記念日に招待されたのは60歳まであと数年となった頃です。

今考えると真剣に誰かを探していたとは思えなくて、離婚したかっただけかもしれません。誰かを見つけてから離婚する手もあったのかもしれません。そしてとうとう60歳になった時、もう諦めよう、この夢は終わり！　と思ったのです。

そんなわけですが、その先一人ぼっちでいるのは寂しいし、時々一緒に食事をしたり、たまには舞台を見に行ったり旅行に行けるような人がいたら、という気持ちは残っていました。そんな時に田中さんから誘われたのです。

その後もたまに食事に行ったりしてお互いにそういう人がいたらいいねという話もしていました。

田中さんが結婚を考えていると気づいた時、色々背負っていて結婚はできませんと伝えました。

それでも時々は食事に行ったりしていましたが、ある時、そのうち籍を入れたいと言い出され、その頃はだいぶ親しい気持ちになっていましたのでもう進むしかないような気がしました。

それから色んなことがありましたが、結局、引退コンサートに招待して貰ってから1年ちょっとして式をあげました。62歳でした。それまでも、その後も大変でしたが、とても長いので今夜はここまでと言うことにしますね。

6月10日

初めて会ってから4年後に結婚し、その5年後に亡くなり、そしてそれからもう7年目です。今になればあっという間でした。

しぐれに寄する抒情も、紫陽花もYouTubeで聞いてみました。すごく切ない歌詞ですね。

我が家のほうに、しぐれは降るでしょうか？

私を揺さぶっていますか？

泣きそうですよ。

銀梅花の花が咲きました。


心の友、忘れたことはありませんよ。

今日は午後から土砂降りでした。☔☔常緑やまぼうしがきれいに咲いてきました。

胃の辺りがワタワタします
涙があふれそうで、落ち着きません、心臓が打ちそうなのです
抑えようとして、別のことを考えます
でも、この感じは？　じっとして、浸ってみます
こんなことが、起こる？　今？
この感じ、こんな気持ち、これはもう起こるとは思わなかった、この感じ
なんて、幸せな
少しだけ少しだけ、静かにその胸騒ぎを抱きしめます
逢えたのかもしれない
こんな気持ちになれただけで、幸せです

家には毎日のように蝶が飛んでいます。花の間を飛ぶのを見ていると癒されます。🦋

その方は今どうされていますか？　今もう一度その場面の直前に戻って、目の前の事だとしたらどうしますか？　辛いですね。

引きずらないで。心の奥にそっと、その事はしまって。そんなことわかっていることでしたね。

おせっかいが出ました。おやすみなさい。

6月11日
今日は雨の音が心地よいです。私もそのことを考

えていました。
そんなことがあれば立ち直るのは難しいと思いますが、どうやっても取り返しがつきません。

CD、聴かせてくださるのですか？
ありがとうございます。🎶💗届けてくださるの？

ありがとう。🎶☺🙏ご案内します。
会うのが怖いのは、一晩では体重を減らせないし、このところテレビと携帯とパソコンをずっと見ているので、目が変になって顔が壊れているから。

優しく、暖かく広がった胸の高鳴り
その心地よいときめきは経験したことがないものでした
ずっと抱きしめていたかったけれど、そっと手放しました
たった一日、ひとときでも、幸せでした
心を開ける、理解し合える

素敵です
私たちは、心の友ですね
……心の扉を開いて下さり、ありがとう！　何も恐れることなんてありません。

ウィーンまで行って、悔しいどころではなかったですね。😢神様はいるって思わなかったですか？
この話はそういう気がします、守ってくださったって。その教授に愛をもらったんですね。💕💖

恐れ、というか、いっそ、すごい老婆に変装したい位です。じゃあ今夜はおやすみなさい。

6月12日
今日はありがとう。
なんだか、胸がいっぱいで泣きそうです。
何が起こってるのか、よくわからなかったかもしれない。

歌声の響きがいっぱいに体中を包んでいました。
本当にありがとう。心を抱きしめてくれてありがとう。
私もいっぱい抱きしめます。
心から。
2枚とも聞きました。こんな歌を歌える人が私の心に一番近いところに、それが信じられない思いでしたよ。
素晴らしいです。💓💖💕
昨夜は眠れなかったのですか？
CDを聴いていると、大きな体格の人が歌っているように聞こえます。声が安定して伸びて、とても美しいと思いました。当たり前ですね。やっぱり、すごいです。✨⭐
そんなふうに眠れない日は辛いですね。
あなたが持っているのは、与えられた素晴らしい能力かもしれない、血を吐くように少しずつ磨いて手に入れたものかもしれない。
あなたの持っているもの全てがどんなに素晴らしくても、もう少ししたら技術も能力も、社会的評価も私には見えなくなるでしょう、きっと。
あなたの心、思いやり、優しさ、傷つきやすさ、言葉の美しさ、そして聡明さ、あなたの魂だけを見るでしょう
私たちはお互いの現実世界に立ち入る事はないでしょう
でも、お互いの心に住んでいます
魂に、いつも

6月13日
大きなオペラはほとんど経験したのですか？　私は役者志望でしたが、きっとはるかにお芝居が上手なんでしょうね。
小林先生の言われる事はよくわかります。
その音でなければ、その言葉でなければいけないものが、作者にとって曲にも詩にもあると思います。誰もがそうでなければならない音を探してい

ると思います。

それに命をかけてらっしゃるのはすごいです。昨日の曲を全て聴きました。

心を落ち着けて聴きました。素敵でした。

ずいぶんお疲れだったでしょう？

私も、心の通じるはじめての人です。（女性では、居ます）
昨日の雪村いづみさんの歌を聴いて、ちょうど同じ頃覚えた歌を思い出しました。何とか歌ってみたのですが。
すごいですね、歌を聞かせようと言うのですから。
この歌を歌っているといつも泣きそうになって、終わりのほうはぐちゃぐちゃになるのを思い出しました。♪♪題名は思い出せません。

♪大丈夫、私のことなら心配しないで、若いんだから私は幸せ、お花屋さんでバラを眺めて、
レイ・チャールズ聴いて、葡萄酒飲んで、それから、それから、いっぱい泣いて〜♪
泣くのはカタルシス、癒しになりますね。♪♪

6月14日
大事に至らなくてよかったです。

九州に旅行している時、そのメールが届いたのです。宿で返信したのを覚えています。

役のたびに、顔も雰囲気も違いますね。

私も胡坐がうまくかけませんが、なぜかY字バランスなどができますよ。床に手を伸ばすと、べったりついて、まだかなり余ってしまう位曲がります。

CD、暖かい強い声の響きが、優しく細くなって、目の前にいるかのように胸に届きます。本当に素敵でした。

聴いている私は、身体の奥がザワザワとして、恋

をしています。あなたの声を抱きしめます、思いを抑えるように、じっと。


私と心友でいたいから長生きしてくださるの？

❤だんだん振り返る余裕が出てきて思い出しましたけど、それまで身にまとっていた鎧が消えていましたね。消えたから、それまでつけていたのがわかったのですが。

それは誰でもそうかもしれません、外の顔と言うのか構えていないと守れないものもありますね。

歌っては軽やかに笑い、とても自然でした。♪♪

あーもう、安心して楽にしてて良いのですね。👌

鎧は私たちには要りませんね。芸術家も肩から下ろしていてもいいですよ。また明日から忙しくなりますね。

6月15日
舞台芸術でも文学でも、道を極める人たち、作品を生み出す方たちは自分の才能に絶望したり落ち込んだ時は本当に辛いと思います。先生は苦しみながらも、ちゃんと進んで来られて本当によかったです。

今日は日常が戻ってきたような感じで、あれは夢の中だったかもしれない、と考えていました。歌を聴きながら眠ると安らかに眠れます。💕♪♪

歌がある。それで大勢の人を癒したり勇気づけられるのは、この世に生まれてきた甲斐があることだと思います。なんと幸せな事でしょうか？

映画を見る時間がありますか？

グッド・ウィル・ハンティング、という映画を見ました。前にも一度見たのですが、改めて良い映画だと思いました。心を打つ場面がたくさんありましたよ。

今夜は少し、何か鬱気分になっています。

お疲れが出ませんように。おやすみなさい。👋💕

6月16日

すごいです。あきらめない根性には脱帽です。私もその事には、少し自信があったのですが。それにしても異国の地で、皆さんを蹴落とすとは、何とも言いようがありません。

いつから歌を歌ってきたの？　歌にかけて生きると決めたのは、いつ頃？　やっぱり才能ですね。ご自分の話を、たくさんしてくれます。先日、今日はここまでと終わったその後の話や、私のこれまで生きてきた道を聞いて下さいますか？　これまで、誰にも話していない話です。

先生が、この子には光るものがあると気付かれたんですね。誠実に、一直線に進んでこられたのですね。☆💖🎶👍

6月17日

いろんな物語を知っていて、いろんな人になったことがあって、人の心を揺さぶる言葉も、切なさもたくさん知っていますね。豊かな人生です。

そうだったんですね。

どんな人でも、いつも１００％の出来で演奏ができるとは言えないのですね。それはただ、一生懸命歌っていなかったからとは言えない色々な要素で、お芝居でも、「あ～今日は駄目だった」というような事は、何度もあるのだと思います。

ちょうど私も、この、しぐれの歌は、わざとそうしてるのか、たまたまそう聞こえるような声の出し方だったのか、と聞こうと思っていました。ＣＤ、何度聞いても素敵です。

言葉というのは不思議ですね。

ある時ドキュメンタリーのような映画の中で、作家が自分の作品を読み聞かせるところが出てきました。語り口が素晴らしいわけでもないのに、内容が自然に心に入り癒される感じがしましたよ。

6月18日

ごめんなさい。ただ、どうしてなの？　と言おうとしただけなのに。ちょうど厳しく指摘された話と被って。私がわかってあげられなかったら、こうさんは心の友をなくしてしまう。
人に甘えられる人ではない、そんな必要はないとわかっている。そう、私と同じ。やっと気づいた、私たちは似ているって。でも、お節介な私よりずっと大人。そしてとても優しい。

毎日、真剣に歌っているとそんなことが起こるんですね。自信の裏打ちは、そういうところにあるんですね。
水泳の人には水掻きができるそうですね。以前会社のDMのための対談で、水泳やシンクロでメダルを取った人とお話をして水掻きを見せてもらいました。1日10時間以上、プールの中にいたと言っていました。
一筋に道を目指す方たちには、普通の人には想像できないことが起こるのだと思います。

今の私の心配は、こうして私とメールしている時間があるかしらということです。コロナが明けたら、相変わらず遊んでいる私と違うでしょ。😟🙂

6月19日
やりますね。👍
いつも歌のことを考えていると、あって、閃くんですね。私もいつも仕事で文章を考えていたので、全く別のことをしている時などに閃いたりします。
歌ってあげるねって、うれしかった。💓🙇💦
消え残りの夕焼け。
そうなんですね、素晴らしいです、至福のひとときが仕事であり全てで。本当に幸せですね。💖
きっとこうさんはこの次生まれても、歌っていいでしょうね。🎶💕感動しそうです。

6月20日
「破獄」、私も見ていました。少し前に山田孝之さんが演じましたから、比べながら見ていました。

緒形拳さんは大好きな役者でした。この映画は昔も見ました。

山田くんも若いのにすごいです。こちらはものすごく泣けるシーンがありました。護送列車の高窓から外を覗きながら故郷の近くを通る時「あのあたりに家があるんですよ」と言うセリフ、もの凄く泣けます。

この二つの演出意図はだいぶ違うようでした。山田君のは、家族の元へ帰らなければ、で、緒形さんのは、抵抗、という感じです。

今は「イングリッシュ・ペイシェント」というアカデミー賞9部門に輝いた映画を見ています。

伊吹山がきれいに見える良いお部屋でしたね。おしゃれなものがたくさんありますね。♫

技を磨いているって事は、歌うときの姿勢であったり音の響かせ方であったり、口の中の膨らませ方とか、そういうことを試しているのだと思いました。すごい秘密を聞いてしまいました。好評だったので、今日も西の空を撮ってみました。

6月21日

今テレビのあるところにいらっしゃるなら、よかったらEテレを見てみてください。ターシャ・テューダーの庭が出てきます。

緒形拳の楢山節考の母親は坂本スミ子ですね。きっと両方見たんでしょう。私もです。昔は本当にひどい話があったのに、今生きている私たちは捨てられなくて幸せです。

今日も気持ちの良い夕暮れだったので散歩に出ました。いつか一緒に美しい夕日を見られるかな～。

得意料理があるのはかっこいいです。私の得意料理は天ぷらです。これだけは皆さんに褒められます。あと、母が作っていた、ちらし寿司。

お茶の水差しです。

ご両親に、気持ちは伝わっていますね。親には、大き過ぎて受けた恩を返すことはできません。きっとその思いを子供に向けて、大切に育てるんですね。父母の愛情は偉大です。無私の愛ですから。

6月22日

おしゃれですねって言うのは、壺の事ですからね。

天性に持っている美や芸術に対する感性は、他の人にはわからないし、そうした才能を持っているゆえに恵まれているとも、だから、苦しまなければならなかったともいえますね。

ただ見守ることしかできません。そして、こうさんが創り上げるものを愛します。

お仕事が始まって落ち着かない時に、続きのお話をするのはご迷惑かな～と逡巡するものがありましたが、女優を目指していた若い頃に知り合っていたら、フレフレと応援したと思います、と言ってくれましたね。そこで、勇気をふるってその頃の話をいたしますね。

私の青春時代はちっとも華やかではありません。

まぁ、暗かったわけではありませんが。

学校を出て名古屋の会社に入れて頂きましたが、結局3か月ほどでやめることになりました。

家は、陶器の産地の真ん中の土岐市で、輸出陶器の製造加工をしていました。会社をやめてからは喫茶店のアルバイトをしたり、しばらく工場に入れてもらい、ベルトコンベアの前に並んで皆さんと作業をしたり、年上のおばさんたちの悩みを聞いたりしていたのです。

でもいつまでもそんなことをしている訳にはいかないので、自分は何をしたいのか考えていて、とんでもないことを思いついたのです。一度しかない人生だしって。

小さい頃から映画が大好きでしたし、テレビドラマが盛んで杉村春子さんの演技を見てはあんな風に出来たらと、憧れました。黒澤監督の「天国と地獄」をドキドキして見ながら、映画や演劇の世界に魅せられていました。

その頃たまたま見つけたテレビタレントセンターを受けることにしました。家族には内緒でした。

とりあえず受かったので、栄の当時の電通さんの5階あたりにあった講堂のようなところで、一年間、在名の各テレビ局の人や、東京から俳優さんや狂言のお家元などが来て教えてくださる授業を受けました。民藝の演出の方もこられていキした。奥様も一緒にこられていましたが、長い本でも一度で全部覚えてしまうという方でした。

確かその方に「あなたは大変ですよ」と言われたのです。東濃弁でアクセントがひどく、鼻濁音も無声音も全く知りませんでした。

でもその時に習って訓練したことで、会社を始めてオペレーターを教育するようになったとき、当たり前のように教えることができました。人生無駄は何もないとは、よく言ったものです。全てが今につながっています。


今でもアナウンサーがアクセントを間違えると気になり、テレビのこちら側で言い直したりします。

8期生で、9期には後で歌手になったあべ静江がいました。

そこを出ると名古屋タレントビューローというところに所属し、仕事を貰うのです。仕事はすごく忙しかったわけでもなく暇というわけでもなく、当時のOLさんより良い収入でした。

だけどお芝居は、名古屋ですからテレビ局でたまに制作するドラマのちょい役くらいしかありません。そこで芝居をするために名古屋の劇団に入れてもらうことにしました。

しばらく通ううちに、お芝居で食べている人なんか居ないことが分かってきました。みんな何かしら職業についていて、夜、稽古場に集まるのです。何しろ私は職業として俳優を選んだので、将来それで生きていけるかどうかが重大問題です。芝居で生活できる方はほんの一握りです。

劇団では名演会館のこけら落としで演出家から

「体の動きに天賦の才がある、特に目の動きに」という言葉をもらいました。ある時は朗読の劇団内のオーディションで、最終的に看板女優を抑えて選ばれたことがありました。確か「絵姿女房」という作品でしたが、本来が怠け者で練習を繰り返していると作品に入れなくなるようでした。すればするほど変になっていくのです。

芝居の台本のセリフを録音して聞いてみた時、これは駄目だと思いました。杉村春子を目指しているわけですからもっとうまくないと。それで、役者として生きることは諦めました。今思えば、経験も積む前から、もの凄くせっかちで生意気です。

印象に残っていることの一つで、井上ひさしさんの「十一ぴきのネコ」を上演することになった時、これは戦後の話だから、と先輩のどなたかが言った事から全員が驚きました。お互いに誰もが自分と同じ解釈をしていると思っていましたが戦争を知っている世代と知らない世代で、はっきり台本の理解が違ったのです。人間の経験とはそういうものかと思った記憶です。

それが20代半ばのことで、30代半ばの頃、当時蜷川幸雄さんと双璧をなすと言われていた文学座の演出家木村光一さんが名古屋の役者を育てるということでセミナーが開かれ、その時は結婚して子供もいましたが、参加させていただきました。

「フィガロの結婚」の時には、名古屋の代表女優山田昌さんがお忙しくて稽古にあまり来られなくて稽古の時の代役を与えられました。フィガロに思いを寄せる役で稽古の時に私がした振りを、木村先生が昌さんに、こうしなさいと言って指示された時は、「えっ」と思いました。

木村先生が方言でお芝居をする事に非常に興味を持っておられて、ある時配られた台本を方言にして読むように言われ字面を追いながらそのまま東濃弁にしながらセリフを言いました。皆さん大笑いをしてくれました。方言はお芝居そのものをとても温かくしてくれるのです。

これが私の演劇人生です。タレントのほうは週に何回かの仕事がありました。
ファッションショーはナレーションも含め何回かしましたが、仕事は結婚式で影マイクを使ってするナレーターやら、ちびっこのためのショーや、のど自慢の司会などが多かった覚えです。テレビのちょっとしたレギュラーも貰いましたし、モーターショーのモデルなどもありました。
人前に立つのは苦手なのに本当に大変でしたが後に子供には「お母さんは仮面ライダーと友達だったのよ」と言って自慢げに証拠写真を見せたりしました。
その劇団で一緒だった人が、下着をいっぱいにしたカバンを持って我が家にやってきたことから、新しい運命が回り始めました。

長い？　大丈夫でしたか？

6月23日
若々しいですよ。何年たっても、昔と変わらぬ若さではかえって魅力に欠けると思います。歳をとったのに若々しく感じる。それが良いと思います。
心の中のこうさんは、王子様です。

6月24日
吹きました。「頑張っているところ」受けました。
😁❤昨日は何とか思うところに落ち着いたようですね。お疲れ様でした。それにしても大変ですね。
以前、名フィルがその年、赤字になりそうだ、というので当時事務局におられた知り合いからオーケストラのステージを買って欲しいと頼まれました。新聞に出したのでお申し込みは席数の何倍もありました。ブラームスとショパンを演奏していただきました。

私が俳優を目指したのは、世間知らずの単なる思いつきで、そこには試練らしいものも大きな挫折感もなかったですよ。こうさんが諦めずに頑張れたのは、進むべき道の才能を信じられたからだと思います。その才能も努力も賞賛に値します。昨日送ろうと思っていた夕日。きれいな夕日が撮れたのでこれで夕日シリーズは終わりです。

また、爆笑です。こうちゃんかっこいいです。💖
👍お疲れは取れました？　動物や植物が、みんなきちんと懸命に生きているように見えますね。
ずっと前ですが熱帯魚で、レッドテールブラックシャーク、というすごい名の小さいお魚を飼っていたことがあります。2匹いて、1匹が少し大きかったので小さいほうは、いつも突かれないように隅の方にいました。レッドテールなのにしっぽも赤くなかったんです。
ある時大きい方が死んでしまうと、小さいほうは体が大きくなりしっぽも赤くなり、他の魚を大きいのがしていたと同じように追いかけるようになりました。小さな社会に、びっくりしました。🌏

6月25日

はい、楽しみにしていますね。💖🎶🍒さくらんぼは3年目位から、たくさんなりますよ。🍒きっと広いお庭だから木も元気に育つでしょう。

うわー、結構高いところから落ちましたね。1年半前の私の、クリスマスイブの日に窓拭きで腕を折ったよりかなり痛そうです。
今日は鶏のレバーの煮付けを作ってみました。なかなか美味しくできました。今から食事です。🙏
後半が今きました。😱笑ってはいけません。とにかくいつも、動き回っていたんですね。強運に違いないです。でもやっぱり気をつけてくださいね。怪我は痛いです。🖤
この間の夜は準備もあり大変だったでしょ。
納得して歩む、そう言われて初めて気づきました、自分の道の歩き方に。きちんと読んで下さってありがとう。

それにしても、TTCは毎年40名位募集していましたが、あの時、倍率は7～8倍だったと思います。そんな状態の私で、よく受かったと思います。私は、こうさんのおかげで、物事をちゃんと見るようになった気がします。

6月26日
野外で歌ったのですか？　昔、深井丸でコンサートがありましたね。♪♪清志郎さんだったか松山千春さんだったか、楽しくなる良い会場ですね。
コロナ禍で追い詰められている組織もありますし、お蔭で却って新しい企画が生まれることもありますね。会も、うまくいくといいですね。

バリから連れてきた悩ましい二人です。ルリマツリが咲きました。

6月27日
子供の時、空を見上げるとなんとなく天の川が見えていました。駅のそばに住んでいたので都会に住んでいると思っていましたが、土岐市は田舎でした。その頃木曽路のほうは美しい空が見えたのですね。☆🌙

また笑いました。😁✌
先日の演劇部の話で今頃思い出しました。❤私も高校生の時に、なんと脚本を書いて演出をし、主演はさすがに遠慮して、女優を目指す女の子が監督に叱られて悩んでいるところをアドバイスする往年の大女優の役をしました。自分も下積みから認められたと励ましてあげて、女の子は頑張って演技に立ち向かうという話です。予餞会というのか卒業生を励ますつもりで上演しました。
もう誰も覚えていないだろうと思って、友人にメールしその時の事を尋ねたら、「覚えているよ」と返ってきました。😊😊😊💪
息子も中学生の時、やはり台本を書いて学校で何か芝居をしたことがあります。尤もらしい仕上がりで驚きました。こんなことができる子とは、それまで考えたこともありませんでしたから。親子してなんとなく演劇に憧れていたのですね。明日も忙しそうですね。


えぇ〜、やりたい放題ですね？

高校時代に、ロマン・ロランの「ジャン・クリストフ」を読みました。ベートーベンがモデルと言われていますが、クリストフの魂は自分に近いと思っていました。

こうさんは真面目ではないのですね。私も反逆児でした。

6月28日
また大笑いです。ほっとしたり、がっかりしたり忙しいですね。残念ですが、きっと、今ほっとしているといけないので、これでもかと頑張らせようという天の配剤ですよ。いやだいやだと思うと、どんどん嫌なことをされます。

本当に大変なことが起きたら、ここはちょっと、いやいやでも先方に心の中だけで感謝をしてみてください。ありがとうございます、と言うだけでいいです。難しいですが、あれっと思うことが起きると思います。

これ本当です。

友人が病気で倒れましたが、何とか瞑想で深く入ることによって、細胞レベルで癒せば病気に良いんではないかと相談されました。「キーワードは、感謝よ」と伝えると黙っていたので、できないでしょと言うと、うんと言っていました。難しいのは知っていました。

でも、瞑想で私もそういうふうに深く入った経験はありませんが、そんなことをしなくても、細胞を落ち着かせる方法はあります。自分を守るために、相手に感謝をすると不思議なことに守ることができます。難しいですが本当に辛くて苦しい時はそれができるのです。

信じます？

信じないかもしれないですね、今は。相当怪しい人でしょ？　私は息子のことでそれを覚えました。自分のためにした事はなかったのですが、それ以来苦しい時はその手を使い助かっています。

日本人の好きな心理学者、ユングは「全人類の精神は、深層心理でつながっている」と言っています。マザー・テレサは、世界で暴力やテロが広まった時、自分の愛が足りない、申し訳ないと嘆いたそうです。知ったかしてますね。

6月29日

大丈夫。私がやっつけてあげます。💪😟フレフレッ、こうちゃん。💕💓

おしゃれな素敵な絵です、色彩がいいですね。すごく嫌いな人に、一度心の中でありがとうございますと言ってみると、多分本人にも平気で言えるようになって、思いのほか良い関係になることもありますよ。全然言う必要は無いですが。どの方法でも結果が良ければ、そして心が痛まなければ良いので頑張って。

今日はもう一つ思い出をお話しします。

どうして絵のモデルをすることになったかという話です。ちょっと長いです。

ある時、栄へ向かって歩いていると、前方で、こちらを見ていた人に呼び止められた。

自分は絵を書いているが、モデルになってもらえないか、今日着ている服を着て来て貰いたい、と。タクシーで通り掛かりに私を見かけ、Uターンをして先回りをし待っていたというのだ。なんでも洋服がとても印象的だったと。その服はビロード風のワンピースで、袖がロビン・フッドのように一部が編み上げになっていて、きれいな紺色をしていてお気に入りだった。

住所を書いたメモを渡され、日時を約束し、ちょうど今の会社の近くの、今ではどこだったか思い出せないその家へ恐る恐る訪ねて行った。行くまではずいぶん迷った。もしヌードでと言われたらどうしよう。突然襲われたら、とか。

その人の顔や様子を思い浮かべると、そういう事はないだろう、この服を着てきてと指定までされた。どこか茫洋とした、人の良さそうな顔をされていた。

少し奥まったところにある玄関を入ると、品の良い老夫婦に少し嬉しそうに出迎えられ、部屋に通されると抹茶を出された。

それからアトリエになっている畳の部屋で、椅子にかけて数時間じっとしていることになった。恐る恐るだったけれど、時間給が当時のアルバイトより大分良かったと思う。お昼になると卵とじの美味しい志の田うどんが出前でとられ、その後も毎回同じだった。

その絵描きさんは一水会の会員で、当時、号2万円の値がついていたと誰かに聞いた。描き上げる傍から画商が持っていくという話で、最初の1枚を除き絵は凄いスピードで仕上げられた。有名な画家のお弟子さんで、テクニックもかなり評価されているとの事だった。年齢は私より一つか二つ下。絵を志す人はたくさんいたと思うけれど、そんなに若くて仕事として成り立っているということが驚きだった。

何枚か描いてもらったところで私ばかりがモデルでは申し訳ないと思って、綺麗な人を知っているからと何人か紹介した。けれど結局私が良いと言うので、結婚するまでそのアルバイトを時々した。

その方とは数十年後、栄のノリタケの展示場の隣のショールームで、個展をされているのに行き合った。看板の名前を見て友人と中に入った。「先生はいらっしゃいますか？」と声をかけ、接客中だったのでしばらく待っていると「澤田さん？」と言って覚えておられた。

何枚か描いてもらっている時、そのうちに1枚あげる、と約束してもらったけれど実行はされなか

った。私に渡す前に、出来上がるのを待っている画商が持っていくことになったのかも知れない。その代わり、できた絵は写真で頂いた。

なぜか私の顔が描きやすい、という話だったけれど、椅子に座って描いてもらっている間、何時間もじっとしている。その間いろんなことを考え、我が身をさいなみたい思いが湧いて何度も頭の中で脇腹に刃物を突き立てた。そういう感覚はずっと後も何度かあった。何かに怒りを感じていたのか、自分の何を責めていたのか。

とにかくあれからずっと絵を描いて、今では芸術の都パリで生活をされていると知って懐かしさと共に敬服した。モデルに行ってくれた友人は「あなたのことが好きだったと思う」と言っていたけれど、そうだったのかもしれない。私にはそういう気持ちがないということも、知っておられたと思う。今ではなんとなくいい思い出。

6月30日

素敵です。理想とする方の声に近付いてきたのですね。👍❤どこまでも前に進もうとする、素晴らしいです。それを人の為にと思ってするのですから本当に素晴らしいです。

私も絵が好きで、以前は描いていました。今見つけてきました。私たちは嗜好が似ていますね。

こういう風に私の思い出話を送るのは、もしか困らせていないかと心配でした。ステージのことや、あれやこれを語ってくださったように、自分のことを知って貰おうと思ったのですが、忙しいから負担になってはいないかと。

私の人生に起こった事を知ると、大抵の人は、本を出したら？　と言います。

何を話したらいいか考えるうち、色々なことを思い出しました。私の人生は、こうさんが懲りずに、怪我をしてしまうのと似ているのかもしれません。

また長い話を送ってもかまいませんか？

心の友になってから1か月以上経ちましたね。


若いときの作品です。お母さんが描いた、と言うと信じなかったので、寝ているときに描いた青年になった息子の絵もあります。

7月1日
良い色目のタンブラー？　いいですね、作品が残っているとその時代を思い出せます。こうさんが頑張ってるなぁと思うと私も頑張らなければって励まされます。

今、毎日がターシャ・テューダー状態で、庭を眺め、ウォーキングに出かけ、ドラマや映画三昧、食べたいものを作り、それに時間をかけるのは楽しくさえあります。食べ物が、いかに体を作っているものか、やっとわかりました。

これも、人間にとって良い暮らし方だと思いますが、それでも頭の中は、自分がしたいと思っていることを繰り返しイメージしたり、調べたりしています。

こうさんが頑張り続けているおかげで、前向きになりましたよ。♪♪本当に、こうさんがいてよかった。絵もあったら、見せて下さいね。絵を描いていたと知って、また、楽しくなります。

私は、本当は気が短い、と言いましたけれど、もう長い間カッとするようなことは一度もありません。何かをこぼしたりしても以前はムッとしたと思いますが、今は可笑しくて笑ってしまいます。

これはしばらくでも瞑想をしたおかげか、歳をとったせいなのかどうでしょうね。

私は愛くるしいのですか？😁

こうさんは35年前に私に言った、一言を覚えていませんか？

2回目くらいのお稽古に行った時でした。私の隣に来て一瞬座り、その一言を言って、すぐに立ち上がりました。私はその不思議な言葉に導かれて、こうさんに会いに来て出会えたと思えます。

短歌を？　仕事のできる人は皆さん、メモの活用がとても上手なようです。💖

母は、短歌や俳句を作っていて、当時の市長さんとやり取りをしていたそうです。色紙やいろいろ残っていました。何にでも好奇心を持ち、文学少女のような人で色々なことを知っていました。小学校に行く前に百人一首を全部暗記していたそうで、晩年にも空で全部筆書きして残していました。

歌の指導をしている先生が、生徒にそんなことを言いには来ませんよ。自分のことを一言、言いました。それきりでした。

第一、当時の私が愛くるしいはずがありません。

7月2日
今日もお忙しい日でしたね。いろいろと根回しなどをされているのですか？
え〜、使い勝手も良さそうでおしゃれなお皿です。
マリア・カラスは恋愛でも名を馳せていましたが、やはり歌以外の事には執着はあまりなかったのでしょうか？　それ以外は意味がないと言い切るところは、理解できる気もしますし、才能がある人ならではだと思います。
会社のＤＭのお客様の声のページ、私はイラストとコメントだけで登場しています。📖🍀
そんな昔のことを覚えていたら変ですから、覚えていなくても当たり前ですよ。

7月3日
大笑いしてしまいました。ごめんなさい。きっと大丈夫だと思っています。✌👍💗

お疲れ様です。レッスンも真剣勝負ですね。

ドちゃんが帰ってきました。

朝起きないでベッドで本を読んでいると鳴いたりドアのガラスの部分にぺちゃんこの鼻を押し付けて待っています。床が汚れるのに気づきました。うんちもします。寂しくなると膝の上に乗ってきます。犬臭いです。

7月4日
ドさんは何も変わらず自由に暮らして何を教えてもらってきたのかと思うくらいです。寂しがり屋なので行くところについてきます。時間になると「ご飯はまだ?」という顔をして見ます。前にいたジョディさんも、お経をあげてお骨にしてもらってピアノの上にいます。もう16年になります。そのうちお寺に持っていかねばと思いながら。

7月5日
いい雰囲気ですね。
詩を、贈ります。朗読しましたから聞いてくださいね。本当に久しぶりで滑舌もできていませんが。

♪

優しさは、人間の知性だと思います。

優しさは、ずるさが形を変えている事もあります。


やっと会えました。

私は、会いたい、と思っても良いのでしょうか?

そうですね、私たちは心の友。


こうさんは凄いと思います。

私は真面目で面白いこうさんが好きです。

私の心が痛いと知ったら、どうしますか?

大丈夫です。

大丈夫です。

だからそっとこのまま、出会えたことを喜びに、望外な出来事を胸いっぱいに抱きしめて、大切にします。

きっと、こうさんの望みもそうですよね。

私たちは35年の時を経て、出会ったのですね。


あの時そばに来て、たった一言、私を揺さぶり、そのまま立ち上がりましたね。

えっ、何？　と思う暇もなく、一瞬のことでした。

意味がわからない。

何の伏線もなく、それが全てでした。

あれは何だったの？

もしかして心が揺れたと告げて、でももうそれは終わったと？

私は、取り残されました。


「失恋しました」そう言ったんです。

えっ？　誰に？　なんで私にそれを？　えっ、もしかして私？


あなたは遠くて、聞きたくても方法が有りませんでした。

（当時、離婚するかもしれないと噂を聞きました）

時々思い出しました。

そうでなかったら、いくらこうさんが、歌が上手くても、クリスマスに「花は咲く」を歌ってくれても、突然こんなになるだろうかと思うのです。

あの歌を聞いたとき、また、もしかしてって思いました。でも、それ以上考えるのをよしました。

そして、あの時止まったままの時が、動き出したようでした。

思いつきの気まぐれだったと思っていました。

でも、もう一度私の前にやってきましたね。

35年も経って、こうさんを見つけました。

これは心の友の、疑似恋愛。

お茶さえ飲んだことがないのに。
こうさんは、心の中を見せてくれました。
私の心を見てくれました。

心の中は自由
だから、
だから、一度だけ、
愛したい

だから、
人として、あなたを

7月6日
こうさんの心は、光のシャワーのように、私に降り注ぎますよ。温かく。🍀👍💕
玉三郎さんも才能に恵まれ、恵まれたが故にいっそう精進し、高みを目指しておられるのですね。鬼のようだと思います。

若い時、天守物語を見に行って3階席から見ましたが、まるで自分がその同じ空間にいるように感じた瞬間がありました。時が止まったようでした。凄い芸の力だと思いました。

朗読する時、文章の持つリズムが聞こえているのです。それをきちんと表せるかどうかですが。感性は磨くことができますね。こうさんの高い感性と、体力はまだまだ磨けると思います。私も、少しでもいろいろな感性を磨きたいと思います。

私も失恋しました。(万感の思いを込めて)

私もゲーテの詩や小説は、好きで読んでいました。たくさんの物語をよく知っていますね。ゲーテは、実は難解と言われていますけれど、素敵に思えました。野ばらはゲーテなんですね。世界には素晴らしい天才たちがいて、私たちの生活を豊かにしてくれます。

毎日のようにお仕事があるのですか？😁
余裕のある今でも、スケジュールはギッチリですね。生徒のみなさんは、真剣にレッスンをされているのですか？　いつもくたくたと言っています。真剣に伝えているんですね。
焦らないで。残された時間と言うと、病気の余命のように聞こえます。わずかな時間でも勉強し、技を磨きたいと思っている雰囲気はいつも伝わってきます。👆💪与えられている時間は、誰にも分かりませんが、その時間その時間を、時間そのものを楽しんで一歩一歩上ってください。

7月7日
焦らないで、と言ったのは、追い詰められないで、というような意味です。一生懸命することと、時間に迫られるのは違うような気がしたからです。無心に今の時間に没入して打ち込めばと、思っただけです。😞👆🍀

ＢＳに玉置浩二ショーという番組があります。玉置さんのテープを聴いていると、本当にうまいなぁと思います。特にすごく小さい音になって、普通だと、きちんと音程が取れないようなところの情緒がすごいです。こうさんの歌も、小さく細くなるところがすごく切なく綺麗です。

彼が病気やスランプで、全く歌えなかった時期に、手を差し伸べたのは玉三郎さんだったと聞いています。才能を勿体ないと思ったのだと思います。

この間、長文は嬉しく思っていると言ってくださったので、続きを送ります。時間を遡った物語です。またまた長いです。

高校生の時、やはり芝居をしたいと、どこかで思っていました。先生をしながら芝居で生きる道を切り開くのはどうだろうとか、薬剤師はどうだろうかとか。とにかく自分の力で生きたいと思っていました。

ある時、父兄懇談会から帰った母が「先生は、薬盛りにするには惜しい、と言われたよ」と言うのです。信念など持っていない私はすぐに方向を見失いました。確かに幼なじみが家庭教師から難しい宿題を出されると私のところに持って来て解いてもらっていた、と言っていました。

結局、先生の勧める学校と京都の大学を受けて、二つとも落ちました。横浜を滑り止めに考えていたのに、京都へ合格発表を見に行き、もし受かっても行く気になれないという気分になって受けるのをやめる事にしました。

思い出しましたが、あの時、当時文通していた京都の男の子の家を訪ねたのです。お母さんにも歓迎してもらいました。横浜へ行くことになっていたのに先生に相談もなく勝手にやめ、どこへも入る学校はない状況で、どこまでも能天気でした。

受験といっても当時言われた四当五落など、好きなだけ寝たい私はとんでもないと思ってフラフラしていましたから、自業自得でした。友人は「あんたは、ほんとに勿体ないことをした」と言っていました。進学したかったわけでもないし何故か権威らしいものに反抗したい気分を持っていて落ち込むこともありませんでした。

東京の、母の友人の家に居候させてもらってアルバイトをしたり、家に戻ってお店を作って貰い、あんみつ屋を開いたりしました。

ところが店にやってくる友人は、学校の話をします。やっぱり短大くらいは行ったほうがいいのかなという気になって、お店をしながら学校に通うことにしました。教員の資格も取りましたが、まだ明確な目標は持てず、結局タレントをすることになったのです。

仕事を持ち自分で収入を得る、ということだけは決めていました。それと漠然と「生まれてきた以上、何者かになる」という思いがありました。

高校では体育祭になると、応援団として浴衣を着て音頭をとり、音楽祭になるとクラスの合唱の指揮をしていました。学校に入った時に役をもらったのでなんとなく何でもしていました。高校時代はやりたい放題、遊びたい放題、夢見放題、楽しい時代だったと卒業してから気付きました。真剣にならなかった訳は、当時は田舎のことですから、短大にでも行こうものなら嫁の貰い手がないと聞く事さえある時代でした。

ある年のクラス会に、めったに顔を出さない人が出席していました。60歳を過ぎて私が再婚したというので参加者全員で私を取り囲んで盛り上がっていました。その時その彼女が、学生時代の私の事を「地に足がついていないように見えた」と言ったのです。親にも親しい友人にも、誰にも言われたことはなかったのですが、それは自分で感じていた事でした。彼女がどうしてそれに気がついたのか分かりませんが、冷静沈着で物事をきちんと見る事の出来る性格の人でした。

1年生の期末か何か、生物の試験の直前にクラスメートの一人が私の席にやってきて「この問題はどう解くの？」と教科書の中の問題の解き方を訊いてきました。私の机の周りが黒山状態になり、テストが始まるとその問題が出ていました。担任の先生が、うちのクラスは平均点が20点高かった、一体何があったの？　と、クラスを見回しましたが、みんな黙っていました。

またある時、国語の授業中に先生が解説されていた時、手を挙げて「わかりません」と言うと、しばらく考えていた先生が「そうだな、違うな」と言われ、そのあと、廊下で会うと「今日は先生を苦しめよったな」と嬉しそうに言われました。この先生は担任で進学担当で、懇談会で母にあの意見を言われた方です。本当に熱心な先生だったので、卒業してからもずっと慕われていました。

どうして努力しなかったのか？　田舎の女子校の進学クラスで、大抵の人は真面目に目標に向かって努力をしていたと思います。学校帰りにお汁粉屋さんに入ったり、ちょい不良を気取っていました。目標もなく、信念もなく、すべきことをしていないから、足は地に着きません。こんなことでいいのか、わずかに不安を抱えて。

そうやって地に足がつかないまま、いい気になっていたように見えた私が受験に失敗したのを、あの頃皆はどう思っていただろうと、今頃思います。それなりの学校を出る事は、できれば持っていた方が良い人生の通行切符だったと後になって気付いたのです。

取り返せない長い長い時間を好きなように過ごし、夜中までテレビを見ていても、誰も何か言う家風ではありませんでした。女の子だからいいと思っていたのか。兄も弟も同じ環境に育ったのに、ちゃんとすべき事はしていたのです。私は本当に、地に足のつかない、傲慢で、大馬鹿者で、夢ばかり見ている世間知らずの阿呆でした。

母はいつも褒めてくれました。最近知ったのですが、褒めることは難しいようです。私は失敗が怖くて努力しなかったのかもしれない、そうではなくて、やはり何も考えていない単なる怠け者だったかもしれない、受かれば儲け物と思っていました。中学の時の親しい友人の一人から、何かで「だから進学クラスとは気が合わん」と言われたのです。その頃あったガリ勉という言葉に、そんなふうには思われたくないと思った気がします。本当に愚かでした。どこかの学校を出て、その後どうするの？　という気持ちは、霞の中を見ているようでした。若い時に自分の適性など見極められるものだろうか……。

結局、事業家になったのはきちんとした職につけなかったから、という気もします。そういう意味で、他の道があると示してくださった先生のおかげです。人間の運命は分かりません。

ずっと後になって、先生から頂いた葉書には「私も大いに期待を寄せていました」と書いてくださっていました。「個性的」という言葉もありました。会社を始めてしばらくした頃で「輝かしい将来が開かれて来る事でしょう」と書かれてありました。卒業して30年位経っていました。そんなに長い間私たちのことも私のことも、先生は覚えていてくださったのです。

後に社屋のビルを建てた頃、地元の名士になっている同級生が、洋裁学校と自宅を兼ねた建物を建て、先生に見てもらったと話していました。先生は喜んで熱心に見て回られたと言うのです。私も遠慮しないで来てもらえば喜んでもらえたかもしれないと思いました。先生はその後間もなく亡くなられました。

両親も亡くなっていました。見て欲しかった人には、誰にも見てもらうことができませんでしたが、その時は、それも一時のことで、すべてけ消えていく事、見てもらおうがもらうまいが、全ては同じことだと思いました。それにしても両親が見たら、こんなものを建てて大丈夫かと心配が先に立ったかも知れません。結局、親孝行だったのかもしれません。


なぜ権威らしきものに抵抗感を持っていたか、と言うと、自分が思っていた美しい世界と相容れないように思えたからかと思います。学校によって人にランクが付けられる感じにも抵抗感を持っていました。仕事ができるかどうかは、出身校ではないのは会社をしていてよくわかります。

塩田の家は学者の家で、お正月に集まると義父をはじめ何人もの教授が居ました。義父は叙勲までされました。再婚相手も教授、息子の嫁の実家も学者だらけで、何だこれっと、思う時があります。

短大の頃、本屋さんへ行くとハウツーものばかり目に入りました。シュワルツ博士という人の『大きく考えることの魔術』という本を読んだときから、考え方が広がったと思います。この本は当時知り合った人何人かにあげました。今では手元にもないのですが。『成功哲学』なども読みました。

会社組織の事は、あの短い在社期間以外には何一つ経験がないのに、当たり前のように会社を作り、何とか続けられたのは、父が事業をしていた事や、この頃の「意識」の作り方が根底にあった気がします。

社長を退き会社の一線から退いて殆ど仕事をしていない頃、一日中ゲームで遊んでいたりするので、どうせなら形に残る事をしようと、そのゲーム感覚で大卒の資格も認定心理士の資格も取りました。一応会社に行っているわけですから、ただ試験を受けるだけ、というような状況で、毎回10教科以上取りました。それを試験の始まる2週間位前になると、バタバタとスケジュール表を作り、試験日に合わせて準備をするので、追試でやっと単位をもらえた科目もありました。

世界の事や、ちょっと経済の事、文学、作品の成り立ちや教育の事、仏教、格差、哲学、住宅、体、運動や食の事、途上国の事、色彩、もちろん心理学のあれこれ、面白い科目もたくさんあって驚いたり、親しい人と共有したり。そういう意味で役に立ち勉強になりました。卒業証書を貰ってからも少し続けましたが、終わりの頃には、飛ばし技が使えなくなりました。

その少し前、静岡の友人が名古屋に来て講座を受けると言うので付き合って、そのまま触発されてアロマのインストラクターの資格を取りました。

大学に至ったのはその延長線上だと思います。

とにかく世間知らずのまま大きくなって、したいと思う事は何でもできると思っていました。母は物事の中に美しさや大切な事を見てほしいと思っていた気がします。権威や見かけ、贅沢品に振り回されないのが上質な生き方と考えていたような。母は世間知らずでした。私の事は大丈夫と思っていたのかという気がします。会社を起こしてしばらくして亡くなりました。化粧品も愛用していました。

今日はちょっと仕事があったので会社へ行ってきました。こんな時なのにうちは通販事業なので、そこまで大きな売り上げの減少もなく、ありがたいことです。

ありがとうございます。おかげで何故かいつも守られて生きてきたような気がします。
今、健康でしたい事は何でもできる恵まれた状態ですが、こうさんのように、さらなる高みを目指して頑張っている姿を見ると気持ちも引き締まり励みになります。私のやりたい放題の高校時代、いかがでしたか？♪♪

7月8日
この必死な表情を見ると、こうさんは芝居が本当にうまいなぁと思います。目隠しをされていても、苦しい思いが見えます。
園芸王子と言われていて、今プレバトなどにも出ている人気のタレントさんです。かなりのハンサムです。
とてもいい子でした。この回は園芸が話題だったので我が家の庭が登場しています。

7月9日
よかった。80歳と決めないといけませんか？
何か送って欲しいものはありますか？　歌でも送りましょうか。今夜はゆっくり眠れるといいですね。

7月10日
今日もお仕事でしたか！
お疲れ様でした。おやすみなさい。
こうさんの、体力や気力には脱帽です。
でも体を痛めた後は休養が大事ですから、少しでも休める時には休んでくださいね。

7月11日
昨夜は疲れているのにメールして下さってありがとう。本当にびっくりしました。ご気分はいかがですか？　もう大丈夫でしたか？
そんなこともあったんですね。たくさんの舞台写真は、変幻自在のジュピターのようです。新聞記事を見せますねと、おっしゃっていましたよ。

楽しみにしていると言ってくださったのに、先日のＤＭの写真にもコメントなしですよ。何もないと喜んでいるのか怒っているのか分かりませんよ。前進したい本物を得たい、そういう思いは私たち似ていますね。一時も惜しんで技の完成に挑むこうさんを心から尊敬しています。邪魔をしたくないと思っています。
でもいつか、抱き締めに来てくださいね。

玄関で誕生日のコンサートをしている、猫ちゃんとワンちゃん達。

7月12日
こうさんの体力や身体能力は尋常ではないと思いますが、気力だけでは乗り切れないこともありますよ。送り迎えをしてあげましょうか？

このＤＭは2、3年前のものですが、このあと対談企画は中断しています。私は最後にお嫁さんと一緒に出て交代してもらおうと思っていましたが。20年近くこの企画があったので色々な方にお話を聞くことができました。

田中さんが、最後の年に入院先から学校へ行っていたのを思い出します。私はせめて学期末まで生徒さん達を見てあげてほしいと思い送り迎えをしていました。その頃はまだ少し仕事をしていたので、ギリギリまで会社にいて、学校へ迎えに駆けつけていました。無理をさせてしまったかと今は思います。告知されていたより進行が速く、あっという間に亡くなりました。

昼間、少し暑くなったので珍しく好きなかき氷を食べに出ました。

スタバでは、席が空いてるように見えたのに、今は入っていただけませんと断られました。

あの通りには、6軒も7軒も、夏にはかき氷を食べさせるお店があります。ここに住んでちょうど6年ですがワンちゃんの散歩以外にはあまり近所を出歩いたことがなく、日曜日に賑わっているのを見ると面白い街だと思います。

私の手からは何かのパワーが出ていて、痛みを和らげることができるのですよ。思いだけ送ります。手が体温より1度くらい高いです。若い時は冷たい手をしていましたが。

7月13日

やはりこうさんの歌は他を圧倒し演技も断然上手いんだと思います。何年か前に、パンフレットにこうさんの名と挨拶を見ました。

ああ頑張っておられたんだなぁと、そこで知りました。

しとしとと、静かに降る雨です。

ほんと、かなり厳しい顔をしていますね。

本場に乗り込んで日本人が歌う。緊張しますね。

今でも自分が歌っている姿を見るのは恥ずかしいのですか？

ステージのディスクがあるのなら少しだけ貸してもらえますか？　こうさんのオペラを見てみたいです。

長電話で、体の話や政治家の悪口などを言っていました。私が、世間から攻撃されてもダメージを防ぐ方法を身に付けたのではないかと言われてしまいました。病気にならないのでそう思ったみたい。そんな事は有りません。痛みを逃す方法は身に付けたかもしれません。そろそろ始めてほしいと言われたので明日から瞑想の会を再開しようと思ったのですが、まだみんな揃ってのスタートは難しそうです。

じっとしているとまだ痛そうですね。😢

7月14日
これも大きな舞台だったんですね。✿♪華やかです。少し脚本構成に難があったのでしょうか。
やっぱりだいぶ痛そうです。よかったら治療器を持っていますけれど。

出光の社長さんは素晴らしい方ですね。岡田くんが主演した映画を見ました。岡田准一は素晴らしい役者です。この人の「蜩ノ記」は本当に美しく凄かったです。きちんと生きている武士に見えます。

役所広司が大好きで、ずっと応援していますが、役所さんは凄いです。今では岡田くんのファンにもなりました。❤役所さんはこの同じ時期にまるで違う映画も撮っていますよ。

7月15日
今日、本棚でこんな本を見つけました。ゲーテが好きだと言っていましたよね。

座右のゲーテ
私は一枚のカルタに大枚のお金をかけるように、現在と言うものの一切を賭けたのだ。そして、その現在を誇張なしにできるだけ高めようとしたのさ。
人はただ自分の愛する人からのみ学ぶものだ。
それから、こんなものもありましたよ。
優しい言葉一つで冬中暖かい　諺
高尚なる男性は女性の忠告によって、いっそう高尚になる　ゲーテ
人生最大の幸福は、愛されていると言う確信にある　ユゴー
ゲーテの言葉は、ちょうど歌に打ち込んでいるこうさんの姿に重なりますね。

抜群の声を持つ歌い手、ですね。自分がこうありたい、ということを大切に活動してこられたのだと思います。おやすみなさい。

7月16日
素敵ですねえー。
こうさんはプレッシャーがあっても、余計に頑張りそうな感じがします。とても楽しみです。
好漢と言う言い方、素敵です。

俺の事は気にするな!!　先に行け!!
家に帰る途中、信号待ちの、前の車です。笑えました。

（人間は寂しい生き物
多分、想像力があるから
寂しさを、誰に話したらいい？
誰もいない
呆れられたくないから
話せる人はいない
呆れない人で
分かってくれる人はいる？

我慢して、一人いる
あの人は歌うことにしか関心がない
そのことを大切に思う
だから尊敬している
だからどうしようもなく、寂しい自分のままいる）

7月17日
もう30年くらい使っていますが、その間体調が悪いことがたくさんあってずいぶん助けられました。息子が足の靭帯を損傷した時、これとローションで抑えました。うちのローションは何と痛みを抑える効果があるのです。医者で手当てをしてもらい帰っても痛いので、湿布薬を外してローションをカット綿につけて貼ったほどです。結局そのまま医者へは通わず治しました。

肩などに大きく使えるものも持っています。息子がスキーで転倒して骨を折ったので、何とか楽にできないかと買ったのですが、使ってくれません。サポーターは中に何か人体に反応するプラチナの電子が出ていて、血行を良くし痛みを改善するというので購入しました。これも、ベストに縫い込んで使わせようとしましたが、捨てられました。（高価なのに！）

あら、せっかくですから今夜からどうぞ。早く楽になりますように。❤

7月18日
楽しい一日になりましたね。今度参加される方ですね、イケメン。👍すごく楽しみです。♪♪

今日は来客で、お昼少し前から5時過ぎまで居ましたから、ずっと何かを作り続ける接待日でした。紅茶や冷たいゼリー、ナッツやお菓子。一休みして、天ぷらをいっぱい揚げ、おそうめんで昼食。デザートに、最後はコーヒーです。☕お腹いっぱいになって帰りました。天ぷらは私の得意料理で、有り合わせの野菜や海苔などで6種類くらいをパパっと揚げますが、同じようには揚がらないらしいです。にんじんや玉ねぎや、しめじがとても美味しいです。お店で食べるより好きです。衣がすごく薄いので胃にもたれないと言っていました。
後片付けをしてから、食材があったので、おかずを大量に作り、暗くなる前にドディさんの夕方の散歩に行ってきたところです。おかげで我が家は冷蔵庫がいっぱい、1か月籠城しろと言われても大丈夫です。今日は調理人になった気分で、なかなか楽しかったですよ。
彼女たちは私を見て「しおちゃんのそんなお腹は

見たことがない」と言いました。すごいおデブです。どうしたらいいと思いますか？

7月19日

確かに人は、何とかしたいと苦しんでもがいた先に、道も開け自信もつきますね。

時間芸術に携わっている人たちは、プレッシャーも半端じゃないと思いますから大変ですね。

こうさんは大丈夫！がんばれ！


今日も友人と長電話をしていました。「あんたがいなかったら生きていけん」と言っていましたよ。人は誰かに分かってもらいたいし、愚痴も言わなきゃやってられないのでしょうね。昔は毎晩電話がかかってきました。

私はこうさんから毎晩電話がかかってきたら、どうしたかなぁ。かけません？　そうですね。

こうさんの歌を聴いていると、人間はこんなことができるんだなぁ、どんな努力があるんだろう、こんなことができたら、こんな風に人を魅了できたら、幸せだろうなぁと思います。

（やつは平気で恋を仕掛け、決して捕まらない
そうか、だからいいのか
やつは、歌に恋したままだ
しかも私の心を摑んでいる

失恋したからもう怖いものはないのだ
もう望みは無い、だから遠慮はしない
でも私は軟弱者だから
すぐにヘタル、振り回される

毎晩死ぬ
私の恋は毎晩終わる
もうやめにしよう
もう耐えられない

嫌われる前に終りにしよう

朝、私は蘇る
プロメテウスのように
朝にはまた恋をしている
胸がワタワタしている

いい女は大抵恋でひどい目にあう
手放しで恋してしまうから

今度いい男にあったら、絶対に押し倒してやる

なんだか、落ち着いた
多分もう大丈夫

きっと男は、女が恋するようには女を恋しないん
だよ。そうじゃなくて、私の方がたくさん恋して
るってことか
それっていいかも

私には最後のほんとの恋だと思うのに
仕方ない
深情けの女だから
それにしても、やっぱり幻のよう
本当はいない人なのに
夢を見ているだけのよう

愛も恋も、相手をよく知らなくったって成り立つ
ね
どっちがより多く愛しているか、執着しているか、
という事？

私は、執着は嫌
よかった
ずいぶん平気になった）

7月20日
愛らしい！　今日は幸せな日でしたね。

人間は思い詰めると、どんなに人より恵まれていても何をするか分かりませんね。じっと抱きしめてあげる人が、そばにいたらきっと大丈夫でしたよ。きっと運命ですね。

私は、息子が仕事で悩んで辞めると言って不安定になった時、もう会社を閉める覚悟でした。

私が社長でいると自分の想いをなかなか形に出来ない、このままではいけないと焦って悩んでいましたから、私が退いて社長を交代することで安定して仕事に打ち込みました。まだ29歳でした。そして自分の思うように経営に当たっています。もちろん全責任を負うのは大変ですが。

私はいつの間にか守りに入っていたと思います。

こうさんは、何も持っていなかった私が、どうやって会社を作ったのか不思議に思った事はありませんか？

こうさんの頑張りは、素晴らしいです。たくさん褒めてあげていいと思います。💕💖また明日。


（コロナで閉じこもっている間、ずっと時の流れがゆっくりになっていた。

こんなゆっくりに感じた事は、人生の中でなかったと思う。あれはー、と考えると、えっまだ先週の事？　といった具合。ところが、少し社会と関わりを持って、というか予定がわずかでも入って来ると、また時間の流れが戻ってしまった。

ただ一日は、なぜか長い。一日はもう終わる？　という位早いのだけれど、うたびとからのＬＩＮＥはまだ来てないなと思うと、受け取ったのがずいぶん前の気がする。

最後に受け取ってから、一日も経っていない。

一日も休まずＬＩＮＥを送ってくる。入院しても、体調が悪くても、とりあえず送ってくる。私は、たいていは折り返し返事をする。

翌日、送られてくるものは私が書いた内容とはまるで関係ない内容になっている時もある。

送られてくる時間で、状況や、温度が推し量れる。

言葉は丁寧で、深い。

飽きないのだろうか？　無理に送ってきている様子では無い。ＬＩＮＥが止まったら止まった時、と思いつつ。どんな気持ちになるか。少しほっとする気もする。

始まってから、一度だけ会った。

半年以上経った、その間に会ったのは一度。

歌うために現れた）

7月21日
今日は、瞑想の会を先週に引き続き開催。といってもほとんどは体をのばしたり曲げたり飛んだり歩いたりいろいろです。今日はやっと参加出来た人も大丈夫なように座りっぱなしのストレッチです。結構あちこち、しっかり動かせるので「これって60歳以上限定にやったら、すごい人気が出ると思うわ」と評価は高いです。

今日は黒い細身のＴシャツで参加しましたが驚かれました。２日しか経っていませんが一応すっきり見える体型に戻すのに成功しましたよ。奥の手、ロングブレスで一気に戻しましたから、それでそんなになるのって言うので食事も１割くらい減らしたかなって。

鏡の前で、私のやることを真似てもらうのですが「若く見えるねぇ、70代の男を誰か探したらどうだ」と言うので「50代でも大丈夫！」と大笑いしながらやっています。おばさんたちは今日も元気でした。

私はオペラの状況に詳しくないのでわかりませんが、それだけのタイトルロールというか総なめにし、たくさんのレパートリーもこなせる方が他にはいらっしゃらないのではないかと思います。

誰にもできなかったことをやってこられた自負があると思います。

目標、狙いを定めて精進されれば、道は全うできますね。本当にすごい方だと思います。

アイ・エム・ワイは今年創業30周年ですが、取引先の銀行関係者の方によく「奇跡の会社」と言っていただきました。女性ならではの健全経営を続けてきたのです。でも経営者としては、やっとの思いでやってきたと思います。

どうやって少しずつ大きくしたのか、お話ししていくとかなり長いお話になってしまいます。同じ女性経営者ではるかに素晴らしい仕事をなさっている方もたくさんあるしと、少し思っています。

ナイアガラの滝です。

すごいですね。自由にならないことがたくさんあってご苦労されたことと思います。

そうですか、使命感ですね！　結局人間を支えるのは、最後はそういう形になるのかもしれませんね。

滝を見て少し涼んでいただこうと思いました。

だんだん会社の最前線から引いていったので、10年位前からあちこち行くようになりました。

息子が作ったガンダム。倍以上ありましたが、おチビがだいぶ壊しました。

あれから痛みのほうはどうですか？

7月22日

(こうさんから最初にＬＩＮＥが届いた時、そう、癌？　という、あの頃です。どうしたんだろう、突然私に？　と思いながら返事を書いていました。

そうやって時々ＬＩＮＥが来て、これはきっと何人かの方に同じ文章を送ってるのかなって思いました。

そしてコロナの中、回ってくる文章や動画を回していました。そうして4月になって、これは私に向けて発信している、そういう変化がありました。ごめんなさい。私は自分に自信がないので、そんなふうに思ったりしていたのです。そして今もやっぱり、自信がありません。

こうさんが現れて、私って結構いい女かもしれないと、その気になったりしました。

周囲の事は全く考えてもいなかったんです。そのうちだんだんと、迷惑はかけられない、そんなことばかり考えるようになりました。

こうさん、私はとても細い道を歩いている気がします。消えそうな細い道です。

話しても話しても、遠くにいるような感じがします。

こうさんは、どんな道を歩いていますか?


こうさんの粘り強さ、潔さ、優しさ、暖かさ、そして志を貫く強さ、人として大切なものを持っている人だと思います。大切に思い誇りに思っています。

でも私の悲しみは終わる事が無いかもしれません。

悲しみでも、何もないよりあったほうがいいと言いますね。そうかもしれません。だけど、こうさんとはもちろん悲しみだけではないです。

楽しい話も、元気の出る話もたくさんしてくれます。美しい文章をたくさん書いてくれます。

私は何か役に立つでしょうか。

私はこうさんを少しでも助けてあげられるでしょうか)

(あ、飛んで行ってしまった)


ビクトリアの滝です。

7月23日
トルマリンは凄いですよ。
2年位前の旅行先で思いっきり脚をぶつけたところが、痛みがないので、そこが変だとずっと気がつかなかったのですが、今回の事で思いついて付けていたら、ずいぶん様子が変わりました。ファッションモデル時代の自慢の脚線美を取り戻しそうです。

アフリカの、ザンビアとジンバブエの両方から見えますよ。あまりの水量に、遠くからも水煙が上がっているのが見えます。

咲きそうなアガパンサス。あっという間に伸びてきます。


明け方に飛んで行ったのは、事故です。

夜中に眠れないままに、心の中を書いていました。

知られてはいけないことでした。触ったつもりはないのにまさか飛んでいくとは。

どうしてそこで書いていたのか。しかも、まだ暗さの残る5時。心の底ではきっと伝えたい気持ちがあったのでしょう。

呆然としても、飛んでいったら、もう取り戻せません。終わりね、と思いました。

何回同じ人に失恋したら、気が済むのか。大切な恋だったのに。

でももう行き詰まっていました。心の友で留めておいてくださったら、どんなによかったか。

でも、後悔はありません。

素敵な時間を、ありがとう。

と、思っていました。

上手に上手に、かわされました。大人だから。


恋しているのは、いつの間にか自分だけと、知っていました。気付くのが嫌だったんだと思います。

もう、大丈夫です。それどころではないですね。

でも少し明るくなりました。

7月24日
あははハハハ、
明け方に、細い道の変なメールが飛んでいってしまったことでしょ!
こうさんは天才です。とてもかないません。
ちょっと道が太くなりました。
もう消えるところでした。
ビームもトルマリンもサポーターも、全部使って痛みは早くとって下さい。

南米のイグアスの滝です。これで世界三大瀑布を制覇しました。

7月25日
久しぶりの休養、いいですね。そして優しいです。♫こうさんはカンが鋭いですね。

こうしていると、一緒にお休みの日を過ごしているようです。

緊張して、胃が上のほうに上がっていたのですね。2曲目で立ち直ったのはさすがです。♫

私も楽器が弾けたら、お姉ちゃんのように音楽的な演奏ができる気がします。♫なーんてね。

子供の時にお稽古で習っていたのは日本舞踊です。だから三味線の音や琴が好きで、琴やギターは見真似で少し弾いていました。お琴は今も形見にもっています。三味線は、大人になってから習いました。楽器が自由に操れると素敵ですね。

道の話をしてくれましたね。

この道が長く続くとは思っていませんでした。

壊してしまったのは自分ですけど誕生日までは、せめてもって欲しいと思っていました。儚すぎる、でも夢をいっぱい見せてもらった、そして少し悲しい道でした。

でもすごいですよね、自分がどんなに若い心を持っているのか、おかげで気付くことができました、本当に凄い事です。こんなこと発見してしまったので、また何か始めないといけないです。

私の生きる目的は、生きた証となる、何者かになることと、そしてそれ以上に夢見た想いは、本当に愛し合える人との出会いでした。

一生懸命仕事をしたのは、そのため（まず、子供を育てるためで）。自立した女性であることが、何より必要だと思っていました、学生の頃から。愛は大切な、人生をかけた夢でした。男の人には分からないかもしれないですね。

もうとっくに、そんな夢から遠ざかってしまったと思っていたのに。だって62歳で再婚した時、周りでどんなに驚かれたか、その結婚は理想とは違いましたが、それからもう12年経ちました。

誰もがありえないと思うような時に、あなたに会えてよかった。あなたでなかったら、きっと起こらないことでした。

70代は若いです、まだ何でもできます。とうとう本物の愛し合える人に出会ったと思ったのです。

無理でしたね。

笑うかもしれませんが、本当に気付かなかったんです。知らなくても良い状況でしたから、愛し合えない人なのかもと。（今も確かめてはいないけれど）

何しろ私は世間知らずですから。

残酷な夢になる前に、消えそうな儚い道を手放します。

親愛の気持ちを残して。

楽しかった。🍀💖🎶

人は行くべき道が見えた時、その道は広くまっすぐ前に伸びていて、この道を迷わず進めばいいとわかります。

また、何者かであるための道を探して前を向きます。もしかしたらまた誰かに会えるかもしれないから、心の底を見せ合えるような、魂で結びつけるような。

男の人は、少女の夢を見たままの私のエネルギーに付き合えないかもしれないけれど。

でもいつか、一緒の空間でなにげに過ごすだけで、少し文句を言ったり気持ちが穏やかになれる人に会えるかもしれません。

あなたの道は、険しくとも、しっかりしたゆるぎない道です。

歩き続けてくださいね。

小雨の中を、泣きながらドディさんと歩いていました。

そちらに、こうさんではなく私の心の友はいらっしゃいますか？
いらしたら代わっていただけますか？
涙が止まりません。

……いつも側にいますよ！　何でも言って下さい。全てを受け入れますよ。心の友より

……

こうさんとは絶交と言ってください。

……智子さんを苦しめているようです。無理に心の友になって下さいと僕がお願いしました。智子さんとの心の友の関係を断ちます。

……
ありがとう、心の友さん。
さようなら。

7月26日
心の友さん、お変わりはありませんか？
あれから、自分でも驚くほど穏やかな気持ちで過ごしています。心に執着はありません。

振り切ろうとしても、なお側にいてくれるあの人の想いと、それを振り切らなければならない自分の想いで涙が止まりませんでした。
心の友さん、あの人に会ったら伝えてください。
時雨が降ると言って心を揺らしたことも、揺らしたまま放っておいた事も許せませんが、大切に思う気持ちは変わりませんと。
あの歌は人生の証で、全曲が僕の手のひらで躍動

していますと言っていたので、今日は雨の庭を眺めながら聴いていました。あの人の声には、力強さの中にも切なさがありますね。私は、傷だらけになりながらもステージの上を走り回って歌うあの人を想像するのが好きでした。
それから、これも忘れないで伝えてください。もう覚えていないかもしれませんがとても大切な事です。明日話しますと、必ず伝えてくださいね。じゃあ、お元気で。

7月27日
こうちゃん、もう耐えられません。助けてください。
目も心臓も潰れそうです。
瞑想の会があって、一人になったら、もうどうにもならなくなって。マスクをしていなかったら、どうにもならないところでした。

1年半ほど前に、担当の歯科衛生士さんが歯茎の変化を見つけてくれて癌化するかもしれない組織があるということで、経過観察中です。少し前からもしかしたら改善しているのではないかという気がして、もしそうなら食べ物の影響です。確実になったら伝えたいと思っていました。
今回の野菜をたくさん取る生活になって改善が起きていれば、がん細胞に働きかけているのでは、と思ったのです。野菜にはそういう力があると言われています。
安心して音楽活動ができます。

7月28日
悲しみは消えました。消えそうな細い道もです。あれからずいぶん時間が経った気がするのですが、まだほんの2、3日ですね。
昨日の事だってずいぶん前の気がします。
本当に大変だったんですよ。あんな風に、身も世もなく誰かに助けを求めたのは生まれて初めてです。どんなにひどいことが起こっていても両親にさえ打ち明けず、一人で抱えてきました。

きっと私の波乱の人生を知ったら驚きますよ。

昨日は心が潰れてしまいそうで、生まれて初めて縋りました。何をやってるかと思うでしょ。

こんなこと書いてますけど、本当に大丈夫ですよ、もう。すごいパワーでしょ、私。

悲しみと、いつ消えるかもしれない細い道を恐れ、それを切るためでした。

大切なものも一緒に消えてしまうと知りながら、私が苦しいと知ったら消えてしまうと知っていたから、そして一度決めたら戻らないと知っていたからずっと隠していたのだし、本当に何もかも失う覚悟でした。その先に何があるかも分からなかったのに死んだ気で飛びました。

こうちゃん、本当は私すごく良い女だって知っていました？　それだけじゃなく本当にいい人です。

私は自分ほどいい女にも、いい人にも会った事はありませんよ（本当はいます）。

一度ならず、観音様のような人だと言われました。

あの人は、私が思っていた以上にいい男でした。

そしてやっぱり、心の友は本当に大切だとわかりました。

心の友を持っている人がこの世にどれくらいいるでしょうか？

こうちゃん、あの人は私があの人の優しさを振り切って絶交したことをまだ怒っているでしょうか？


この時期、同じ大変なことをするのでもコロナがさらに大変にしています。気をつけてお仕事をしてください。


いえ、こうさんが語ってくれる様々な思いや歌にかける情熱に、心を添わせるように聞いていましたよ。幸せでした。

あなたは本当に素敵です。辛い１週間でしたが乗り越えました。

戻ってくださってありがとう。

7月29日

ありがとうございます。

楽しみですね。私のイメージする、こうさんのオペラが見られますね。

この間の、「何でも言ってください。全てを受け入れますよ」は、まだ有効でしょうか？

……

7月31日

コロナと戦いながらも次の準備が進んでいますね。

そうですよね、厚かましいですよね。もしOKだったら、どんなお願いをしたいのか想像してみました。すみません。

同じ人間同士でも、ある人とは憎み合い、ある人とは助け合い、ある人とは愛しみ合えます。

人と人は、向き合った人同士にしか生まれない不思議な関係を作ります。それを相性と言うのかもしれません、知性と言うのかもしれません。

少しでも居心地の良い、向上しあえる関係を求めますね。

魂が喜ぶ、成長出来る関係だったと思います。

真剣に生きて居る人だから。

初めての事でした。

頑張りましょうと言ってもらったので、いつか凄いですね、と言ってもらえるように頑張りますね。

夕べから蓼科に来ています。

やっぱり涼しいです。

ありがとう。本当にごめんなさい。

苦しくて心の友に絶交と伝えてもらいましたが、心の友には永遠の友情を誓いましたのでそれはこれからも変わらないと思います。

どんなになっても全部受ける覚悟で飛んでしまって、挙句に助けを求めて、訳が分かりませんが、おかげでうんと辛い思いをして、悲しみは消えました。縛りの箍が取れたのです。大切なことがわかりました。


いつか許せる時が来たら、戻ってきてください。

私はいつもここにいます。

8月2日
良かったです。
こうさんの邪魔はしたくない、迷惑を掛けたくないとばかり思っていて、自分で首を絞めていたようです。

8月3日
獅子座ですが真夜中に生まれたので性格は静かです。でもないかな？私もこうさんにレーズン入りの食パンをプレゼントに買いますね。まだお誕生日プレゼントあげていないので。

今度はとうとう女神になりましたね。

今日は久しぶりにお風呂にお湯を張って38度のぬるめにして炭酸を入れて15分以上、ゆっくり入りました。出てきても汗はほとんど出ないのに体があったまっていてすごく気持ちが良いですよ。

本当は36度が凄く気持ちが良いらしいです。

ぶどうを収穫しました。9粒です。

このこうさんは何か哲学的ですね。戦争の悲惨さは、伝えないといけないですが、今は美しい優しいメロディーの中にいたい。

昨日は、メールが来たので、大泣きしていました。

ドさんが鼻の先を舐めてくれました。もう自分に嘘はつけないと思いました。

こうさんがよければ、いつも行かれるお店に行こうかな。知らん顔して隣の席に座ってチャットをするのはどうかしら。

8月6日
これは、何日か経ってずっと暇になったら読んでください。そして、読まなくても、大丈夫です。

……


大切なことが分かりました、という大切なことって。

心の中を聞けました。あの夜の言葉も思いが溢れていました。

私が言いたい放題なのに、聞いててくれます。いつの間にか、段々何か離れた所から言葉が来ているような気がしていて、今は本当の言葉を聞けた気がします。

やらなければいけない使命！　ですね。よーくわかっていますし邪魔はしません。


だって私は応援団ですから。

コロナと戦いながらも、次への準備が進んでいますね。

でも心の友とは、語り合えるひとときにはみんな忘れて楽しんで、悪口だって本音で馬鹿みたいに言いたい放題で良いのではないかと思うのです。

言わぬが花って思ってるでしょ。

私の悲しみは、こうちゃんの背負っているものに対する遠慮と、心が揺れたことと、心が見えなくなった気がしたことでした。

そのまま、居たかった。

でも留まっても、悲しみが消えるわけではありませんから、だからもう悲しみのない所へ行くには飛んでしまうしかなかったのです。

居なくなってもやっていけるのか、それまでの悲しみの何倍もの悲しみがやってくるに違いないけれど、どんなになっても全部受ける覚悟で飛んでしまって、挙句にこうちゃんに助けを求めて。酷いうんと辛い思いをして悲しみは消えました。

ことをしたのに受け入れてくれました。

私たち自身にもそんなに長い時間はありません。どんなに短い時間でも、向き合えた時は向き合える時間は、全部忘れてこの世の外と思って自分たちの思うように、幸せな良い時間を持てばいいのです。

素敵な言葉を、そして思いっきりバカな言葉を、ほんとの言葉を交わせばいいのです。自分を嫌いになるようなことさえしなければ。

心の友だから。


何でもしてくれるなら、揺らして下さい。

時々でも、もうお腹がいっぱいというくらいでも、思いつく度に、揺らして下さい。

私もこうちゃんがもっと輝く言葉をたくさん送ります。

言葉は大事です。

言葉は魂ですよね。


悲しみは無いから揺れても大丈夫です。

この世に生まれてすごく長い時間がかかったけれど運命のように巡り会って、それが素敵でなければ、もったいないでしょ。それに、いくら揺らされてもその内に平気な時がきます。そうなるまでいっぱい揺らしてください。

これが、もし戻ってきてくれているのならお願いしたかったことです。


空気の薄い星に居るみたいに苦しいです。でも耐えないと仕方がないですね。ずっと悲しい思いをするわけにはいかないから。

頑張ろう、時間が経てば平気になる。しばらくの間だ。あの人も痛んでいるのかしら?

一生懸命、何事もなかったようにしようとしてくれていた。耐えられるかなぁ。

この家は周りにいろいろな樹木を植えているお宅

が多いので、小鳥がよく鳴いています。聞こえると少しだけ洗濯物干し場になっている狭い部屋に座っています。プチ瞑想だと思って。

あの人は、会いたがった事は無い。きっと何かの思いはあると思う。でも恋はしていない。やっぱり聞きたい。恋したことがある？　私に。


辛かった時、一枚だけ引いたタロットカード、もう壊れていると思ったから躊躇なく引きました。

皇帝の正位置でした。

運命は、まだ結びついたまま？

タロットカードの力を知っていました。だから、壊れずにいられましたが、もし、このまま消えても、もう大丈夫。


こうして静かな、穏やかな優しい悲しみが始まった。

これもやがて消えていく。


何も変わらない一日が終わる。

汚れっちまった悲しみ、です。

どんなに悲しくったって一緒にいてくれたのだから、自分の心を抑えていればそのまま一緒に居られた。私にはそういうことが、できないらしい。

人は、幸せの中にいる時、それに気づかず通り過ぎてしまう。失って初めて、その大切さに気づく。

この出会いが、幸せでなければ何だったと言うのか。まるで「約束」の世界の中にいるように歯を食いしばっている。

もう一度タロットカードを引いた
驚いたことに、審判の正位置
愛に奇跡が起きる
どういうことだろう。

本気なら、自ら奇跡を起こさないと。私は、恋には向かない体質だろうなぁ。

あなたが心の中にいると思うと、幸せだと言ってくれた。

もう私はそこにはいない。

お互いの心の中にいるだけで、充分だった。

そういうことを忘れてしまったような、少し前にもらったメールの内容も覚えていないようなメールが届くようになった。きっと仕事が本格的になったのだ。

そんなことが怖くて消えていくような気がして耐えられなくなった。耐えるべきか、辛くても一人に戻るべきか、心は揺れ続けた。

決して邪魔はしない、決して迷惑をかけない、そう思っているのにさらに遠くになるかもしれない、そう思えた。自分の辛さから逃れることを優先してしまった。

耐え続ける愛なんて到底出来ないから。

揺らさないでいてくれていたら、心の友で居られたのに、揺らしてくれたから、とんでもない幸せを感じられた。そこから引き返すことができなかった、こうでもしないことには。

もう、歌を聴きながら「この人が心の中にいる」と思うことができなくなってしまった。

コロナが終われば男の人は仕事に戻る。恋愛ごっこに現を抜かしている暇はなくなる。

それを彼の心変わりのように思い、怯え、ついには逃げ出すことにしたのだ。彼はそんなことをちっとも望んでいなかったと気づいても後の祭り。

私は邪魔を絶対にしないと決めていたから、忙しい人に私のために時間を作ってと求めるなど考えるだけでも許せなかった。

自分自身でどんどん自分を縛り付けて、そしてそのたがを外すために離れるしかなかった。

穏やかに彼を見つめて過ごすこともできた筈だったのに、それは彼の望みでもあっただろうに。

私は彼の才能と情熱と美意識が好きでした。

いちど決めたら、決して戻らない人だと思ってたのに、私が戻ってくれたと勘違いしたまま、そして気づいても気づかぬままのそのままにしていたら戻ることができただろうか。かもしれないという気がする。

新美南吉のお話に、「でんでん虫の悲しみ」というのがある。でんでん虫が、自分の体の中に悲しみがいっぱい詰まっているのを悲しむ話。

誰もがみんな悲しい、という話。

こうなってテレビドラマを見ていると、女の人はみんなこういう思いをしている。

愛を求め、愛を恐れている。

いろいろ、心の奥底で気づいていたことが、だんだん蘇る。


本当はいつも思っていた、もしこのまま止まってしまっても、それは大丈夫と。そう、騒ぎを起こすまでは。

おかげで耐えられないことになってしまった。あの時、知らん顔して、して欲しいことを送っていたら私たちはどうなったか。もう戻らないと決めたのは私だったし、戻って欲しいと思ったのも私。

ほんとにアホだね。どうしてこんなに短気なんだろう。取り返しはつかない。

恋っていうのは、きっと幻影で思い込みなんだろう。

でもいつか誰かに、また会えるかもしれない。

いい年して、幼稚で笑える。

あの人は、ほっとしているかしら。少しは寂しいと、思ってくれているかしら。

やっぱり悲しい。

ＬＩＮＥが来た。
大泣きした。
もう自分はごまかせない。でも、本当に戻ってくれたのかどうか、まだやっぱりわからない。

大事なのは、お互いの心にいるということだった。あの人が、自分の心にいないと思うと耐えられなかった。

戻らないはずの人が、戻るとしたら、それは愛かもしれない。


……


ありがとう。

何日か経ってと、お願いしたのに読んでしまったのですか？

勘がいいでしょ。普通の女性なら、勘違いしたままですよ。

歌はこうさんの命ですから、それ以上はありません。気持ちが萎えたと、言っていましたから、そこまでの思いは本当にあったと思います。それで充分です。

人が苦しむのは、心が引き裂かれる時です。引き裂くものはもうありませんね。


青春時代に戻りたくは無いです。

こうさんとは絶交したままになりましたが、間を繋いでくれていたこうちゃんとは、これで本当の友になりました。

こうさんが頑張って戦っている間は、ずっと見守っていますね。


夕暮れの、見上げるような、ひまわり。

8月8日
こころの時代ですね。ちょうど見ていました。

とても素敵な方です。

音楽の世界に生きる人のことを考えていました。

音楽が好きで、さらに極めていきたい、人に伝えたい、そういう思いをずっと聞いてきましたが、ここにもいらっしゃるなぁと思って、番組を見ていました。

皆さん美しいです。♪♪

まだなお、なすべきことを考えていかれるのですね。生きている限り留まることのない道ですね。体を労って下さい。そこまで磨いてきた声が、命とともに消えてしまうなら、一日でも長く続くように大切にしないといけませんね。

先日、体はえらくないの？　と訊かれましたが全然です。昔、70歳超えると体がきついということを聞きました。多分体を動かす事と食べ物だよねと、伝えました。

私はたいして動いていません。それでも体は2、3か月で変わるというのが実感です。

多分運動のほうは、心配ないと思いますが、また、おせっかいが出てしまいました。

（もう一度、タロットを引いた
星の逆位置
理想が高すぎる、頑なになってしまって相手が良く見えない
もう一度
隠者の正位置
ほろびることなき愛
恋人とはテレホンデートがラッキー

人は皆褒められたがっている。

自分を認めてもらいたがっている。

自分を知って欲しがっている。


世界中から愛され賞賛を得ても、たった一人の愛がなくて、悲しいことがある。


多分あいつもメールをしないといられないんだ。

笑える。なんだってんだ。


もう汚れっちまった悲しみで、恋で、それなのに、歌ってあげる以外何もしてあげられない、とか言って、戻ってきたかどうかも分からず、なんだっ

てんだ。
全部忘れているとしか思えない。
心の友と言った事も、自分が揺らしたことも。
どういう事だろう。
そして、私は悲しいまま。

思い込みに違いない。離れているから恋しいと思っているだけに違いない。

もしかして集中しすぎて生きているから、他のことは飛んでしまうのかもしれない。B型に違いない）

8月11日
ベルカントの最終段階とは凄いことだと思います。
ここへきて実現できただけでも凄いことではないでしょうか？
経験は、数が多いと豊かということになるのですね。
単に数よりも、どのくらい深いかの方が大切のように思います。
大切なお話をして下さいますね。😋
よく私にグリーンが似合うと分かりましたね。赤も似合うでしょうか？🖤
長い間、スーツかパジャマかという生活でしたので、ようやく普通の洋服のコーディネートができるようになりました。😊
似合うと言われていたので執着があり捨てられません。若い時は、黒にこだわった服をよく着ていました。今ではカラフルです。💕

8月12日
ええ？　馬鹿なことではないでしょ！
ますます充実している力を試したいのではないですか？🎶
こうちゃん、こうさんはどうして私を揺らそうと思ったのかしら、そしてどうしてやめてしまったのかしら、訊いてくれませんか？

今はもう落ち着いたから教えてもらってもいいかな、だめかな。無理だったらいいのですが、やっぱり知りたいと思うのです。

8月13日

人生はどうあるべきか、全ての人は、その答えを求めて歩いているのかもしれません。茶番劇だと思えば、そうかもしれません。

ヴェルディやベートーベンは、きっと晩年に心を打ち砕かれるようなことがあったのかと思います。答えはそれぞれの信ずる思いの中にあると思います。

こうさんが集大成を目指しているように、私も自分の人生を意味あるものにしたいと思います。

こうさんは本当に真剣に生きていると思います。

今度は私が、困らせてしまったようです。とても不思議な気がします。最近の事を訊いたのではなかったので。気を遣ってくださった気持ちはよくわかっています。

こうさんの晩年が、このまま道を極め、幸せで、心を砕かれるようなことがないよう願います。


……理解し合える良い関係であることを願っています。今の僕は自分の道を極めるだけ極めたいと思っています。お休みなさい。

8月14日

こうさんの集大成が懐疑的なものにならないようにするには、出来上がったものを発表する以外ないと思いますが。

こうさんを、愛してくださる皆さんに来ていただいて。

こうさんが間違えているのは、私の心を揺らしたからではなく、ある時、揺らさなくなったので心が壊れたということです。忘れてしまったかもしれませんが。
私たちには心の中での結びつきしかなかったのですから、お互いの心の大切なところにいると思えることが全てでした。
今はもう、その事は良いのです。もう、別のところに仕舞いましたから、大丈夫です。

8月16日
余計なおせっかいを、その世界のこともわからないのに、お伝えしてしまったかと思いました。
きちんとしたものとは別に、例えば年に4回、季節ごとに小さいホールで、間近に聞いていただく小さいコンサートを行う、定期的な催しとする、なども考えられますね。こうさんの声は、小さいホールは無理かもしれませんが。
DVDありがとうございます。楽しみに待っています。今度お会いしたら抱きしめます。

8月20日
ごめんなさい。からかっただけ、と言うのは嘘です。でも、私たちは現実の狭間にいますから、やはり、お会いしないでおきます。
いつかお茶しましょう。
そういえば、機会があれば庭を見たいと以前言っていましたね。ふっとその気になったら、お越しください。庭でお茶を差し上げます。

（最後のタロット
法皇　深く広い愛
これは何を指しているのかしら。）

8月24日
大きな白鳥だったのですね。こうさんには、動物と交流できる何かがあるかのようですね。
以前、横浜の八景島水族館に行った時、シロイルカたちがいました。呼びかけて遊んでいたのですが、帰るとき、じゃあね、またねと言うと、ずっとついて泳いできました。きっとイルカには言葉がわかるのだと思います。

少し暑さが和らいだような気がしますね。体調が回復すると、すぐお稽古ですね。♪♪

今夜は、ちょっと太った三日月が綺麗に出ています。🌙

8月25日
大きな力、自然の摂理を恐れ敬う思い、身を律し心を正さなければ、ああいう風に歌は歌えない、祈りがなければできないと、納得できます。💓

8月26日
今日はなんだかとても楽しかったですよ。🍀電話は、運転中で車に入りましたから、こうさんからと分かりませんでした。☺
初めて電話をもらいましたね。

8月27日
似合ってましたね。👋名古屋をもっと大切に誇りに思わないと、いけないですね。名古屋のオペラのレベルを感じられました。♪♪

8月31日
敬虔な思いを持って、歌に向かう。それはとても大切なことだと思います。

でもそれだけじゃないですよね。

バッカスはお酒の神と言われていますが、同時に音楽の神であり、享楽の神です。それらは、すべて根本で一緒になっているからですよねきっと。

音楽は確かに祈りであり、神に捧げるものかもしれませんが、同時に喜びであり楽しみですね。享楽は思うさま楽しむ、という意味ですね。音楽で人々は心の底まで楽しむから、そう言われているのじゃないでしょうか。こうさんは心から音楽を愛し打ち込んで生きていると思いますが、生真面目すぎるか、という気がします。

若い時はちょっと不良だったでしょ。音楽をする人には惚れるな、っていう言葉があるらしいですね、浮気者だからって。田中さんと結婚した時は、そんなことは知りませんでしたが。

心が天に向かって途方もなく解放されたら、それは神の心に叶わないのでしょうか。

こうさんは怒るかもしれませんね。壊れる位楽しむと、こうさんの音楽はどうなるでしょうね。

ケチな楽しみではダメです。

でももしそんなことをしたら、今大事にしているもの、せっかくここまで育ててきたものを失ってしまうかもしれない。怖いですね。そのバランスがとても難しいのでしょう。


あぁ、私は相当危ないことを言っていますね。

こうさんが、今の卓越した磨き上げた技術を持ったまま、さらに繊細に、さらに豪放に、バッカスの心を持ってほしいと思っています。

歌う事は、鬼のように高みを目指す以上、苦しみもいっぱいだと思います。

道を極めるために修行のように過ごしているこうさんを思うと、ふとこんなことを考えました。送ってもいいのかどうか、とても迷いながら。

9月1日

そうですね、不器用な人だから、ここまでできたのでしょう。

ピクルスで、幸福を感じていただけたのですね。

よかったです。

こうさんがあまりにも、自分を追い詰めているような気がしたので、余計なことを言いました。

今夜は満月でしょうか。

とても大きく見えます。

何回、傷つけたら気が済むのか、私はダメですね。

9月2日

クラシカ・ジャパンで、バレエでカラバッジョをやっていました。すごい肉体とダンスでした。昔パリ・オペラ座のプリマドンナが来て、大ホールでボレロを踊ったのを観に行ったことがあります。シルヴィ・ギエムです。スタートからびっくりしました。

普通は男性ですが彼女は美しく、とても長い手足でしなやかに、力強く踊っていました。

田中さんの事はあまりにも短く、いつの間にか遠くへ来てしまったと思います。普段は忘れていますが、思い出すとやっぱりいろいろありましたね。結婚して数日して、大きな病気が見つかりました。

ピクルスを食べることにして下さって本当によかったです。疲れが出なくなること、がん細胞を抑えられるかもしれないこと、それから、70歳は若いですと、お伝えしたことが、だんだん実感できると思います。

こうさんの、歌に関する様々な体験はお聞きしましたが、その他の事は多分お聞きしていませんね。歌の道はますます情熱を持って切り開いていかれるんですね。

（別れのあいさつだと思ったけれど）

9月3日

とても良いオペラだと思います。お客様も暖かいです。ありがとうございました。

この間、あんな風に書いたのは、こうさんをさらに荒波の中に放り込んでみたかったのです。さらに大きくなるのかもしれないと。今でも充分すぎるのに。ごめんなさい。

9月4日

与謝野さんは真っ向からの反戦歌で、当時だいぶ叩かれたそうですね。

父は戦争に行きました。

海軍だったそうです。一度だけその話をしてくれたことがあります。映画などで見る上官によるいじめは本当にあったようです。

子煩悩な人で自分の話はほとんどしたことがありません。今、戦争があったらと思うと本当に恐ろしいです。


（気付いてしまった。そうだった。こうしている場合ではなかった）

9月6日
もしかしたら、微妙に背骨が歪んでいるかもしれませんね。多分私もそうですが。
長い間、片方の肩にバッグをかけていたので、色々いまだに故障が出るようです。
こういう故障は、よほどのところでないと、見つけてはもらえないようですよ。

9月7日
よかったですね。♥見たところではわからない、自分でも気づかないような歪みが人間にはたくさんあるようです。
ここまで見抜く、愛の深さ、でも人間愛です。

10月22日
ありがとうございます。

心してお待ちします。

きっと素敵に仕上がったことでしょうね。

私も無事にできるよう祈ってくださいね。

こうさんの歌が、より多くの方に幸せな時間をもたらし、皆さんから愛され喜ばれるよう願っています。


（こうさんは、もう遠くへ行くことに決めたのですね。

いつかはこの日を迎えるしかないですね。

大丈夫です。こうさんが、体に気をつけて思いを全うされるよう祈っていますね。これまでありがとうございました。

だんだん遠くなり、今度が本当に最後ですね。心して聞かせていただきます。♪)


消えてしまった。

あの人も気付いたのだ。もう悲しくはない。

いい思い出になった。

ありがとう、本当に。

不思議だけれど、こうなってもそれで良かったと思えるし、ずっと心を添わせて生きたとしても、
どちらもそれで良かったと思える。

恋も愛も心の中の事、ないと思えば消えてしまう。

全ては夢の中だったよう。


美しく生きる、恥ずかしくないように。

ある夜、想いを込めて、ありがとう、と言っていたら急に胸に何か暖かいものが流れた。その時から、もう揺るがない。

そして、ゆっくり心は帰ってきた。

# 2章　愛

車で帰るとき、思い切り大声で叫んだ。

おとうさーん、おかあさーん。おとうさーん、おかあさーん。

そう、私はこういうふうに父や母を呼んでいた。耳から聞こえるその声に、懐かしくて泣けた。


美しいもの、人が人を思う心　２０１７・３・２

70歳になりました。理解できません。そうらしい。早かったというのではなく、そんなに生きた？

あんなこともしてみた、こんなこともあった、時間は途方もなく与えられているようで、あまり意味の無い事にもいっぱい使った。そう思うと70年、結構長い。　16・8月

「ほとんど無駄な人生だったね」運転している私に、となりで友人がそう言った。無駄な人生？

「そんな事ないよ。人生に無駄はないと言うから、そうでもないと思うわ」そうは言っても、ひたすら録り溜めた映画やドラマを際限なく見て過ごす半分引きこもりのような今の生活では、ほとんど力のない反論。何にも束縛されず、何も気にせず、好きなように時間を垂れ流し、次々と流れる映像をひたすら見て過ごしていたいのだ。

結婚して前の奥さんとの子供を育てて、その子が近くにいない事。再婚した人に、短い結婚生活で先立たれたこと。無駄とは、そういうことを言っているのだ。

私の人生は無駄だったのか。他の意味合いかもしれない。しかし結婚前からの付き合いの彼女から言われると自分でも人生に何の意味があるのかと思う習慣があったからなおさら。言葉は、ゆっくり心に沁み込んだ。誘ってもらったコンサートが感動的だったことに救われた。

そうではない！　と、いつの間にか言えない。いっぱい頑張ったのに。本気になれば何でもできると思って生きてきた。それでも自信というものがない。いい加減なのだ。彼女は誰かの名前が出ると、「あいつは嫌い！」と人前でもはっきり言うので驚くことがある。結構嫌いな人が多い。この日も、道路工事で誘導している人に腹を立てていた。「迷惑だから、やめろ」と言ったことがあると。私も却って危ないと思うことはあるが相手に向かって言うとは……。褒める時も強烈。何でもはっきりしているのだ。自信もパワーも違う、といつも思う。

もの心ついた頃から、子供は誰でもそういうものかもしれないが、自分の世界に入り込んで色々なことを空想したり見とれたり自分がその場所にいることを忘れたり、よく母に「また放心している」と言われた。父は子煩悩で、とにかく子供が好きでした。故郷のその地方にたくさんあった陶器商をしていて輸出する陶器を加工して出荷していた。工場には大抵20人近い人が働いていた。父に叱られた記憶は一度しかない。ある時何か言われて「うるさい！」と言ってしまって怒られた。母は本当に子供のような人で、誰にでも親切で記憶力の良い人だった。色々な事を工夫して家のあちこちにそれが活かされていた。

「ロビンソン・クルーソーの冒険」は、子供時代にたいていの人が読んだことのある本だと思う。最近はそうでもないかもしれないが。その頃、確かカバヤ文庫というのがあって、お菓子を買うともらえたものかも知れない。色々な本を読んだ。母がクリスマスの度に枕元に置いてくれた本はアンデルセンや、アラビアンナイト、トルストイの短編集などだったと思う。どれも分厚くていっぱいお話が載っていて繰り返し読んだ。おかげで私は自分がお姫様のように幸せを見つけなければと思ったし、魔法のようなことは実際に起こるかも知れないと思っていたし、崇高な精神をもって生きなければというようなことや、正義って難しいと思った。子供が出来て、あの頃のような本を探したけれど、そんなにお話がぎっしり詰まった本は見つからなかった。読み聞かせもよくした。でも自分が与えられたような沢山のお話を心に残してあげることはできなかった。

ロビンソン・クルーソーは、僅かな道具や材料で家を作ったり食料を手に入れたり外敵に備えたり、工夫して生活を整えていくところが楽しくて、今にして思えば人生はそうやって切り開くものだという思いがしみこんだような気がする。家出をしたら木の上に家を造ろうと空想したりした。よくプチ家出をして、暗い床の間に隠れていると父が探しに来た。

「アリババと40人の盗賊」で、モルジアーナが「善良で賢い女性」と表現されているのを読んだときから、そういう女性が理想になった。

父には母以外に女の人がいて、長女だった私は小さい時にそのことを知った。子供が大好きで可愛がってくれる父だったけれど、言い争っている両親、母の悲しみを見て育つことになった。母は経済力がないから離婚できないのだと思った。私はおとぎ話のお姫様のように、（何だか分からないけど）真実の愛を見つけて結婚して幸せになるんだという思いと、真実の愛であるためには自立しなければならない、と心に刻んだ。今思えば、母が離婚しない理由は経済的なことだけではなかったと思う。

学校を出て、それまで自由気ままにしていて、とうとう挫折がやって来た。何とか就職させて頂いたのに、これで自立できるという晴れがましい気持ちとは別に、心が塞がれたような思いに戸惑った。遅れず休まず出勤することが困難で、せっかく会社へ行っても朝礼が始まっていると、もう休むことにして1時間くらいかかる家へ帰ったこともある。会社へ行くのは無理と3か月ほどで身勝手にも辞めさせて頂くことにした。そうして図書館司書の資格を取ったり、アルバイトをしたり、父の会社の仕事をしたり、最後にタレントをしながら女優を目指すことにした。

入所したタレント養成所はテレビタレントの養成を目的として、電通さんや地元のテレビ局、デパートなどで運営していた。1年間の勉強を経て卒業すると上部組織のタレント事務所に所属して仕事を貰う。そこでは週に何回か仕事があったのでOLさんたちより多い収入になった。あの頃で、多い時は数時間で何万円か頂けたし、ちょっとしたテレビ番組でアシスタントをさせて頂いたり、司会をしたりファッションモデルをしたり、自動車ショーや企業の見本市のようなものがあり、そういうところで広告塔として立っていたり説明をしたりという華やかな仕事もあった。

そんな中、デパートで行われるデモンストレーションの仕事が回ってきた。同じ仕事で2回目に指名されて行った先にいたのが25年連れ添うことになった最初の夫だった。私は申し訳ないほど覚えていなかったが担当だった主人が一目惚れして同じ企画をしたのだと聞いた。彼は静かな感じの人で、親切で積極的、何か相談すると大人の答えが返ってくるという印象だった。タレント事務所の他に所属していた劇団で、遅くなるのに待っていて、その後1時間以上掛かる家まで送ってくれる事も多くなり、よく家で母の出してくれる夕ご飯を食べていた。結局、結婚することになりますが、それが夢にも思わなかった人生の始まりになるとは。

本当に思いもよらない結婚をすることになりました。その頃は、結婚は年ごろになれば誰もがするもの、女性が25歳も過ぎてまだ実家にいるなんてどうして？　とでも言われそうな風潮で、噂になる前に結婚しようと思っていた。子供のころからの願い、小説のような恋愛をしなければならない。彼を、そこまでこの人と思ったわけではなく、その頃は、結婚は何かを飲み込まなければ出来ないかも、という思いがあった。夢の王子様はいない、自分に折り合いが付けられるならと。

結婚式を挙げると決めた日が近づくと彼は、ご両親は私がタレントをしていることでまだ認めていないけれど、どうしても結婚したいから、「式は二人だけでしたい」と言うのです。うちの方では私たちのために中間くらいの町に新築で駅に近いアパートを見つけ、嫁入り支度として用意した家財道具を運び込んでくれていました。　式は二人で挙げたいと聞いても何も言わず、長女の私の花嫁姿を楽しみにしていた母、子煩悩な父はあの時どんな思いだったかと思う。

　心配をさせるのが嫌で、万一結婚しないことになっても家はあるから一人で生きれば良いし、それから別れたと言えばいいと思っていた。タレント事務所と劇団には、結婚してすぐ離婚しましたと報告して今まで通りの生活を続けた。大晦日に、ぼんやりただ柱にもたれていた記憶がある。生活は自分でしていたし困ってはいなかった。根っからの能天気なのか悩んではいても疑いは浮かんでいませんでした。

　塩田は結婚していました。向こうでは私の存在が分かり大騒ぎになって、親子、夫婦で話し合いを続けている最中でした。それにしても固いはずの家に生まれ、こんな大騒ぎをするほど執着したのは一体何だったのだろう。私は騒ぎの外、宙に浮いたまま放っておかれた。そのうちに塩田の意志にみんなが折れた。結局、彼は私の性格を見越していたのかも知れない。

　呼ばれ初めて家に行った時「こんなことになるなら、もっと早く会いたかった」と義母から言われたが、その時も義父には会えなかった。その時でさえ気付いていなかったが、私は塩田家から見れば息子を誘惑した認められない存在だった。

　夏になると誕生日を迎えた頃の子供を、子連れ狼のように抱いてアパートにやってきた。そうして3人で暮らし始めた。その秋、前の年にお願いしていて行けなかった修道院で、妹と幼馴染の二人に付き添われ彼女の作ってくれたウェディングドレスで式を挙げた。実家の方では既に結婚式を挙げたことになっていて、仕事をする名古屋の環境では、いったん離婚した人と再婚したことになった。

　尚は、すぐに懐いて可愛い子だった。仕事で人に頼んで出掛けても一緒に遊びたくて早く帰った。

父は遊びに来た時、近所の子を預かっているというのを信じて子供好きなのでその時から可愛がった。ある時仕事に行くのに、どうしても近所の人の都合がつかず、塩田でも預かってもらえず、やむなく母方の従姉に預けた。迎えに行くと母が来ていた。母は、さとちゃん、と言って、笑っただけだった。

ずっと後になって友人たちは「普通はすぐ気付く、そして分かった時点で別れる」誰もがそう言った。余程ぼんやりなのか、自分は必要とされているという事がそこに残った理由だったか、そのことに殉じよう、そんな気持ちだった。人生における信じられないけれど受け入れて生きてきて、その後に繋がった今も鮮明な記憶。普段は忘れているけれど、その人は息子の父親で、出会わなかったら息子たちにも会うことはなかった。

まだ、誠が高校生くらいの時、父親とのいきさつを話すことがあった。「でも、お父さんに会わなかったら、あなたは生まれて来なかった」そう言うと息子は、「いや、そうじゃなくても俺はこのうちに生まれた、姿かたちは変わっていてもここに生まれた」と言った。

尚のことが分かると父は、そこは線路が近くて危ないと言って、名古屋の小さいマンションを見つけてきて頭金を出してくれた。誠が生まれてからも二人を色々な所へ連れて行ってくれた。この子が動き回る子だったから、ディズニーランドや遊園地などは一人ずつ連れて行った。父から見たら、みんな同じ子供で変わりはなかったのだろう。私は父に似たのかもしれない。たとえ、尚が彼の子で無かったとしても尚は尚だと思っていた。連れて歩くと、お父さん似かな？　と言われた。人懐っこくて駅などではベンチに並んでいる人の前へ行って一人一人に愛嬌を振りまいていた。

自分の名前をちゃんと言えず「アチ」と言っていた。塩田の妹たちもよく遊びに連れ出して「アチ君」と呼んで可愛がってくれた。尚は弟が生まれると可愛がった。

父は、尚が車を買うと言うと、そうかと言って、保険を解約したかして纏まったお金を渡してくれた。私が父に無心をしたのはその時と、まだ子供たちが小さいころピアノが値上がりするというので購入を決めた時の2回。その時のピアノ代は自分で払い、貰ったお金はいざと言う時にと思って塩田の通帳で定期にした。


子供が小さい頃とても貧しかった。父がいつものようにやって来て、困っていないか訊ねても、困ってないと答える。それでも少し置いて行ってくれて、とても助かった。実家へ行くと母も二人を分け隔てなく可愛がった。

父は順に息子や娘のところを廻っては、孫を遊びに連れて行ったり服やおもちゃを買っていた。子供たちが10代になっても同じようにやってきた。ある時、車で送ろうとした時だったか「離婚しようと思う」と話すと「そんな路頭に迷わせるようなことをしたらいかん。まーよー考えて」と言った。なんて親だろう、向こうは心身健康な壮年男子で、私はあなたの娘ですが、と思った。

尚が「凄く愛らしい子だよ」と言って彼女を連れてきた。結婚式をハワイで挙げることになり父は喜んで一緒に行った。泳げないのに毎朝大きな板型の浮き輪をもってワイキキビーチに出て波に乗るのを楽しんでいた。結局、父の気持ちを汲んだわけでは無いが、離婚が出来たのは父も母も亡くなった後だった。こういう、おじいちゃん、おばあちゃん。孫たちにはずっと、みんな仲良く幸せになってほしいと思っている。

父が子供たちにファミコンを買ってあげたので、夢中になった。私は取り上げて上の階に住んでいた友人に預けてしまった。するとゲームセンターに通うようになった。仲間何人かと、ほとんど毎日。今思うとあざといやり方だったと思う。一番よく遊んでいると思われる子の家へ案内させ、玄関を開けてもらうと、いきなりそこに土下座をして「申し訳ございません、私の不注意でお宅のお子さんを大変な目に遭わせるところでした」そう言って子供たちがゲームセンターに通っていたことを話した。翌日、仲間が数人でやってきた。どうか家には来ないで欲しいと言う。もうしないなら行かないと約束し、約束させた。土下座などという芝居がかったことをしたのは、それが最初で最後。

ファミコンを取り上げた事は大失敗だった。単に取り上げても躾はできない。私は夢中で仕事をしていたし、そのことでどこかで子供に甘えていたのだろう。その子も今は子供を溺愛する親になった。

このことがあってから1、2年して、離婚問題で家族会議を開いた。子供たちには天地を揺るがす大事件。その緊迫感の中で、尚のことを伝えて、これからもお母さんと暮らすか決めなければいけない、と話した。ドサクサ紛れ、というか。

でも、これも失敗だったかも知れない。ずっと後まで、気付かなければ大人になるまで待つべきだったかも知れない。もしかしたら、結婚する時まで気付かずにいたかもしれない。

私たちが離婚したらどちらと一緒に暮らすか訊いたら、そんなことを知らされた後でも尚は私と暮らすと言った。守ってくれる人間を分かっていたのだと思う。

離婚が実現したのは、その時から10年近く経ってからだ。誠はずっと後になって、その時の驚きを語り「よく、僕たちにも全く気付かせないで育てたね」と言った。

そういうわけで尚は大変だったかも知れない。誠も知ってからは、母親を貸しているような、気に染まない思いをしていたのかも知れない。


尚を特別に思ったことは無い。まだ幼稚園にも行っていない頃、遊んでいて少し高いところから落ちそうに見えた時、走って行って受け止めた。それを見た遊びに来ていた友人は今でも、アッと思ったらもう隣に居なかった。あの距離をあのスピードで走るとは思い出しても信じられないと言う。育てている間に自分が生んだのとは違う感情かもと思ったことは一度もなかった。可愛くて預けて仕事に出ても早く帰って一緒に遊ぼうと思って帰った。それは子供たちが親になって、そういう思いで家に帰るのと同じだったと思う。しかし、どのようなイキサツであろうと、尚にとって自分から母親を奪った人間、という事に変わりない。

そのことがあってから尚は、意識して心を寄せないようにした時期があったと思う。私はお構いなしだった。後になって尚は、あの頃は少しわだかまりがあったと言った。二十代だった私は、尚が20歳になるまで自分の責任と思って全てを受け入れ育てたが、結局40歳近くになるまで傍にいた。

ある時マンションの駐車場を、私を真ん中に3人で歩いていた。両隣に大人になった息子たちが居た。その時のちょっと誇らしい気持ちは今も覚えている。尚は結婚が早かったから、大人になってそんな風に3人並んで歩く機会はあまり無かった。

尚を天から預かったと思って無心に育てたし、一人しか生まなかったのに良かったと思っていた。泥んこ遊びが好きで、どろどろの水たまりを、ズボンで滑り台のようにして遊んで帰って、私が大笑いしたので調子に乗って翌日もやって怒られた。マンションの子供たちと遊んでいて、屋上に通ずる階段の扉に指を挟んで大事になる所だった。私は抱きかかえて泣きながら医者まで走った。オネショが続いた時、ちょっとした本を買ってきて見せ「お母さんがこの本で勉強をしたから、もう大丈夫」と言うと、その日からしなくなった。個性を生かすという塾があると聞きつけて通わせたら、すぐに友達を作って遊んでいた。

その子も今は個人事業主として人生半ばまで来た。そうして普段会わなくなってから何年か、思わない日は無かった。家にいる時は、ひょうきんでよく笑わせてくれた。器用な子で、客があると如才なく接待した。彼は生来の社交的な性格で付き合いを広げ仕事に繋げている。たくさんの言えない想いがあったと思う。でも私は親の最大の務めは、子供が一人で生きて行けるようにすること、自立を見届ける事と思っている。尚を育てたことは私の人生の中の喜びだったし誇りだと思う。

私は躾らしいことはできなかったが、二人が母の違う兄弟と気付かず仲良く育ったのは、ごく当たり前に平等に育てたからだと思う。片方だけを大事にしていたら二人とも幸せではなかったに違いない。世の中には子供がいても、まだ育てられる、と養子をとって一緒に育てる心の広い方たちがおられる。私が二人を同じように、同じ命として育てたのは当たり前。両親は自分の子供にも私の子供たちにも、一つの差別もしなかった。

## 離婚

「智子、智子で一生終わっても良い」という言葉で、その言葉を心に入れ私は結婚することにした。塩田との結婚の意味がわかった時、みんなは私のアホさ加減に驚いた。それでも免疫がないと言うのか心からアホなのか、そこまでするのは本当の愛だと信じたか、あるいは信じようとしたか、何とか幸せに暮らした。

10年ほどしてだんだんタレントの仕事も少なくなり、買い替えで引っ越したマンションで近所の奥様方と付き合うようになると、あれ？　うちはもしかして変かも、と思うようになった。経済の仕組みがまるで違う。ご主人と喧嘩した原因がお金、という話題もあったが、お金のことで喧嘩をしたことなどは一度もない。もちろん働き手は大だったが、私はすべてを家族のために使い、足りない分は仕事をしていた。

一方夫は、大抵上機嫌でお金は自分が必要と思える分を使い、周りの事は見えていないようだった。サラリーマンは付き合いが大変らしい、と思っていた私は、そういうことも何もかも全く気にはならなかった。家計の為に何とか収入を得なければと頑張り、自分のためには服一着買うこともなかったが、ふと、これは何か変かもしれないと思うようになった。夫は満足しているようだけれど、これは愛だろうか、私たちは愛し合っていると言えるのだろうかと、5年位考えていた。

「感動することがいつの間にか無くなった気がする」そう言うと驚いて「えっ、感動することが無いの？」と言われて、逆に、この人は感動できる生活をしているんだ、と少し驚いた。そのうち一緒に居ると自分たちが世界一不幸な夫婦に思えた。話し合いをした時、夫は「自分は幸せだから、来世もあなたと結婚したい」と言い、私は「絶対にしたくない」という話になった。自分が幸せなので相手も幸せに違いないと無邪気に信じていたのか、そこは分からない。これが、私がどうしても手に入れなければならないと思っていた幸せな結婚生活だろうか？　何度も何度もあれやこれやを考えると違うとしか思えない。彼は何かお金を大切なことに使っているというわけでなく散財する才能があり、そして私は、今思うとやりくりの才能が天才的にあった。

暴力を振るったり乱暴な言葉を使ったり、そんな事は一度もないけれど「私、この人をホカリたい!!　古い上着を捨てるように。それは身勝手？」そんなことを考えるようになった。そんなことを考えなければ貧しいけれど幸せと思い、一生を過ごしたかもしれない。

でも気付いてしまった。やっぱりちゃんと愛してくれる人と一度でいいから幸せになりたい！　そこで離婚してくれるよう頼んだが承諾する気配はない。義兄夫婦の所へ横浜まで相談に出かけたこともあった。「智子さんは、観音様のような人だ」そこでそんな言葉を聞いた。でも私は、すごくわがままで自分勝手で、そのまま済ます訳にはいかなくなった。その頃には化粧品会社を始めていたから、結局、数年前に勤めていた会社を退職し無職になっていた塩田に会社に入って貰い何でもいいので仕事をしてもらうことにした。たくさん給料を渡し、それまで事務所として使っていたマンションに住んでもらうことにして、子供たちも近くにいるという環境を用意し、何とか離婚してもらった。

父の言った、路頭に迷わせないという事は実現した。給料をたくさんにしたのは、まさか、これを使い切ることは無いだろう、いずれは息子に行く、そして会社の「まさか」には役立つだろうと考えていた。でもどうやらそれを理解していたとは言えない。私はこの人がしたようなお金の使い方は一度も出来なかった。

離婚するのに十年。この元夫の塩田さんは再婚した田中が亡くなってから数年後に亡くなった。亡くなる数か月前に、私に出会わなかったらどんな人生になっていたか、感謝しかないと言う言葉を兄に伝えていた。それを聞いて、最後まで自分のことしか考えられない人だと思った。塩田さんと結婚を決めた一つの理由は、この人は私が気ままに好きなことをしていても、ちゃんとしていなくても許すだろう、楽だろうとどこかで思っていて、そういう甘い考えを持ったしっぺ返しが待っていた。

離婚してもやっていけるか相談した時、二十歳になっていた息子は「あなたほど一人で生きていくのに向いている人はいない」と言った。どこかで、誠も大人になるまで待っていた。塩田さんの葬儀は尚が喪主となり息子たちで家族葬として執り行い、弔問は社員と知り合い、兄嫁と彼の妹たちという穏やかなもので、私は親族席で後ろに席を取った。息子は「あんた、ここ?」と言うので、うん、と言って座っていた。

離婚して田中と結婚するまで、また10年以上が経った。その間に何もなかったわけではなく助けて下さる人もあった。好みと思える人にも会った。私の知らないことをたくさん知っていて、居酒屋の楽しさも知った。彼は左利きで、私たちはいつも手をつないだまま食事をした。色々な緑地をよく知っているので探検のようにトキメいた。楽しくて幸せで、絶対この人だと思って夢中だったが、その人は私の仕事が分かると少しずつ尻込みをした。「自分が変わってしまいそうで怖い」と言って。

ずっと一緒にいたとしても、いつまでも楽しかったかどうか。子供に返ったように楽しい時を過ごせる人で、それは世間から半歩位はみ出していたからかも知れない。運転は、えっと言うテクニックを持っていて、繊細で優秀でドロップアウトしたような生き方を選び、能力を活かさず自由で知的な感じで、とても貧乏だった。彼の周りには今まで会ったことのないような人たちがいて、その人たちを支えているようにも助け合っているようにも見えた。

「仕事をやめて契茶店を手伝うことは出来ないでしょ」「できるよ」という会話もした。

だんだん行き詰まっていた頃、ある時、ペルセウスとかなんとか流星群がやってきて、それこそ降るように流れ星が見えると言うので夜中に迎えに来てもらい見に行った。目的地に着くまで二人ともウキウキと楽しんでいたのに、結局、空には雲がいっぱいで見られなくて、帰りにはすっかり冷え込んだ空気になった。誰が悪いのでもないのに。思考回路が似ていたのか恐ろしいほど気持ちが分かった。スパイラルのように落ち込んでいく。そんな経験はそれまでしたことが無い。気分が悪くなってもう逃げたい一心のような、もの凄く激しい感情だった。そうなるともう好きなのか嫌悪感なのか分からない。とにかく離れたい、放りたい。そこまで行ったらいけないでしょう。もしかしたら、その先、乗り越えた先は凄く良い状態だったのかも知れないけれど。

少し落ち着いたら連絡するつもりだった、もっともっと楽しくするつもりだったと後で言ったが、私は耐えられなくて壊してしまった。その人とは本当に楽しくて、一緒にいるとふんわり包まれているような感じがあった。でも、もし続けることが出来ていても、長くはなかったと思う。絶望しているとき、行ったことのないスーパーに占いの人がいるのを見掛けて、見てもらった。「もう、塔が折れてしまっているでしょ」タロットでした。四柱推命でも見てくれ、この時期に運命が一時重なっただけで縁はない人ですよ、と。

結局縁がなかったのだ。未練がましく息子に様子を見に行ってもらうと、あの人はやめたほうが良い、とまるで選択権があるかのように言う。その人も傷ついたのでしょう、関わったら大変なことになると言っていた人のところへ飛んで行った。10年以上して店に寄ると、いつの間にか隣の席にいて「お変わりなくて」と嬉しそうに話しかけてきた。私がそんなに遠くない場所にビルを建てたのも、そこでイタリアンのお店を開いたのも知らなかった。

## 友人

雨が降り出しました。それでも庭を見ていたい、最近植えたあの子は大丈夫か？　新しい仲間のヤマボウシはそろそろ根付く頃か？　などと何かと気になる。子供はちゃんと育てなかったのに、植物の成長を一生懸命見守っているのです。

この間の東京は本当に楽しかった。あんなに楽しい思いは久しぶりかな。

気の置けない人たちとのんびり、したいことをするのはいいね。

私は、少し前までは遊んでいるとどこか落ち着かない、罪悪感とでもいうか、楽しさに身を置くこともうまくできなかったようです。鎌倉も楽しかったね〜。私たちは楽しんでいるけど、地元の佳子は大変かもね。

学校を出てから50年だよ。ずっとこうして大好きだった佳子と、付き合いが続いたのも佳子の人柄のせいだね。なーんちゃって。でも、今回の二人も「いい子だねー」って「ずっと親しかったような、全く違和感がない」と、やっぱり佳子のことを好きになったようです。子っていうのもどうかね〜。前回は「もう、来んな！」と言われた、という話をしてあったから、今回は「また来いよ」だから、彼女たちも大笑いして喜んでたよ。

小中からの友達で彼女たちとも付かず離れずくらいに続いて、べったりじゃないいい感じです。どういう仲間かな、人の噂話や悪口を言う人はいないという共通点があるかな。

その代り、会うといつもほとんど、お互いに悪口は言い合うわ、罵り合うわ、結構笑えるし、みんな発散している。特に妙子とはやり合っているわ。たまには苦労話が出たりね、みんな人が良い人の集まりだね。会ったから分かったよね。

妙子は今回悔しかったと見えて「楽しかったらしいねー、私のおかげと、逸子さんに言われた。どうだ」とメールを送ってきたから、「そう、おかげ、おかげ」と言って置いた。

家に佳子が来ると思って、一生懸命工夫したところをあれこれ説明しようと考えていたけど、今回はバタバタになっちゃって、またいつか来いよ、必ず。

私は家って大好きで、間取りを考えるのが子供のころからの趣味だったから、その集大成を見てほしかった。ずっと、私のことは、いろいろ見守ってくれたからね。

田中と行った佳子の家も、よく覚えているわ。そういえばシンクが同じだった。偶然にも住友林業だったんだね〜。新築祝いなんてもらったのは、一人だけだよ。ビックリ！　また、ゆっくり話そ。

来年、70だよ、びっくりしない？　佳子は私の予想通り無難に幸せにここまで来たね。私は自分でも予想以上の波乱万丈だった。けど無事にここまで来たから良いってことで。
本当にいろいろありがと。また、会おうな。元気で。また行くからね～!!

山岡さんは化粧品のお客様で、初めて話をしたのは苦情の電話を頂いて、私のところへ回ってきた時だった。「騙されていた」と言うのでお話を聞くと、ある化粧品会社からセールスの電話があり、アイ・エム・ワイを使っていると言うと色々言われて騙されていたと思い込み、怒ってこちらに電話をされたようだ。とんでもない内容だったが、一つ一つ説明すると、すっかり落ち着かれ、最後に、また掛かってくることになっているから、その話をします、と言われるので、是非そうしてくださいとお願いした。結局、次に掛かってきた時のやり取りで、そこの嘘が分かって反論したという事だった。そして山岡さんとはすっかり親しくなり「会社を経営していると色々大変だと思うから、信仰している宗教組織から出ている本を送ってあげます」と言って何冊も送ってくださった。

その本は子供の頃見た、母が持っていた本だった。私は内容までかなり覚えていた。縁に驚いて早速本屋へ行き、そこから出ている他の本も何冊か購入した。それらの本はその後、子供の事でどうしたら良いか分からなくて大変だった時、本当に心の支えになった。山岡さんは何度も長いお手紙を下さり、不思議だったのは、その都度私がその時必要としていたことが書かれていたこと。私も人から悩みを相談されると、少しまとめて買っておいた本を差し上げた。

うちは電話帳などを使ってセールスの電話を掛けることは無いし、ご愛用頂いた事のあるお客様にも、ただの一度もご購入を促す電話をしたことがない。そういう営業部門がない会社だけれど、おかげで山岡さんと親しくなれた。

こんにちは
お手紙、ありがとうございました。ご返事を書くのに随分時間が経ってしまいました。

新型コロナウイルスの脅威、凄いことになりましたね。我が家は年末にもう一人誕生しましたので小さい子が二人になり、発症したら大変ですから息子は神経をとがらせています。今度の子の名は、息子に「全ての人が望んでいることは、わ、だよ」と話していたら、なんと、そのものずばりの名前にしました！

山岡さんの想いがいっぱいの内容、読みながら以前何度も頂いたお手紙を思い出していました。本当に何度も何度も助けて頂きました。よく政治と宗教のことは話題にしてはいけないと言われます。人間の心情というのは簡単に変えられるものではありませんし、争いの種にもなってしまいます（信仰のことは、歴史を見ても信じられないほどの争いの種になっているのは不思議なことです。全人類がそのまま信じられる心穏やかになることは無いでしょうか）。

宗教、宗派に関係なく、人間は言葉を持っていること、だからイメージを持てる事、イメージしたことは形に出来ること、だったらどのようなイメージを人類は持てば良いのか、それだけをすべての人が理解出来たら、皆が幸せになれますね。

私は山岡さんから繰り返し色々な形で伝えて頂いて、おかげで今も苦しい時に祈ることが出来ます。感謝の想いを相手に向けて、心の中で祈る事で事態は変わります。本当にどうしたらいいだろうと思い悩むことは生きている限り多いようです。

ご縁があって山岡さんに出会われた皆さんが、どんな形であれお気持ちに新しい展開があることを、私も祈っています。そういう方達にも分け隔てなく心を尽くされる、変わらぬお姿に心からの敬意を抱いております。

お手紙を頂いてから、オチビたちのことに追われて時間が経ってしまいました。申し訳ありません。春めいてきたこの頃ですが、どうぞ体調を崩されないよう気を付けてお過ごしくださいませ。山岡さんの想いがその方たちに伝わるよう、祈っています。

令和2年3月1日

親しくなった異業種の人や、仕事外でも付き合いのある人と会食をすることがあった。その中の誰かに、私と話していると笑顔に癒されると言われた。山岡さんからも同じことを言われた。そうか、私はそういう笑顔で話をしているのか。

ある時、幼馴染が私に会わせたいと言って、知り合いを二人ぐらい連れてやってきた。いつものように食事をしたけれど、その後彼女はその時のことを「私たちに対する態度と、全然違うんだもん」と言う。あぁ、私は気を許している人にはそんな笑顔をしないで、おもてなし、と思ってる人にそうしていたんだと、笑えた。癒されて貰えるなら、誰にでもそういうふうに笑顔でいないと。でも、きっとしないな、親しい人たちには。

「顔施」。仏教の、何も持たない人にも出来る七つの施しの一つ。これだけは、いつの頃からか心掛けていたつもりだったが、いつも出来ていたとは言えないようだ。

「ことば」もその一つ。わざわざ、傷つけるようなことを言う必要は無い。接する人が気持ちよくいられるよう、暖かな優しい言葉遣いを、みんなが心掛けるようになれば素敵だ。

2008・10

## 幸せマジック

世の中には、不幸になりたくて、そのために一生懸命の人がいます。

再婚することになった田中には娘さんが居て、彼女も結婚式を控えていました。実家に戻っていた彼女から、挙式が目の前に迫っているのに、お父さんとの関係が思い通りにいかない、こんな気持ちでは式を挙げる気にもならないから取り止めた方が良いかしらと真剣な悩みを聞かされて、気になっていたことを話しました。結婚式まであと数日という日です。

日頃の言葉遣いが、ちょっとキツイなと。お父さんとの会話も気遣うつもりが、自分は大切に思われていないのではないかという思いから悲しみが込み上げて、いろいろ言ってしまいます。お父さんはほとんど黙っていましたが、かなり険悪な雰囲気になっていました。

伝えたいことがあったら優しく言わないと、例えば、ここにAとBという薬があったとするでしょ。「Aのほうがいいよ」と言えば良いところを「駄目よBなんて。問題があるから万一のことがあったらどうするの。Aでないと駄目。私の言うことを聞くべきよ」なんて言われたら疲れてしまうし腹が立つかもしれないでしょ？　彼女は素直なところがありましたから、なるほど……と聞いています。

長年、仲が悪く対立している人たちも原因は、えーっ、そんなことなの？　と言うようなことだったりします。ロミオとジュリエットだって、そんな家同士の確執から結局両家の大切な子供たちが命を落とすことになったお話でした。他から見たら、そんなことで憎みあわなくてもと思っても、本人たちには譲れない問題なのです。意地を張って誰の言うことも聞かず体調まで悪くなったりして、もう不幸が大好きとしか思えません。

そんなの馬鹿みたいでしょ、そんなこと、ちょっとしたことで瞬間に変えられるのよ。

大事な父親を、ほとんど顔も見たくないほど嫌いになりそうになっています。それは、お父さんが腹を立てて自分を嫌ってさえいると感じたからです。こんな気持ちでとても結婚式は挙げられない、感謝の手紙や花束の贈呈などできるわけがない、一緒の家で過ごすのさえ拒否したい気持ちになっていました。お互いに大切に思ってきた父娘です。そんなことを本当に望んでいるはずはありません。

そんなこと瞬間に、瞬間は無理でも、尖った言い方をしないで大切に思っていることをどちらかが表せば、もともと人間の本心はお互いに仲良くしたいわけですから、まして親子のことですし何でもなくなるに決まっています。ところがお互いに正当性を主張していますからそんなことは出来ません。彼女も出来ない、と言ったのです。おかげで数日後に迫っている、大好きな人との結婚式さえ挙げる気にはならないという状態に陥っています。絶対自分は間違っていない。とても悲しいしお父さんを許せない。（本来かばって欲しい子供なのに）それは子供がしないといけないの？

いいのよ、男の人は誰でも年齢に関係なく甘えているところがあって、女の人は母性があるから、たとえ父親だろうと包んであげる気持ちになればいいのよ。それが女の人にはできるのよ。大切な人も自分も守ることになるの。相手を気持ちよく幸せにしてあげることが、結局自分も気持ちよく幸せになることなのよ。そのためには自分の方が上だと思って言葉を使う位、なんでもないじゃない。細かいことは放っておいて、良かったことや褒めてあげたいことを話題にして、温かい優しい言葉を使うのが、幸せになれるマジックなのよ。でも30歳前で、できる人はいないでしょ。そんなことできたら凄いわね。私たち「幸せマジック隊」を結成しない？　と言いました。

彼女は「わかった」と言ってすぐに、こんなに色々して頂いて感謝しないといけないお父さんを傷つけてしまって申し訳ありません、と体調を気遣う言葉とともにメールを送ったのです。

偉い！、凄い！　と思いました。そして私たちは、「幸せマジック、大成功！」と、その成果を喜びあったのです。本当に、一瞬のことで父親の気持ちが解けて、娘に弱いお父さんに戻ったのです。放っておいたら結婚式は挙げたとしても、気分の悪い、嫌々ながらの出席になっていたかも知れません。最悪は取りやめにさえなったかも知れません。この「謝罪と感謝」が一瞬にして心を通わせ信頼し合う親子に戻したのです。

結婚式前夜は緊張からか体調を崩して、彼女を私たちのホテルで預かるというハプニングのおまけも付きました。京都で行われた結婚式、私は近くのお店で披露宴が無事に終わるのを待って、間もなく自分の夫になるお父さんを乗せて帰りました。私たちの結婚式は2週間後です。

それにしても彼女が悩みを相談してくれたから解決しました。そういう周りを抱き込む明るさに、その大切さを思わされます。周りの大人は喜んで相談に乗り味方になります。大勢から愛される羨ましい資質です。

お父さんの事、少し前までは毎日何かしらで思い出していたけれど、このところ毎日ではなくなっていたことに気付いた。3年4か月とちょっと。やっぱり普通に3年かかるということか。今日はお彼岸。

2017・3・20

楽しいことも幸せだと思うこともたくさんあったから、田中さんとの結婚を後悔はしていません。娘に会いにアメリカへ行き、ニューヨークのティファニー本店で指輪を買って貰いました。予約した「ライオンキング」娘が公演日を間違え、私たちが食事をしている間に終わっていました。面白かったあの日々。だけどあの悲しい苦しい時間と空間へ、もう一度戻る勇気があるだろうかと思うと二の足を踏みます。田中さんは明るくて楽しい面白い人でしたし、子供のようなところもある人でした。その上、何故か明治かその辺の人にしか思えないところもありました。何もかも、結婚する前と変わらず自分のそばに置こうとしていたと思います。

彼の離婚は前の奥さんが原因を作ったとの事でしたが、娘の美佳ちゃんによると、Mさんの事がいつも揉め事の原因になっていたようです。彼は私には結婚しても以前と変わらぬ生活を望みました。別居結婚です。土日に来れば良いと言いましたが、私も仕事をするのに都合がいいし息子もそう思っていましたから全然構わないと思っていたのです。私に出会わなかったら再婚する気は全くなかったと、よく言っていました。息子と自然に親しくなるために誕生会を会社のホールで開き、社員もお取引先も知り合いも、みんなを招いたところで歌ってくれました。私と、そして私たちと親しくなるために骨身を惜しまないような人でした。でも私は飾りの役割だったのかもしれません。

学校でどのようだったか分かりませんが学長夫人にしたかったと言っていました。私と結婚しなければ多分田中さんは学長になれたと思います。彼がそう言ったのではなく、ある時急に思い当たりました。そのことに私より先に気付いて話していたようです。

学校統合の申請を文科省に出した後、当時のトップの方達がやってきて色々話がありました。申請が却下された後も田中さんは理事として残ろうと努力を続けましたが、その望みも消えて、しばらくしてすい臓がんを発症しました。生涯をかけてしようとしていた学校のことが出来なくなったのです。既に病気は静かに進行していたと思います。それとも、一つ一つ扉が次々と閉じていくような大きな落胆が免疫力を奪ったのかも知れません。

きっと勝てる、治すことが出来ると、できる限りのことをしました。たくさん本を出されている近藤誠さんにも会いに行きました。でもずるずると押し戻されるように、為す術もなく残された命はわずかになっていきました。退職したら一緒に行きたいと言っていた留学の思い出の地、ドイツへ動けるうちにと近所の皆さんも巻き込んで車椅子に乗って行きました。人が亡くなるということは、それまでに築いたあらゆることを手放して行かなければならないことを見せてもらいました。丸5年と2日の短い結婚でした。田中さんはお弟子さんや、多くの合唱の皆さんに最後まで慕われ惜しまれながら亡くなったと思います。お別れの会も終わった後、喪失感に苦しみ、ひどい胃痛にも数年の間襲われました。ご主人に先立たれた友人に、どうやって立ち直ったのか尋ねました。

彼女は「難しいことはわからないけれど、今のこの自由は、何ものにも替えがたい」と言ったのです。自由は私にも、何ものにも替えがたいものでした。人間は過ぎてしまうと、辛かったことより楽しかったことを思い出すそうです。うまく出来ています。

## 2度目の結婚

２００８・11

それは62歳の時突然のようにやって来ました。若い時、いつか絶対に心から愛し合える素敵な人と恋をして結婚する、と幸せな生活を思い描いていました。両親の結婚の在り方で自分は幸せにならなければ、と考えるようになったと思います。最初の結婚に幸せな時間がなかったわけではないのですが、どうしても仕切り直しをしなければ生まれてきて報われないと思っていました。50歳で離婚ができてから、幸せになれる結婚相手はいないだろうかとずっとただ思っているうちに60歳を過ぎもうすっかり諦めました。何しろ50代はすべての時間を仕事に費やしていた時期で、そんな機会など無く、ただ言っているに過ぎませんでした。仕事が面白かったのと今やらねばの連続で、もし良い方がいても結婚などをしている暇はなかったと思います。欲しかったのは世話をしてくれる奥さんでした。

私の人生の大切な夢、幸せな結婚を考える時期はもう過ぎてしまった、と思ってから、田中省三との出会いが待っていました。彼の方もその時より数年前に離婚していました。声楽家で音大の教授、他に個人の事業で合唱の指導や演奏活動を盛んにしている人でした。実際の体格はそうでもないのに大柄に見える顔のつくりから派手な感じの、大声で話し人を笑わせるのが大好きで上手な人でした。そんな田中との出会いは皇居で、皇居で出会った仲、といつも人に話す時自慢にしていました。

郵政記念日という日が4月にあり、その事業に貢献した人や企業が選ばれて招待され、式典の後、皇居へ移動し天皇皇后両陛下に拝謁するという、なかなか晴れがましいことがあったのです。彼は25年間くらい、ラジオ体操のピアノ伴奏で郵便事業に貢献したということでの表彰でした。夏休みに行われるラジオ体操は郵便局の事業だったことも、その時流れるピアノ伴奏がナマだったことも知りませんでした。彼は各地で開催され放送されるラジオ体操の場に出掛け、例の体操曲を時間通りきちんと弾くという、特技を持っていたわけです。田中は初めピアニストになる勉強をした人で途中から声楽に変わりましたからピアノはとても上手でした。初見で大抵の曲が弾け、それは誰にでもできることではないと聞いたことがあります。一緒に旅行をしてもロビーなどにピアノが置いてあると見に行きます。ピアノのデザインのものは必ずお土産にしました。皆さんのお稽古に使うため、家にはホールとレッスン室と、5、6台のグランドピアノがありました。本当にピアノが好きでした。

同じ年に表彰を受け同じ名古屋から来たということで言葉を交わしたのですが、その時は、結婚することになるとは夢にも思いません。少し見上げて話した彼の顔に、ふと何か感じたような気がします。包容力のようなものか、今もその時の顔を覚えている気がします。皇居で出会ったと言えばこの時来られていた東北の市長さんから、とてもおしゃれなお手紙を頂きました。この方は見るからにロマンスグレーと言った雰囲気の、細身で整った顔立ちをされていました。私はきっとモテ期だったのでしょう。思えば出会いを求めて離婚したのにうっかりしていました。

田中は、丁度コンサートの開催が決まっていてそれに招待をしてくれました。渡されたチラシに勤めている学校が載っていて、それは偶然、長年の友人が勤めている学校でした。彼は彼女をよく知っていて親しくしているというので何となく縁を感じたのでしょうか。それから3年ほどして、還暦を迎えるので引退公演をするということで、また招待されました。そのコンサートでは、出演者のほかに田中が指導している合唱団の皆さんが客席にいて、3部構成の終盤に次々と合唱を披露したのです。

彼のちょっと下手な芝居と素晴らしい歌声と、留学中のアメリカから駆け付けた娘のピアノ演奏、弟子たちの歌、それらに囲まれて最後に500人の客席からの合唱。その様子に心を奪われました。みんなが田中を熱く思っていることは客席からも分かりました。こんなに大勢の人から慕われている田中省三って……。名古屋市の芸術文化センター、コンサートホールは満席に近く、遅く入った私は一番上からその様子を見ながら、なんて凄い人だろうと思ったのです。当時はミクシィに時々書いていましたから、少し興奮気味に称賛を書き込みました。

少ししてその打ち上げに、うちのイタリアンの店にみなさんを連れて来てくれました。そういうことから始まり結婚することになったのですが、私はもう結婚する年ではないと思っていましたし、そこまで仕事をしてきて会社のために生きているような人生でした。

ボストンにいる娘が年末に日本に来るから会ってほしいと言われ、意味を考えて自分には結婚する気持ちはないと伝えました。それでも結局は時間をおいて話し合ううち一緒になることに同意しました。彼は友人から私の前の結婚のいきさつや状況を聞いて夜中に電話をしてきて、電話しながらぐでんぐでんに酔っぱらって長々と文句を言って絡むので閉口したことがあります。私、可哀そうかもしれないのに同情どころか文句？　と、めげそうでした。でも結婚した彼は、飲んでも絡むようなことは一度もなく、明るくてとにかく面白い芯の優しい人だと思えました。何しろ素晴らしい声で話すので、彼が誰かと電話をしているときなど、こんなにいっぱい良い声を使ってしまっても大丈夫か、無くならないかと思ったりしました。

結婚式は、たまたま一緒に行った所にガラスの教会があり、今度こそこんなところが良いよねと思ったにも拘わらず、田中の懇意にしている和尚さんのお寺でしかも僧籍があるとのことで彼は法衣、私は派手ではないラメの入った黒っぽい紫の服で式を挙げて頂きました。出席はお互いの子供たちと私の兄、お世話になっている音大の学長という少人数。その日のうちに役所へ届け名古屋に戻って記念写真を撮りました。私はそのアルバムにされた写真を自分のマンションに持ち帰りました。この結婚は長くは続かない、そんな気がしていたのです。

式を挙げて1週間後に学校で健康診断があり、ちょっと問題があるようなことを言っていました。ひと月が経つころ結果が出て胃にどうも異常があるので詳しい検査をするということでした。大した事とは思わずお正月は鳥羽で過ごし、帰り道にスポーツ用品店でスキー用具を揃えてくれました。

近くのいとこの医院で診察の結果を聞くことになっていた日、電話で胃がんらしいと聞かされ、俺は癌だよ！ と、言い放つような言い方に呆気にとられるばかりでした。夜、いとこの自宅へ伺うと胃原発のリンパ腫ということで名古屋の病院を勧められました。ご両親も同じ病気で八事日赤に入院し、毎日見舞いに通ったと聞いていましたし、仕事のこともあるので名古屋でと思いましたが、彼は地元がいいと言うのです。思えばこれが、のちのもっと大きな病気を見逃してしまうことに繋がったと思います。どちらにしても寿命だったのかもしれません。

こうして結婚して間もなく入院して抗がん剤治療をすることになりほぼ2か月、私は毎日仕事を終え渋滞の道を1時間以上かけて病院に行き、遅くに名古屋に帰るという生活が続きました。新学期が始まる少し前に退院して学校にも復帰しました。すぐにドイツへの合唱団の演奏旅行が入っていましたが、医者からは私が同行することで許可が出ました。ハンブルクへの旅は合唱団に付き添うので私には初めての事ばかりでしたが、皆さん、先生と結婚した人はどんな人？　という興味も親しみも持って下さり、奥様、奥様と大事にして頂きました。地元の合唱団との合同コンサートの後、そのまま観光に出かける皆さんと別れ、留学中にドイツで親しくしていた方と会食をしてから私たちは急いで日本に帰りました。そんな慌ただしい生活の中、寛解まで5年と言われ定期的に病院に行きながら、もう大丈夫と思われた5年目、すい臓がんが見つかりました。

### 最初の石巻

２０１１年3月のあの日、あれから日本中大変なことになりました。まだまだ大変な被災地の状況でしたが、私たちの生活は、ゴールデンウィークに今年はどこへ行こうかという正常さを取り戻していました。東北はダメだよ、と言っている彼に、そうじゃなくて化粧品を持って行きたい、と伝えた瞬間、そうしよう、と賛成の言葉が返ってきました。いっぺんに休暇の意味が変わりました。

ゴールデンウィークに入り、まだ仕事をしている彼に代わりキャンピングカーで会社まで移動しました。近道をしてガード下を通ったので、普通の倍近い長さの車の運転は必死でした。会社で合流し、スタッフに頼んで用意しておいた入荷して段ボール箱に入ったままの化粧品を何十箱と車に積んでもらいました。アイ・エム・ワイ製品ではなく、その時私が責任者だったもう一つのブランド、ウェルマザーのものを用意していました。これは肌の弱い人にも、より優しくできていて被災地に持って行っても大丈夫だと思いました。何百人分かのセットなので、キャンピングカーの後部は積まれた箱の上でしか横になることが出来ない状態です。そうして約800キロ離れた石巻へ出発しました。行き先が石巻に決まったのは、ちょうどその秋、彼が持っているコーラスグループの一つが仙台で公演することになっていて、そのお世話をしてくださるNHK関係者に話して直接受け取って頂けるところを紹介して頂いたのです。仙台の公演自体は震災の影響で実施できるかどうかまだ決まっていませんでした。数年前に訪問したドイツの合唱団も来日して一緒に歌うことになっていました。

ゴールデンウィークということで、そのころ日本に引き揚げて東京に住んでいた娘夫婦に会いに、まず東京へ行き一緒に食事をして夜になって東北へ向かいました。道路はボランティアなどのたくさんの車でいっぱいで、ずっと渋滞でした。夜中に二人とも眠くて、パーキングエリアで仮眠をとります。どちらかの目が覚めるとまた走ります。60代半ばの二人ですから息子はそんな状況の中を遠くまで運転していくのを心配していました。お世話をして頂いた方に宿泊の予約をして頂いたので、次の夜は仙台の秋保温泉に泊まることが出来ました。できるだけ石巻の近くと思ったのですが、何しろどこの旅館もホテルもいっぱいでボランティアの方たちも結構遠くで泊まり、作業の場まで通っていた様子です。食事は普通の時には旅館としてちょっと無いようなお膳でしたが食事が出るだけでも申し訳ない気がしました。

翌日、約束の時間に何とか石巻の神社に着きました。宮司さんと民生委員の毛利さんや皆さんが待っていて下さいました。そこから色々な避難所などへ配ってくださることになっていました。剣道の練習場になっている道場の横の部屋へ運び込んだあと、道場で使い方の説明をしました。化粧品会社の方が来られるというので震災後初めてお化粧をしたんですよと、皆さんが言われ、その道場も泥だらけになりやっと綺麗にしたところだったそうです。そんなとき主人が歌い始めました。皆さん黙って聞いておられました。いつかここで聴衆が何人でも良いので歌いたいと申しました。主人がテノール歌手だと分かり秋には仙台へ来るかもしれないと言うと、是非その時に来て皆さんに聴かせるために歌って欲しいということになりました。

物見遊山のようにその時の東北を見てはいけないと思っていましたが、帰りに車を止め少し高い道路から見た景色は本当に凄いことになっていました。一面に広い畑のようになっていて点在する家は崩れ、車や流木が無数に半分埋まったようになってどこまでも続いていました。

久しぶりに田中さんを思い出しました。休みになると、よく大きなキャンピングカーで小旅行やスキーに出かけましたから、そういう意味で私は一緒に余暇を過ごす相手をちゃんと見つけたことになりますが、結婚しても一緒に住まなくても良い、週末だけ来てと言うので、間の日に行くと弟子と一緒に過ごしていました。彼が作って二人で食事をするのです。友人から、あの人はあそこに住んでいるの？　と訊かれたことのあるMさんです。ややこしい関係ではなかったのですが、この人には結婚する前から嫉妬され苦しめられました。私が田中の親戚に会ったと聞いただけでトイレに行ったきり30分も待たせ泣きはらして戻るのです。どんな日でも現れ、道路が冠水して車に被害が出るような台風の日にもやってきました。

そんな生活は嫌だから、離婚したいと訴えると困っていましたが、1年後になって一緒に暮らすことになりました。2階をワンルーム風に改装して、そこで向き合って食事をするようになって、はじめて田中さんの顔を間近に見たような気がしました。日本人離れというか、はっきりした顔立ちにちょっと驚いたくらいです。大抵先に帰って夕食を作り、何時になるの？　とメールを送ってきました。いつも少しでも渋滞しない近道を探して慌てて帰ったものです。地元のお弟子さんを乗せた時、こんな道があったの？　と驚かれたくらい、早く走れる抜け道を探すのが得意でした。

彼は料理が好きで上手でした。私の好きなものを聞き出すと次には用意していました。私は知らん顔をしていましたが喜べばよかったと思います。買い物が好きで、いつも色々なところを覗くのでクローゼットには似たような服がぶら下がっていました。私たちは生活感覚というか金銭感覚の似ているところがあって、大事なことや寄付などというとバッと出し、普段は贅沢はしませんでした。

いつも笑わせてくれましたが、一緒に暮らすようになっても理解できないことや我慢できないことが続きました。家を出て行こうとしたり、二人の前に離婚届を出したこともあります。結婚前に、こういうわけでMが居るけれど貴女が嫌なら辞めさせる、と言うので、まさかそんな凄いことになるとは思わず、お仕事を手伝ってもらっている人でしょ、そんなことしなくて良いですよ、と言ってしまったのです。一緒に過ごして楽しいこともたくさんありましたし、大切に思ってもらったのも嘘ではないと思います。私がしたい事は大抵の事に合わせてくれましたが、この事だけは、譲りませんでした。

私は一緒に暮らすようになると、腹立たしい事、言えない思いを書き続けました。

11・2・12　お願い　あの人と過ごしたいと思っているなら無理はしないで欲しい。食事も、スキーも、買い物でも、色々な人に紹介するのでもなんでもどうぞ。毎日一緒だったら、それでも構いません。たまには私とも会いますか？　お父さんのしたいと思うようにして欲しいです。守って欲しいのは一つ。大切にしているのは私だという事だけは、あの人にもキチンと示して欲しい。一緒に居る時、私を無視する態度は取らないで欲しい。離婚したいならハッキリ言って欲しい。

スキーに行きましょうよ？　こんな言い方？　奥さんに？　最初から、13日は行こうかと言っていたのに。今日のスキーで何があったのだろうか。上手な人と行った後で、私と行っても。

そんなことはない、スキーに行くのが楽しいのだから。私と行くのが楽しいのではないのか。またあの人がいると、無視しましたね。また、いつものようにあちらの気持ちを守りましたね。

1年前の正月明け、あの人と食事をする生活を続けるなら、そんなことは認められないから離婚も止むを得ないと思っていると告げたら、困り果てて頬杖をつきました。そして、それなら毎日来るようにすれば良いと言いましたね。それは離婚と天秤を掛けないといけないそれ程に大事な事で、自分ではこれからは一緒に食事は出来ないと言えなかったんですね。

そうやって、今も傷つけないよう守り続けている。仕事をして貰うためですか？　スタッフとして大切にするだけでは問題が？　あの人は女として守って貰っていると思っていますよ。あなたも、そう思って貰う事を守っているように見えます。

あの人を守って生きたいなら結婚する必要は無かったのでは？　私は傷ついても我慢すれば良い？いつまで、この問いかけをしなければいけないと？　もう元には戻れないところに来ていませんか？

あなたの幸せはなんですか？　出来るなら思い通りにさせてあげたいですよ。私が馬鹿ですか？

こうやって、言葉に出来ないことを書き続けた。これは心理学療法でも使われる方法と後で知った。

11・4・5　あなた、どうしてもこの人と一緒に居たいですか？　お父さんはどうですか？

11・4・26　別居結婚を希望していて私も同意していたが、ずっとあのまま彼女と過ごすつもりだったのか？　人の我慢の上に幸せは築けない。

11・5・16　こちらこそ毎度申し訳ありません。車の事、食事の事、本当は良くぞ希望を入れて合わせて頂いたと感謝していました。でも、どの事もどうしても嫌なのです。最後の話し合いはしないといけないと思いましたが、昨日の様子ではもう居場所は無いと思っていました。

手に手を取って生きられなければ、ひとりが良いと、誰かが言っていました。そう思います。お父さんが、あの人の思いを守る限り、この争いは終わりませんし、事務所がおかげで危機だと言われれば、もういい加減私が引くつもりでした。あんなに苦しそうな省さんを見るのも辛いですから。

本当にこれで、こんな事はお終いにしましょうか。と、あの後メールをした。それに対する返事は無い。

口では、Mごときのためにと、二言目には言うが……。訴えろ？　何を？　前の離婚でも、原因としてMとの関係が俎上に上がり取りざたされた事が出ているが、それも証拠が無いとして退けられた経緯が書かれていると言っていた。そんなことが、何？

あの翌日から何事も無かったように彼は振舞っている。このまま、やって行かれるだろうか。

11・6・22　3日に、学校の事にほぼ結論が出た日、悩んでいる事があると伝えた。どうして良いかわからないと。弁護士に相談した事、彼女がまだ、そこにいるなら結婚生活は無理だと思っていた、と言われた事。私は分かってもらえる人がいて救われたわ。

嫌がっても食事を一緒にさせ続けた事、彼女は、自分の方が親しいとアピールして私に対抗し続ける事、家なのに起きたら居る、帰って来たら居るで休まる時が無い。気持ちが悪い。

この話何度目か、もうさすがのお父さんも嫌気がさし、私達は終わるしかないか冷めていくかと思った。翌日の土曜日、稽古が終わってもホールから遅くまでなかなか戻って来なかった。そして、日曜日。彼女が朝から現れる事は無かった。とうとう、やすらかな平和が訪れたかも知れない。今日も三木さんの演奏会に行くのに私に駅まで送らせた。変える事にしたのかも知れない。何も言わない。私達は仲良く過ごしている。平和に幸せに。

勘違いだった。とうとう、と思ったけれど変わらなかった。もう、駄目かもしれない。私、何をしているんだろう？　いつまでこんな事やっているのかな～♫、すごく恥ずかしいな～♫

12・8月　とうとうやっと、ここでの仕事は全て引いて貰う事になった。メール事件が発覚し今度こそケリを付けると決めて離婚届も取ってきた。その日、2時間くらい3人で話して、その後2人でも話して荷物を持って明け方マンションへ帰った。

離婚はしない、絶対にすると、やり続けて、結局、彼はあちらに実質ここでの仕事は解雇を言い渡した。ここまでしないとやめられない、長い長い執着だった。何度もこちらを切る方が楽だよと言ったが、彼は、今度は私を守る事にした。

今日も現れたが、後2か月と言う事なら、苛立ちなく不思議なくらい穏やかに居られた。やっと家に居る気分になれた。あと2か月、ああいう人が間に居ないのが普通の結婚で、私がそこへ辿り着くのに、結婚して丸4年掛かった事になる。有り得ない生活だった。本当にもう終わりにしたかった。

結局、ここまでしないと二人の不思議な関係は、何度話し合おうが抗議しようが護られたままだった。執着していたのは、むしろ彼の方だったのだろう。もう今更仲良く暮らすなど無理かもしれないとも思った。やっぱり嫌だと思う事に我慢し続ける事は出来ない。長過ぎるほどだったがやっと進んだ。これでどうなるという事もない。

昨日から何事も無かったように過ごして居る。毎回毎回、訴え続ける事も終わって、普通に生活する日があとどの位有るのだろうか、穏やかな時は。

そして結局残りの1年、春には病気が分かり殆ど看病に明け暮れた。普通に暮らせたのは半年無かった。こんな結婚生活だったけれど彼女とはそういう仲じゃないのは何故か分かった。

分かっていますよ、手を出したら結婚しなければいけないからでしょ。自分でもそうなのかと気付いたように勢いづいて「そうだよ！」って。自分たちにも分からない共依存。離婚して独身でいた結構長い時間を支えて貰ったという気持ちが強いのだろう。それにしてもまともじゃない。自分たちは普通で、これは普通のことだと二人で言い張っていた。離婚しますから結婚でもなんでもどうぞ、と言うと「私にも選ぶ権利があります」ときた。先生の権威も何もあったものじゃない、言われ放題。

　そして間もなく病気が分かる。良いこともたくさんあった。私の友人たちは彼が大好きで夫婦そろって信奉者のようだった。一緒に何回か旅もした。こんな楽しい付き合いを今までしたことがないと、その輪にいることを楽しんでいた。


　本当に忙しい田中と、その隙を縫ってあちこちに出掛けた。まだ結婚前のこと、キャンピングカーを買いたいと相談され賛成したら感激された。名古屋には珍しく大雪で道路が大渋滞した日、通常の何倍もの時間をかけてキャンピングカーを見に行った。見たいと思ったらすぐに行かないといけない。雪だからまた別の日に、という考えは彼には無い。そうして数か月後あれこれ搭載したキャンピングカーが届き一緒にあちこちへ出掛けた。食材を積んで道の駅やパーキングエリアでテーブルを広げ、どこでも好きなところでお腹が空くと食事にした。温泉になっている浴場を見つけると、そこでお湯につかり、日本中の港を巡りたいというので遠くまで走り美味しい魚料理のお店を探す。彼には美味しいお店を探す嗅覚があった。

　あるお盆の時期に東名を通り霧ヶ峰のサービスエリアで車に泊まり、翌日蓼科のホテルに入った日、東名高速で陥没事故、という大変なことがあった。一日違っていたら巻き込まれたかもしれない。

夏の茶臼山で涼しい夜と星空を楽しみながら寝たこともある。そんな風にあっちこっち、よく二人で出掛けた。結婚する前に、娘と婿の留学先のボストンや、ニューヨークへも弟子を連れて一緒に行った。行きたいところがたくさんあって、そのうち学校が定年になり時間ができたら、もっと一緒に行きたいところへ行ける、それが楽しみだといつも言っていた。

コンサートやミュージカルにも出掛けた。私が着替えたのを見て、いつものようにエレガントな恰好にしてよと言うので、そうか、私はいつもはエレガントなのかと思った。

若い時の写真を見付け別人のような顔を見て、タイプかも知れない〜、と言うと、何言ってるって。

忙しい人なのに、25年夫婦だった人より一緒に時間を過ごした。

糖尿病やら血圧やらなんやらと、いっぱい薬を飲んでいた人ですが、それは突然やってきました。

その春、学校は特任教授なら週2回行けばいいので残ることにして新学期が始まったころ、何だか胃のあたりが気持ちが悪いと言う。その少し前に糖尿の数値がなんとか……と言っていたのですが。

調べて貰ってくださいと言っているのにすぐには行かず、気持ち悪い何だか変だと3回くらい言ったとき、急かしてやっと診てもらうと胃カメラで異常は無いという。それは変、前の病気の再発かも知れないからと改めてリンパ腫で入院していた病院へ行って貰ったが、結果は同じ糖尿病が悪化したのだとのこと。薬を変えることになったと聞いて、そんなことをしていて良いの？　どんどん悪くならない？　さらに詳しく検査を受けるよう別の機関に申し込みをし、その間に糖尿の詳しい先生がいらっしゃるとのことで近くの市民病院に、自分で糖尿病の注射をするための教育入院とかをする事になった。そこでして頂いた検査ですい臓がんが見つかった。最初に異変を訴えてから2か月経っていた。その検査の機械は、最初に訪れた掛かり付けの医院にもあったものです。

今では知られるようになったが、糖尿病の急激な悪化はすい臓がんが疑われ、症状が出るまでに手遅れになることが多く発見が難しいとされている最も恐ろしいがんの一つです。親しく接して頂いていた糖尿病の女医さんから何でもないような口調で告げられた時、事態が飲み込めたわけではないのに自分の口角が下がっていくのが分かった。

これから先生が田中先生に話されますが、初めて聞いたように今くらい驚いてくださいねと言われ、返事はしたもののどういう顔をすればいいのか分からない。部屋の扉の横で気持ちを鎮めて中に入ると説明は始まっていて彼が眉根を少し寄せるのが見えた。

がんセンターを勧められて行きましたが、診察した先生から「すい臓がんに効く抗がん剤は有りません」とあっさりした言い方で、しっかりと言い渡された。ショックを受けた状態のまま病院を出て、石巻へ向かった。2年前にお邪魔した同じ神社の道場で、また歌って欲しいと頼まれていた。主人は3回目の石巻でした。娘と仙台で落ち合ったとき二人とも様子が変だったと言われた。治療方法が無いと言われ呆然としたままだった。

3人でビジネスホテルに泊まり、翌日はいつもの冗談をいっぱい交え自分の病気さえネタにして笑わせながら娘の伴奏で歌いました。思えば取りやめにしても誰も困らないのに、ボランティアに出掛けていました。集まってくださった地元の皆さんの誰より辛い状況だったかも知れないのに。私は彼の歌の間のトークに声を出して笑っていた。

宮司さんが美味しいお寿司を取ってくださって、その後復興が進んできている石巻港の方を回ってくださった。人っ子一人いないような新しい、とても広い記念公園のようなところが出来ていた。駅へ送って頂く途中で、航空隊のレインボー飛行が見えた。

名大病院に入院し、がんセンターでは効かないと言われた抗がん剤治療をして、その後は市民病院にお世話になった。半年と言われ年は越せると思っていたのに、少しすると、あと2、3か月です。そして少しすると、2、3週間です。そして、また、2、3日です。あっという間に亡くなった。リンパ腫で入院した病院の医師からは申し訳ありませんでしたと言って頂いた。大きな病気を見落とした事に対してだと思います。

衰えていくとき隣で寝ていて、横顔が物凄く整った崇高と言えるような顔つきになった。こんなにハンサムな人だったか。その後、どんどん痩せて行ったのでその顔は私しか知らない。

病院でもう時間はそんなに残されていないと思えた時、どんなにか怖くて寂しいかと、ベッドに入って抱き締めて上げようかと思った。看護師さんが入って来るかもしれない、そしたら彼は怒るかもしれない。それにそんなことは望まないだろうと留まった。

その少し前に、少しでも気持ちを明るくしてあげたいと、毎月家計費としてお金を入れて渡してくれた銀行の袋に、いつもかわいいイラストが上手に描かれていて、その束を繰りながらベッドの脇にかがんで一枚一枚見せて上げた。ちょっと笑った。中身は全部入ったままだった。ちょうど5年分、

最後の月のは無かった。（15万ずつ、というのを5万で良いと断ってしまった。貰っておけばよかった）

見せながら「元気になったら、私のためにピアノを弾いてね」と言った。次の日、うちへ帰ると言うので車に乗せていくとホールに入りピアノを弾き始めた。愛の讃歌だった。

私のためだけに音楽をしたのは、これが最初で最後だった。弾きながら、こんなになっちまってと泣いた。私は抱き締めてあげようと思ったけれど、距離を置く、気、が出ていると感じて、そのまま立っていた。気のせいだったかも知れない。

別れ

誠に、お母さんに辛くあたってゴメンな、悪いと思っているけど当たってしまうんだ、と。寝返りすると、上になった方を擦りマッサージをする。痛むあたりに手を当てながら「甘露の法雨」を読んであげると少し楽になる様子。手を当てると痛みは和らげられる。ほとんど夜通し寝返りを繰り返すのを、布団を直しながら見守る。

美佳ちゃんもやってきて交代で泊まってくれることになった。看護師さんたちは美佳ちゃんの泊まる日、夜お父さんが痛がってもがくのではないかと用心し、接し方などの助言をしていた。お父さんは、美佳ちゃんの泊まる時にいつも具合が悪くて申し訳ないと言ったそうだが、看護師さんたちの間では何か気が付いた様子。じっとして居られないくらい苦しんでいたようだ。自分のいない時にどんな風なのか分からないから気付かなかった。一晩中痛みで眠れなくて朝になっても眠れない時、私に代わると眠った。居ないと、お母さんは居ないのか、まだ来ないのか、何処へ行った、とずっと言っていたと、後で美佳ちゃんからも誠からも聞いた。私が居れば眠れたのだ。知っていたら、それまでも毎晩付き添っていたのだから居て上げられた。

亡くなる前の夜、ああ、もういよいよだと分かった。夜半から段々息が荒くなった。もう意識はあったのかどうか、寝返りをあまりしなくなり苦しそうな息が続いた。看護師さんの巡回は通常の測定と布団を直すくらいだったが、もうあまり時間は無い気がした。夜中の1時半頃に、自宅で寝ていた誠の耳の横で苦しそうな息が聞こえ、30秒くらいで止まったという。怖い感じは無かったと。

朝になって、面会謝絶にして下さいと病院に頼んだ。その午後、息が軽くなっていって、4時40分ごろ止まった。流していた引退コンサートのDVDが終わったのと同時だった。その途端、自分でも思いもよらない行動が出た。「お父さん、私、幸せだったよ!」と言って縋って泣いた。

そんな臨終の間際まで、まだ払ってもらっていない分があると何人かで来られ、私はその対応にかなりの時間を割かなければならなかった。さすがにどうかと思った。そうでもして病院に詰めて居たい人がいたのかも知れない。

半ば現実感の無いままバタバタと色々なことが葬儀に向かって流れだした。大好きな自宅のホールで見送ってあげることにした。家族葬とすることにし、供花や香典をお断りする事にした。最初の弔問は夜のうちに来られた前の学長さんだった。

きちんと祭壇を整え美佳ちゃんがピアノを弾くと、いつの間にかお弟子さん達の素晴らしい合唱になった。私は挨拶の声も出なかったが、田中省三の葬儀は美しく素敵に終わった。お父さん、皆さん本当に別れを惜しんで頂いたよ。

婿の幸輔さんの四国のご両親と会食。食事をしながら娘夫婦の結婚のいきさつ、その話に一緒に居ることがちょっと耐えられない思い。来客があったので支払いを済ませて先に出た。

亡くなって問題のMではなく、私と出会う前からの人たちがいたのが分かった。会って経緯と謝罪文を書いてもらった。弁護士さんは慰謝料を請求したらいいと言ったけれど、やめた。よく、こんないい旦那はいないだろう、どうだ！　と言っていた。

何でもない顔で私の前にいて、一体何を考えていたのか。この結婚は何だったのか。誰も気付かなかったのか。

美佳ちゃんは電話で、稲沢に居ることもあるの？　と。ずっと稲沢にいるよ、今も稲沢だよ。マンションに行くこともあるけど、ここが、お父さんの家で私の家だからね。七日ごとの法要もあるし。美佳ちゃんはHさんの事がショック。

とうとう腹が立った。何故、私と結婚する必要があったのか。

谷口さん、りんごを届けて頂いた。1年間はダメだと思いますよ。先生は結婚されて明るくなられた、良い方が奥様になられたと思いましたよ、と。

とうとう、わーわー、と大泣きできた。一人になると、居ないことの悲しみが噴き出した。石巻から毛利さんが来て下さった。簡単でも食事をと美佳ちゃん夫婦と4人で一緒にしたときの二人の様子を見ていて、送っていくときに「大変だね」と言われた。「幾ら有っても何も守れないですよ」と。民生委員だけでなく評定委員もされていて、いっぱい事例を見ているがほとんど例外は無いと。

今、二人はよくやっていると思う。子供もいる。幸輔さんは建築家で、リノベーションで認められNHKで取り上げられたりもしている。日本に帰った時は職探しが大変で、お母さんは、バカ息子と言っておられたけれど、今は大学にも勤めている。美佳ちゃんは音楽プロデューサーなどをしていて忙しそうだ。私が四柱推命で見立てた活躍予想は当たると思う。

四柱推命は明らかに統計学だと思うし、やっていてバランスがいかに大切なものか分かる。

三七日、今日も誠と二人。私は気付いていなかったけれど、深いところで知っていたのかもしれない。この結婚は長くは続かない、そのうち別れることになると、どこかで思っていたと思う。こんなに早く、しかも死別する事になるとは思わなかった。

省三さん、私は夢を見ていたように思えるのです、長い夢を見ていたように。貴方は本当に生きて存在していたのかって。伴侶を失うこの上ない悲しみ、その上にさらに悲しみが襲い掛かってきました。貴方の本心はどこにあり、どう生きたというのか。私の前にいたと思った人は夢で、覚めてしまったから居なくなったと思えるのです。どうやって悲しみを癒したら良いのかわからない。やっぱり出てきて謝って欲しい。

友人は、そんな私に、貴女にとって息子が育ったことが何よりの財産、と。いつ会っても、丁寧に挨拶してくれる頼れる大人になった、と。慰めてくれる。

偲ぶ会の打ち合わせが始まった。ぼんやりして家に入るのにバンパーを擦ってしまった。お母さんが亡くなった時、1週間後、誰もいないところで電柱に擦った。今度は四十九日を過ぎて。

一日掛けて資料を探した。付き合い始めた頃に貰ったカセットを見つけた。車の中で聴いていたら本当に感情を込めて歌っている。失った悲しみがじわじわ来る。これからだろうか。

私の二人の息子にも真剣に向き合おうとしていた。先々どうしていくのか、考えを聞いたり、相談できる人に会わせたり、孫たちを食事に招いたり遊びに連れ出したり。誠とも食事や遊びに行った。そういう時、彼はいつも楽しそうで得意そうだった。

田中省三、お別れの会。真冬には違いないけれど、最近では暖かい日だった。生前親しくさせて頂いた方に、ＤＶＤ制作でとても助けて頂いた。皆さんが力を貸して下さる。

演出ができるね。ＤＶＤの内容と流れ、会の構成を見てＴさんが言う。演劇をしていたからね。Ｎさんも一目見て、凄いことになっていますねと言った。でも流れや順は現場の人で変えられて別物になった。Ｎさんは何度も順番を変えないで下さいと、進行の人に言いに行った。どこを向いているか、誰を対象にしたお別れの会かで違うものになる。私は彼を愛してくださった大勢の合唱の皆さんやお弟子さんに向けていた。弔問客のほとんどがその方達。

終わってから取引先が接待して下さった。喪失感は簡単には消えないと。

目の前に時間がないほどの、やるべき課題があるのに絶え間なく襲ってくる虚無感、孤独感、喪失感と闘わなければならない。食べるという行為が悲しい。生きるために食べなければならない。食事を楽しむのでなく食べることが、悲しい。結婚って、結構残酷なもの？

お父さんの夢を見たか、美佳ちゃんに聞かれた。そう、現れた。夢とは思わず、亡くなったのも忘れていた。起きてから少し経って、夢だったんだって。それから何となく一緒にいる気がする。鏡を見て自分に思い切り笑いかける様になった。良いのだ、この世もあの世も同じ、と思っている感じ。自然に良い方に回っていく感じ。お父さんのものを片づけに学校へ行く。

皆で行くために1年前に予約してあった雪まつり、ひとり行けなくなった。学校の責任が終わったら絶対に行きたいと言っていたところの一つだった。

ホールに設えた祭壇撤去。百か日。

芸術家って本当にどうしようもない、壊れています、みんな変ですよ、と話されるのを、本当にそうですね、と言いながら聞いていた。

14・2・22　会いたいと急に思ったりした翌日は、テレビを見て楽しんで居られる。もう抜けられたかもしれない。思い切り省三の事を考え続け、これは結局愛なんだろうと思った。忙しくし続けて3か月で抜けられたなら凄く早いのだろう。考え続けたからか、命の意味が分かったからか、一緒に居ると思えるようになった。そうしたら、考えても思い出しても大丈夫の様な、居ない事を忘れて居られる様になったかも。

14・2・24　会いたいよー。時々は、堪らなくそう思う。乗り越えたと思っても、そういう事もまだ仕方ない。友人の言った、この自由は何物にも替え難いという心境も遠く無いと思う。

14・2・27　やっぱり物凄く愛されていた。でなければ、あんな写真にはならない。あんなにたくさんの笑顔。そしていっぱい愛していた。でなければ、あんな写真は撮れない。同じ時の物でも私が撮ったのは良い表情をしている。あんなに素敵には撮れない。誠とＤＶＤを見ていて気付いたけれど、晩年の方が私と会う前より良い顔になっている、ずっと。省三は私といて幸せだったのだ。

結婚した後、歌の生徒さんたちに会うと、先生はすごく楽しそうで明るくなられました、と口々に言われた。彼なりに大事にしていたのだ、二人の事。結婚という人生の一大事を懸け。

畑と花壇、いっぱい咲き始めた。水仙や赤い若葉を伸ばしてきた牡丹、たくさん芽を出した芍薬、彼はいつも写真を撮った。そこに居たことを思い起こさせる。今年の庭はどうなるのだろうか？

痛み、水を飲んだだけ。朝食後多めに牛乳を飲んだせいか？　先日も夜中に水を飲んだだけで痛み。お腹が空いても痛みの感じがあるようだ。

ワインやビールを時々飲むようになった。一日としてお父さんの事を考えない日は無い。これからだろうか、本当の寂しさや悲しさは。週に3、4日、朝から晩まで何もしないでテレビを見て過ごすようになった。稲沢にも週1回がやっとになった。

省三は、本当はどう思っていたのか。あんなに結婚を望み、何と言っても離婚はしない、私が怒るたびに、そんな事は無い、やり直したいと言い続けた。一緒に居てあんなに面白い人は居なかった。常に関心を持ち喜ばせようとしてくれた。それは愛情と言って間違いの無いものだった。それと隠し通した人たち、どう理解して良いのか、考えるのを避けてきた。彼の本当は一体なんだったのか。許しがたい思いが沸き上がるのを、見つけて以来一つは自尊心で抑え込んで来た。でも彼が隠し通し、私に見せ続けた顔を信ずる以外に無いと思える。久しぶりに胃痛になりそう。もう起きないと思い始めていた。

彼には、これまで出会った人には無いものがあった。何か揺るぎないものを持っていた。私がどうジタバタしようが、どんな酷いことを言おうが、揺るがない人だった。

14・4・30　今、多分すごい幸せ。自由と健康と、生きるのに困らないお金と友人達と息子がいる。贅沢の習慣も無い。気に入った家も持っていて、新しく念願の戸建を建てても居る。まだ、したい事や興味の持てる事もたくさんある。人から評価を頂けた事も一応した。

でも人生を懸けて見た夢は、叶ったとは言えない。その事は仄かな思いとしよう。思い出だっていっぱい有るし、困った時助けて下さる方もいる。あと誰かに何かをしてあげられるか。鏡を見ると思い切りの笑顔をする癖が付いた。幸せでいたいから。

何故か体が軽い、階段も楽。先日の片足が動かなくなり、ちょっと曲げても痛くて歩けなくなった時と比べてだけど。この2日ほど眠くなると寝る、少し生活が改善されたからか。昨日、稲沢まで行って2、3時間動き回ったせいか。運動、恐るべし。

久々に胃に来た。久しぶりのコロッケかストレスか。炭酸も効かない。

何かを作る、何かを始めるという事よりも、自分にとって何が大切でやらなければいけないことだろうかと考えたとき、「片づけ」かもしれない。命に限りがある、今日終わる命かも知れないと考えた時、私にとって大事なのは、今はそのことかもしれない。

ここは天国、あー気持ちが良い、どこにいても素敵。お風呂の窓からはピンクの紫陽花が見える。

どこにいても優しい林の中に居るよう。風が自在に吹き渡る。お父さんも一日だけでも住まわせてあげたかったね。きっと喜んだ、とても。ここを気に入ったと言っていたから。4日にお父さんの孫が生まれたよ。元気な女の子だって。

15・6・15　会社へ行けなくなる日が来るとは思わなかった。どうしても行く気になれない。もう長い事この状態。手紙や書類の整理を始めた。いつも土産に買っていた絵葉書などがあった。何の感傷もなく涙が流れた。省三は亡くなった。家は完成した。ドディもやってきた。庭とドディの世話で毎日が終わる。何もしなくても一日は過ぎる。今日が最後の日だとして、どうしてもしたい事は何だろう。私は全てやってしまったか。学校の事やウェルマザーのこと、旅行を楽しむこと、誰かを集めて一緒に何かすること。どれも、これからだけど。雨の日はここで本を読むのが最高な気がする。明るさが良い感じ。ドディが邪魔をする。

亡くなって1か月ほどしてから胃痛が起こるようになって、年が明けてだんだん回数も多くなり、痛みで動けなくなるような発作が起こる。お茶、酸が強いもの、ミルクもダメになった。夜中に水を飲んだだけでも痛み。胃カメラを飲んでも異常は無かった。夏近くになってだんだん起きなくなった。炭酸が良いみたい。3年目の冬、また胃痛が始まった。

エラテしげはん、無事に終了おめでとうございます。アクシデントの緊張感で、却って良かったという事は起きますね。お疲れ様でした。もうそろそろ休んでくらはりまっせ。

まだ有りますか？　私の様に、バタバタ走っていてもベタッと楽に過ごす時間を上手に作って下さい。元が怠け者なので実に上手に体も休ませます。まだしばらくは皆さんから偲んで頂けますね。ありがとうございます。私はとても元気で二人で通ったプールや、何と一昨日は映画にも行きました。大丈夫です。二人で一緒に行ったお店に食事にも行っています。悲しくも寂しくも無いですが、何と言うか満たされる感じは有りません。前にも言った物凄いハードな事も、我ながら信じられませんがやってしまっています。そんな間も、ほとんど片時もあいつの事を考えない時間はありません。

結婚している時は何とか離婚したいと何度も考えていましたが、今は彼の持っていた特別な資質の様な物に心を奪われています。すごい人だったのに、ちゃんと見て上げて居なかったという思いがあります。彼は亡くなって、人が生きている間に執着する物の意味も教えてくれました。生きている事を愛おしく思いながら心優しく過ごしたいと思います。また遊ぼまい。


3回忌を迎えた日、こんなメールが送られてきた。

あれから2年経ちましたね。5年の結婚生活。思えば、並の女では遭遇できない波乱万丈ではありましたね。省三先生は旅立たれてからきっと、さとさんにどれほど感謝されているだろうかと想像します。先生が癌であると最初に診断されたとき、「結婚したら癌だったなんて、さとさんに申し訳が立たん」とご自分のことより、あなたを気遣ってうつむいていらした姿を忘れることができません。

心身疲れ果てた先生の元に、マリアのように現れたのがあなただったんですね。子育てといい、看取りといい何か特別な運命を持っているんですね。

今日は省三先生に献盃しましょう。恥ずかしがり屋の先生だったから、メッセージを私に託されたかもしれません。今日はしきりと、省三先生が思い出されるのです。静かな夜を。

そんな風に言ってくれていて、こんな風に覚えていて伝えてくれる友達がいます。日々、何かしら思いますが、いつの間にか遠くへ来ました。最近のことか昔のことか、それも覚束なくなりつつあります。皆さんはよく覚えていて、声を掛けて下さいます。今日はＤＭの対談と撮影がありました。

転籍届けを出しますね。私たちのだれも住んでいない家、そこにひとり私の籍があるのも変でしょう？　３回忌も終わったし、これでお父さんと過ごした稲沢ともお別れです。

私たちは、お父さん、お母さんと、呼び合っていた。

20・9・27　まだコロナは終わらない。土岐のお墓参りに行って久しぶりに仲間と会えた。田中さんと結婚した時「とうとう、白馬の王子様が現れたよ」と妙子に言ったらしい。髭の白い、しっかり禿げた王子様だったけれど。「この人は、智子でないと無理だと思ったわ」と。そうなの？　怪獣と調教師？　それとも、やんちゃ坊主と母さん？

20・11・9　祥月命日　もう綺麗なバラがあった。どなたか来て下さったのだ。これまでも時々お花が供えてあった。亡くなって7年。偲んでくださる方がある。

生きる

16・4・18　寝るときベッドにもぐりこんで、あーなんて気持ちがいいんだろう、幸せだなぁ、と思う。時々、眠るとき心のどこか奥底から湧いてくる、捉えどころのない不安に包まれる。大丈夫、大丈夫、何も起こりはしない。そう言い聞かせながらにっこり笑うといいらしい。そうして笑って眠れば朝まで幸せでいられる。

16・4・24　二世帯。嫁いで、その親と一緒に生活するなんて私には考えられなかった。それなのに息子がいつか二世帯住宅を作るのが夢だ、などと言ったおかげで、結局自分でその二世帯住宅を作り息子と同居している。そこへ何と今時のとても若い彼女が、同居しても良いと言ってお嫁に来ることになった。私には到底できなかったと思う。そう思うと少し複雑ではあるが、なんとも有難いではないか。というものの私も息子もとにかく自由気まま、勝手に生活するしかないような、わがままというか一人の時間が必要という性格。

　会社を作ったのだって、一つにはどうしても普通に会社勤めができないという、自由で気ままな性格の所為で、若い日に会社勤めができたのはたった3か月ほど。会社を起こしても、確かに仕事や責任やその他諸々ハードなことばかりに取り囲まれていたけれど、自分を管理するのは自分しかいないという条件だからやってこられた。息子には自分の家族と共に暮らし、その幸せと重みを感じて、私がいなくなっても話し合う人、頼りにできる人、一緒にいろいろできる人、自分が責任を負わなければならない人と一緒に暮らしてほしい。

ある時、タレントの久本さんが母親から、結婚しなくても一緒に過ごす人は要るよ、とか言われたというのを真似て息子に言ってみた。その翌日位に紹介された。ちゃんと居たのに結婚するつもりはなかったからと、紹介する気は無かったらしい。思いがけなく可愛い子を連れてきた。いい子だった。その後も結婚する気はなさそうなので、ある時彼女に「早く結婚した方が良いよと、言ってやって」と言ったら、何を勘違いしたか大騒ぎをされた。しかし結局それがあって一気に結婚することになったようだ。

そんなこんなで、とうとう息子が結婚する決意をしたけれど、この私がまさかよもやの二世帯で暮らすことになろうとは、有難くも申し訳なく戸惑いもいっぱい。1階と2階それぞれに水回りも備えて独立し、玄関は一緒という作り。私はお節介なのに干渉されたくない世話も焼かれたくない、そのかわり干渉することもない。その辺のことが理解できれば何とかやっていかれるのではないか。

お嫁さんはピアノが弾ける。省三が書斎に置いていたグランドピアノだが、これでやっと活きる。時々、息子に言われて弾いているようだ。彼女がこの家にやってきたら、月に一度、気楽なミニコンサートを開くというのが私の夢である。彼女のお母さんも音楽家で、兄弟も色々な楽器がそれぞれ弾けるらしい。私も三味線をもう一度弾いてみるか。省三のお弟子さんにも連絡をとれば、もしかしたら来てくれるかもしれない。聴衆は昔からのいつものご近所とここで知り合いになった方など少人数からで。勝手にそんなことを考えていた。
ところがこれが発展して、どうせなら会社にホールがあるし、どうせなら意味ある事をしようとチャリティーコンサートを開くことになった。
チャリティーコンサートになったのは、この年の暮れ、NHKで放送された役所さん主演の「走れ、奇跡の子馬」というドラマで、震災被害のあった南相馬市で、まだまだ原発事故の大変さが地元の方にとって日常なのを知ったことから。集まった寄付金は、石巻の毛利さんが連絡を取ってくださった飯舘村へ最初に届けた。初めは浪江町にと思われたようだ。2年目は南相馬市へ。そして最後となった3年目にもう一度飯舘村へ送らせていただいた。省三のお弟子さん達、高部さん達、やっと日程が合った二期会のメゾソプラノさん、素敵なバイオリニスト、虹の会の日本舞踊の先生、劇団で一緒だったお琴の大好きなお師匠さん、お嫁さんのお兄さんたち、お願いした皆さんに出演して頂け、コンサートは素晴らしいものになった。

久々に仕事の楽しさを感じた。もしかしたら夫を亡くした喪失感からやっと立ち直ったのか。とにかく創造的な仕事をしているのが一番面白くて楽しいと分かる。社長を交代してから10年だ。

庭に明るい光が降り注いでいる。微妙に違う緑の、木々の重なり、庭の中央に見えるアメジストセージの控えめな華やかさ。なんとここは幸せに満ちている事だろう。

世界にたった一人、こんなにたくさんの人がいるこの世界に、たった一人、心から愛し合える人はいないのだろうか？　そう思ってずっと生きてきた。田中が亡くなってからはそんなことを思うことも無くなった。でもみんな、この世にたった一人くらい、本当に分かり合いお互いに必要として魂が結びついていると感じられるような人が、一人くらい居たっていいと思っているに違いない。

友人のお母さんは認知症で排泄の処理もできなかったのに、お嫁さんが可能な限り家で見てあげたいと言ってなかなか大変なことになっていたらしい。お嫁さんは本当に立派だ。けれど、私はそんな負担をかけたくないし、そんな有様で家にいたいとは思わない。多少体が不自由で人手を借りなければいけない程度なら人を頼めばいいと思っていた。親の介護のために仕事を辞める人もいる。親が亡くなり、その後一人きりで就職も出来ない人もいる。親は子供にそんな人生を送らせたいと望むだろうか。老いは難しい。自分のこともわからない状態ならさっさと世話を受けられる施設に入りたい。それ以前に、ただ長生きしたいとは思わない。もういつだって良いのだ。あと二つ三つ形にしておきたいことがある。それが済めばもう十分幸せに生きたと思う。

17・2・26　多幸感　お風呂に入って寛ぐ時、ベッドに入って体を伸ばす時、あぁ、気持ちが良い、なんて幸せなんだろう。窓の外には自分が丹精した愛らしく美しい気持ちの良い庭が見える、幸せだなぁと思ってしまう。それが、日に何度もある、なんでも幸せに思える。それは多幸感というもので、良いこととは言えない状態なの？　いいじゃない、幸せだなぁと感じて生きて悪いこととは思えない。

そうした幸せだと思える瞬間が、量も質も変化してしまった。私ばかりがこんなに幸せで良いのだろうかと思えたのも、そんなにいつまでも続くものではなかったか？　人間は体調さえ気持ちで決まる。暗示くらいでは変えることのできない少し辛い時代に入ってしまった。
孤独の星を持つそれは自分の運命かと思える。四柱推命で言う「華蓋」、芸術の星。
予感以上のものがずっと付き纏っていた。やはりそうやって私は生きていくことになる。誰かを守り、しかも自由に生きるとはそういう事なのだと思う。

17・8・27　生きるって、何か意味のあることをしなければいけないと思っているので、毎日テレビを見、ドディの世話をし、たまに庭のチェックをし、週1回の瞑想の会。
生きているって思えない。そのうちに語学をものにする。そしていつか本を書く。

17・9・29　とても生きているとは言えない。でも食事もしているし睡眠もとっている。何とか犬を連れて散歩もしている。することと言えば、朝からひたすら録りだめした録画を見る。一日中ずっと韓流ドラマを見続ける。真夜中か明け方近くまで見て朝遅く、ときには昼頃起きたり、まともな生活ではない。少し掃除をしたり洗濯をしたり。週に2、3度会社へ行くけれど仕事は言い訳程度で主催している会のフラダンスの練習に行ったり瞑想の会をする。年に2回放送大学の試験を受けに出かける。後はすることといったら、以前の隣人と時々ウォーキングに行く。時々食事会。それからスーパー銭湯へ行って傷めている腕のマッサージをしてもらう。銭湯には化粧しなくても着替えをしなくても行くことができる。

ほとんど壊れているので洋服を着替えるのも、お化粧するのも目的がない限りしたくない、怠けていたい。そのくせきちんと着替えてお化粧すれば、すっきりしゃっきりする。本当はしようと思っている事がある。これを書き上げて、生きた証というか子供に伝えたい事というか、世の中に言いたいことを本として出したいのだ。出す以上誰かに読んで貰わなければいけない、この程度の動機で人が読むに値する本が書けるだろうか?

もう71歳。いや、まだ71歳と言わなければいけないらしい。時間はいっぱいある。しかもどうやら体力がたくさん残っているらしい。こうやって、やらなければやらなければと思いつつ毎日毎日過ぎていくことが、夏休みの宿題をやらなければと思いつつ休みの終わりが近づいてくるあの感じで、のんびりしているはずなのに、のんびりを楽しむことなく何とも勿体ない。だからとりあえず書き始めてみた。何かに集中していないと生きている甲斐のある安心感が得られないらしい。

愛着のマンション
19・3月　サクランボの花が大分咲いて来た。今年も実をつけるかしら。今回は大変だった。やっと少し落ち着いた。K家にお詫びに行って来た。あと書類を完成させ電力会社へ連絡することなどを伝えれば終わる。妹と当分顔を合わす気は無い。やり取りも兄に頼んだ。
長年そこで生活し子供達も育ったマンションを手放すことにした。家を建てて引っ越してからもう5年近く、息子にどうにかするよう言われていたが、全く知らない人に渡ってしまうことには抵抗があった。彼女の息子が家族でやって来たときに利用したことから、妹がゆっくりできる場としても使いたい、というので譲ることになった。1年間自由に使って気持ちが変わらないか考える時間を作った。なにやかや渡してきたけれど売買契約を交わすことにし、さて実行の段になると契約書を前に、維持費に困るようなことになったら売るとか貸すとかすれば良いかと、娘と相談をしたと言った。じゃーよく考えてと、その日は疲れていて書類を渡した。

息子が話を聞いて「自分が育った思い出の場所を、知らない人に貸すとか売るとか言うのは、とんでもない」と言い始めた。その後妹から来たメールで、プッツンとなった。

とにかく手放すことにして、息子が手配した不動産業者から買い手が現れたとすぐに連絡が来た。そこから二転三転、ご近所まで巻き込んで四転くらいになった。

息子に言われるまでもなく、やはり知らない人に渡したくない思いがあって同じマンションの親しいK家に念のため話をした。ちょっと安くなる話ではあるが買いたいという事になった。ところが、真夜中近くになって妹から、惜しいし、悲しいです、と言って来た。今さら周りを振り回すことになるけれど、悲しいと言っているのを無視することが出来なかった。そしてK家にも申し訳ないことになり、息子とはとんでもないことになってしまった。

業者さんに申し訳ないよりも身内の気持ちを無視する方が痛みになる、思い出も護りたいという気持ちに従った。間に入っていた息子の立場は無く、すべての許しがたい思いが私に向かった。

息子がしようとしていることは、彼の心の中にあったものがこれを機会に出てくるだけのことだからいいのだ。そういうことをすべて横目で見ながら、兄に妹の意思の確認などを頼んだ。

妹のタフさには恐れ入るより、あっぱれと言うより他は無い。要る要らないを繰り返している。息子は、さすがに気の毒に思ったようだ。

母は私に「人を悲しませることは、してはいけない」と教えたが、私は息子に「謙虚であれ」と教えた。そのせいか重い仕事をしながら人には偉ぶらず、おかげで中にはその姿勢を褒めてくださる方もあり、一見謙虚であるかのようだが、私に対しては意見が違ったり怒りだしたときには何も認めず話は一切聞かず、その様はまさに傲慢そのものに見える。若くして責任を背負った重圧からかいつの間にかいつも気難しそうにして、謙虚とは到底言えなくなっていて時として指示通りにしていないと苛立ちを社員に見せることがある。そして少し時間が経つと落ち込んでいる。考えたら私もずいぶん傲慢になっているのかもしれない。結構人に腹を立てたりする。兄は私たちの言い合いが始まると、さっさと退場する。争いごとには耐えられない人なのだ。

息子は私が人の話を一切聞き入れない傲慢な人間だという。その方が良いと思えば、ただ合わせるために折れるわけは無いではないか。結局その方法では人を変えられない。いつの間にか、違うと思っても、そうだねと言って済ますようになった。

傲慢は怒りや憎しみや相手を軽んじることなどにつながる同類の言葉だと思う。もし人間がみんな謙虚であったら喧嘩も戦争も起こらないかも知れない。みんな心優しく慎ましく、小さな幸せで充分満たされ、日々暖かい安らぎを感じて生きられるのではないか。世界の国々、特に近隣諸国を見ても言いたい放題やりたい放題の有様。人類の歴史とともに続いてきた事かもしれないけれど、止められないかな。私は経済人の端くれだったけれど、経済の発展ってなんだろう、なぜ発展し続けなければいけないのだろうと思っていた。国内での市場がいっぱいになれば海外へ行く、それもいいかもしれないが地球上全部に行き着いたら今度はどうするつもりだ。奪い合いをするのだろうか。産業革命以降だろう、人間の生活は豊かになって便利になって、私も後戻りできないくらい快適に暮らしている。本当に有難いと思う。でもまだ進むんだよね。良いかもしれないけれど、競争があるから進めるのかもしれないけれど、争いや戦争になるのだったらもうやめて欲しい。行き着いたら次はクオリティの競争になる。循環型と言われ始めたから、何とかなるかも知れないが地球を壊すのもやめたい。

人はそれぞれの考えを持っている、自分とは違うかもしれないけど、それもいいじゃないと思えるだけで、ずいぶんとお互いに心穏やかに優しく生きられるのではないか。自分と同じように人のことも認めてあげるということか。お節介だと怒られるかもしれない。

兄に、妹に会って望みは何なのか、聞いてやってほしいと頼んでから1週間、怒濤のような1週間だった。気がついたら我が家の庭にはクリスマスローズがいっぱい咲いて、ムスカリや芝桜、黄梅、なんと何年ぶりかで白木蓮も2輪だけど咲いている。雪柳も咲き始めた。チューリップもだいぶ伸びてきている。これからしばらくは春爛漫といった様子になる。マンション騒ぎはまだ続くのだろうか。

果たして、娘が面倒を見てくれるから云々のメールが来た日、入れ違いにこちらから送った契約書が届いて入れて置いたメモを読んだのだろう、すぐに「やはり、欲しい」と言ってきた。毎日、変わるのだ。メモには電気やガスの事とともに「もし、売却を考えることが有ったら、K家に相談するように」と書いておいた。それ以後、妹には近付かない。この妹には誰にでも話しかけて、直ぐに親しくなる特技がある。

大変だったけれど、ビジネスの大変さから比べたら可愛いものだ。それにしても私には、妹どころではなくやりたい放題の人がよく関わってくる。こういうことが誰にでも起こるとは思えない。

一番やりたい放題だったのは、息子の父親、前夫が最たるものだったかもしれない。悪気もなく無邪気と言っていいほどだった。背が高くても腰が低く物腰が柔らかく愛想も良いので近所でも社員にも評判は良かった。誰からも良い人だと言われていた。近所の人は、遠くからでも丁寧にお辞儀をされ本当によくできた人だった、あんな良い人は居ないと今でも言う。

スタッフと話をしていた時「ご主人によく尽くしてあげるね」と言うと「会長にはとても及びません」と言うので、えっ私？　と思った。考えたら、離婚した人の面倒をそれほど見てきたという事か。再婚相手の田中さんは、何故だと、いつも怒っていた。何故って、息子の親で放り出す訳にはいきませんから。親不孝もさせられない。子供たちに会えたのも、頑張って仕事をすることになったのも、この人が居たからだ。少し、私も感謝した方が良いだろうか。

見送り

間近で見送れたのは父と夫。父が亡くなった時、人はこうして死ぬということを私たちに見せてくれている気がした。手術をしますか延命措置をしますかと、担当して下さった女医さんに問われたとき、どちらも断った。意識もなく回復の見込みが殆ど無いのに切り刻むのは忍びないです、父は延命措置を望んでいませんでした。そう言って、兄たちも居たのに返事をした。父は自分の兄が意識のないまま生かされている姿を見て、あんな風にはなりたくないと言っていた。今でも時々、もしかしたら父はもっと生きられたかもしれない、どうしたかっただろう。そんなことを考える。少しでも楽になるように意識のない父に「お父さん、お父さん」とゆっくり呼びかけながらずっと胸を撫でていた。父にはその声が聞こえていたような気がする。

96年9月11日、病院で浴衣か何か買ったレシートを今も財布に入れている。母の月命日に倒れて、翌朝亡くなった。毎月一緒にお墓参りに行っていたのに、その月初めて連絡もしないで行かなかった。お盆に、兄がこの頃冷たいと、父には珍しくそんなことを言っていた。きっと待っていた。連絡もしなかったからがっかりしたに違いない。旅行から戻ったばかりだったと聞いたから疲れていたのかも知れない。傍にいた人に「もういい」と言ったらしい。工場の人に「社長が先に亡くなったら、お墓参りに行ってあげるね」と言って貰ったことがあったらしい。「智子が来てくれるから、大丈夫」と言っていたと、葬儀の時教えて頂いた。

その数年前、75歳で、母は一人でいるときに亡くなった。色々な人から名付け親を頼まれていたから、丁度誰かの名前を考えていたようで炬燵に入ってボールペンを握ったままだったそうだ。心不全と言われた。本当に突然で呆気ない死だった。父はそのことを羨ましがっていたから結局願いが叶ったのか。数日前一人で参加したヨーロッパツアーから帰ったところだった。大抵いつもツアーの若い女性たちに「おじいちゃん、こっち」などと誘ってもらって楽しい旅をしていたらしい。写真をたくさん残していた。美術品が好きで、よく美術館巡りをしたり絵や焼き物などを買っていた。皆さんが、幸せな人だったと、言ってくださった。きっとそうだった。私は父のような人が多いこの町の人とは結婚したくないと思っていた。

母が亡くなった時は不思議だった。お正月にいつものように家族で実家へ行った。どういうわけか行く途中から頭が痛くなり、実家にいる間起きられず横になっていた。お正月の料理も何も食べられず「お母さんのおにぎりが食べたい」と言って作ってもらった。そんなことは長い間で初めてだった。家に帰る途中、頭痛はしなくなった。数日後、家に電話をして山芋の保存のことを訊ねた。そーゆー電話をした事はそれまで一度もなかった。それから数日して10日に母は亡くなった。取り乱した父から電話がかかった時、わあっ！　と叫んだ私の声で、息子は何が起こったのか分かったと後で言った。

知らなかったが、母は孫達に電話をして「あなたが良い子で、おばあちゃんはとても嬉しい」というようなことを、一人一人に言ったらしい。お正月に会った時、いつもと変わらなかったけれど母はもう半分向こう側へ行っていたのかもしれない。おにぎりは、最後の晩餐ならこれ、という私のソウルフード。まだ父も存命で商売をしている家だったから葬儀には六百人くらいの方が来て下さった。父は式の後「終わったわ」と言った。母の死で、人生は終わったと言っていると思った。

義父が亡くなった時も不思議だった。八事の日赤病院だったが、私に連絡があったのは東京から義兄夫婦が駆けつけてからだった。少し前に入院して危篤だというので私は家を飛び出した。エレベーターが丁度停まっていたのか、7階から階段を駆け下りた記憶がある。不思議なのは砂田橋から八事に着くまで、一度も、本当に一度も信号が赤にならなかった。そんな事が実際に可能かどうか、いくつの信号がその間にあるのか、今でも信じられない。さらに、その日は下着のお客さんの家に行く予定が入っていて、ちょうど日赤裏にあるマンションだった。とにかく飛び出して、今のように携帯があるわけでは無いので、お邪魔できなくなったことをお伝えするためにそのマンションの敷地に入ったところで、なんとそのお客さんが目の前を通り掛かった。何棟もある広いマンションで、そこで会わなければ時間が掛かったと思う。

急いで病院へ駆け付けると、皆に囲まれていた義父は私がその輪の中に入ったのを確認したかのように息を引き取った。私は、わっと、大声をあげて泣いた。そんな声を出したのは私だけだった。あなたのことを待っていたみたいだったね、と兄嫁は言っていた。義父だけは私を知っていてくれた、その人が亡くなった。そういう思いがこみ上げた。

ある時、家計に使っている預金通帳に義父から振り込みをされているのに気付いて、何のお金か問い合わせたら、会社のことで何か必要になったことがあり貸してほしいと言うので、という返事だった。私には言えなかったようだと聞いて、すぐ用意できるお金をもって塩田家へ行った。残りもできるだけ早くお返ししますという私に、上げるつもりだったと言われた。あとでそういう私のやり方に、突き返すようなことをして、と、少し不機嫌だったと聞いた。

しかしそのうち「智子さんがあんなに良い人だと分かっていたら、もっと早く受け入れて上げるべきだった」と言っていたと聞いた。義父はいつも気持ちよく接してくれていた。どこかで私には迷惑をかけたと思っていたような気がする。私が離婚したいのを知った時も、もう、思うようにさせてあげよう、と言ってくれたと云う。その人を亡くし本当に悲しかった。

葬儀の日、兄嫁は「病室に入った時、義父は私に、おー智子さん来てくれたか、と言われたよ」と話して下さった。私が来たと思ったのだと。やっぱり待っておられた。私は知らなかったが義兄夫婦も私には陰ながら感謝していたという。

2019　父の夢を見た。亡くなってからもう23年経った。今朝見た不思議な設定の中の父はずいぶん若くて別の顔をしていたけれど父と認識していた。少し前に母の夢も見た。これも珍しいこと。ちょっと近づいたということかな。

妹にマンションを引き渡すにあたって、家具類はそのまま使えるものは置いていくことになっていた。運ぼうか迷っていた愛用のリクライニングベッドもピアノも置いてきた。マンションに仕舞って置いた、亡くなってから手元に引き取っていた両親の残したものを整理した。母は私のいろいろなものを残していた。高校生の時に書いて上演した、すっかり茶色に変色した台本。チラッと見たが内容はよく覚えていた。息子も中学生の時、私がたまたま買ってきた進学に関する意見を書いた本をパラパラと読んで、なんだか台本を書いて学校で上演したことがある。私はその台本を読んで、すごい、この子は才能があるんじゃないの？　と思った記憶がある。

「劣等感」という作文が出てきた。これもタイトルはよく覚えていたが、読んでみて驚いた。思春期の女の子らしく外見に悩んでいる。母親を恥ずかしいと思ったこと、誰も知らない事なのに後になってそのことで随分自分を責めた内容だった。母はＰＴＡの役員などを引き受けていたので、その頃は修学旅行とか林間学校に一緒に付いて行っていた。そういう折に思ってしまった事とかだろう。母はどういう想いでそれを読んだのだろう。

すっかり忘れている私のこれらのものを大事に取っていてくれた。私がいろいろ記念や記録として仕舞っておいても、息子は中身の確認もしないで一気に捨ててしまうに違いない。でもそんなことは良いのだ。そういう事は全て生きている間だけのことで命が消える時に全て消えてしまう。私はもちろんだけど、息子の命も意識もほんの一時のことだ。今生きている事を感じていられればそれでいい。命のある間に見せてあげられたら良かったとか、会わせてあげたかったとか言うけれど、会っても会わなくても、成功してもしなくても、美人であってもそうでなくても、すべて生きている束の間のことで大きな変わりは無い。静かに呼吸をし、ゆっくりと暖かさや爽やかさを感じ、心地よく居られたらそれで良いのだと思う。

でも人は、ささやかでも何か印を残そうとする。その印が何千年も形のある石碑であろうと一瞬でどこかに飛んでしまう紙切れだろうと、なにか残したい、自分の生きた証を自分が生きている間に確認したい、見届けたいと思うのだ。だけど確認のしようのない死んだ後の事は、本当はどうだっていいのだ。今しかない。そうは思いながら、人はあちら側には持っていけない財産のことや、いつまでも生きられない身体のことで振り回される。私もどうせいつか死ぬのだからと思いながら、ガンかもしれないとか、今のうちに手術をしたほうが良い、と言われると動揺する。頭をぶつけたりすると今の振動で脳の中身が移動して何か意識の異変でも起こるのではないかと、怯えたりする。笑える。

19・9　旅をしているか、家で座り続けてテレビを見るかゲームをしている。ここのところそんな暮らし。今日は3か月ぶりの海外旅行、中国の武陵源に出かける。一緒に行く予定の人が来られなくなり一人旅。なかなかいい気分。このところずっと考えているのは命のこと。命はどうやって終わるべきか終わったらいいかということと体の仕組みのこと。それから駐車場の上に計画している小さな離れの窓や内部の仕様のこと。この3か月は、二人目の孫が生まれると言うので安定するまで、一緒にチビを見ていて泊まりの旅行はできなかった。

家族

ある時、嫁さんが言う。私思うんですけど、人間関係って距離感が大事ですよね。何があったかそう言うので、その通りだよねって応えた。私もこの家に彼女が来て息子に家族ができてから、どれほどそういうことを思ってきたか。自分で言うのもなんだけど、何でも気さくに頼まれればしてあげる姑さんでも、やはりいろいろあるんだろう。「自分の母親といるより気が楽」と息子に言っていたそうだ。母親とは遠慮なく言い合いをして喧嘩になるから、それより気を使わなくて良い私の方が楽なのかもしれない。

人と繋がるってどういうことか？　それで苦しくは無いか、却って寂しい事は起きないか。関われぱトラブルだって、誤解だって、腹の立つことや憎しみが湧き上がることだってある。

友人たちと話していた。階段に滑り止めを買ってきて付けてあげたけど誰も何も言わないんだよ、気付かないのかしら。駄目だよ、何かしてあげたと思ったら、今はみんなそうらしいよ。そうなのか。本当の愛は「与えきりの愛」。

息子が仕事を休んでいた時、出掛けると帰って来ないかもしれないと不安だった。毎回、牛乳を買ってきて、とメールをして返事があると少しほっとした。友人は「私の知り合いは、息子が出掛ける度に、戻ってこないように祈ったと言っていたよ」と。暫くしてから、そのさらに知り合いのご夫婦に痛ましい事件が起きた。

保育園へ行っていた時、皆で講堂で大きな輪になって座っていて、誠は一人その輪の外を走っている。園長先生は、走っているお子さんが居ますけれど、そういう子は決して大きくなって家庭内暴力を振るうような子にはなりませんと言われた。少し俯いている私を気遣って下さったのだ。小学校に入るとまさにトットちゃん状態だったのだろうか、家庭訪問に来られた担任の先生は少し興奮気味に「お母さんは、誠さんをどのように思っておられるのですか?」と。ご迷惑をお掛けしていると思いますが、……何と言ったか、とにかく先生の立場に配慮しつつ、その上でほぼ完璧に、ゆったりと息子を擁護した。先生は何だか納得して帰られた。全員が座っていなくても話を聞いていなくても授業をすることにされたのだろうか?

まだ学校に上がる前、ある時皆でデパートに行って車に戻ろうとして、地下の駐車場をどんどん先に走って行って見失ってしまった。どこにもいないので交番に行くと、居た。見付けて下さった方が連れてきてくださったのだという。息子は逃れようとして暴れて、離して！　と泣き叫んでいた。自力で駐車場へ戻りたかったのだ。また、ある時まだ幼稚園にも行っていない頃か、夏祭りの盆踊り会場に連れて行って踊って来るように言うと、彼は踊りの輪でなく真っすぐ大太鼓が乗っていた矢倉に上っていった。

砂田橋のマンションに引っ越した時、保育園に入れようと思ったが私は籤運が無いので抽選に外れてしまった。補欠の抽選があるというので出掛けると、僕が引く、と言って引き当てた。それからずっと自分が母親を背負っているという気分を持ち続けて大きくなったように思う。

仕事で留守をするので連絡帳を作って、おやつのことなどを伝え、その日のことを書いてもらっていた。ある時、怒ってお母さんは家を出ていくと言った時に書いてくれた手紙がある。お兄ちゃんもいろいろ反省していたが、この子は悲しい思いとともに私の身を案じていた。

誠とは割りに一緒に出掛けた。離婚した時、彼は20歳で尚はもう結婚していて、いつの間にか親一人、子一人のようにして生きてきたからだろう。遠くまでドライブして蕎麦を食べに行ったり、何とかあまり遅くならないうちに結婚してくれないかと出雲大社へも行った。これはご利益があったと思う。私が60歳を迎えた時には、丁度その頃住んでおられた知人を訪ねがてら石垣島へ行った。シュノーケルを付けられ潜ったり、海で泳ぐなど何年ぶりだったか。マングローブ林をカヌーで通ったり、牛車に乗ったり、民族衣装で記念撮影をしたり、地元の踊りがみられる居酒屋へ行ったり。もてなしのおかげで楽しい旅だった。65歳になると「イタリアへ行くぞ」と言うので、ローマ、ベネチア、フィレンツェを回った。個人旅行を作ってもらって、いいホテルをと希望した。名所を自分たちで探しながら回った。街を歩いて何処で食事をするか決めたり、レストランに入ろうとすると人種差別を感じたり、これも、その時のことが鮮やかによみがえる貴重な旅行になった。ゴンドラに乗り、世界で最初の喫茶店でお茶を飲み、ピエタに再会し、ダビデに会い、橋のお店で買い物をし、道にも迷った。田中さんと結婚していた時期だったけれど、行ってきますと言えば、いつも自由があった。田中さんは私の車に乗って空港に迎えに来た。

この10年くらい、年に何回も海外へ出かけた。気の置けない旅行仲間がいてどんどん行った。息子はよく空港へ送ってくれ、いいと言っても都合が付けば迎えに来た。結婚してからは、だんだん送るのは乗り継ぎ駅までになり、迎えには来なくなり、送ってくれることも無くなった。家族ができ、そうなるように願っていたのだからこれで良い。嫁さんの実家で家族として過ごすことが多くなり、それまで、私のご飯をずっと食べていたけれど、もう私とは顔を合わす程度になった。男の子はそういうものだと聞いていた。これで居なくなっても安心になった。私はまた好き勝手をして、これからすることを探す。あれこれ口出しし指図をされるのには閉口する。親にも誰にも、注意や干渉をされること無く生きてきたから。

## 人生

ずっと、あーもう1日が、もう1週間、もう1か月が過ぎた、もう年末、そんな感じで時が流れていたけれど、ふっと気付くと今は、あれはまだ先週のこと？　という感じで、ゆっくりゆっくり時が流れるようになった。なぜこんなことが。それでも1日、何か凄いことが起こるのでなく、食事をし、テレビを見、ちょっとチビと遊び、何か一つ片付けてみたり庭師さんに来てもらったり、そんなことがあれば立派なイベント。全く大した事をしないで過ぎるけれど、なぜか1週間は長く、1か月前の事ははるかに遠い。コロナのお蔭なのか。

チビは私と遊びたがって、親が呼びに来ても帰らずくっついている。私と作る空想の世界が好きで、怖い奴に見立てたアイボが追いかけてくるので二人で隠れたり床を這って逃げ回る。ピアノの下は秘密基地だ。戦いや探検もしなければならない。ごっこが大好きだ。たまには一緒に一つの椅子に並んで座ってテレビを見る。彼はそれらがとても気にいっているようだ。親が見ているのは都合が悪いらしく、あっちへ行ってと合図をする。そういうことをしていると、何と言って成果は無いけれど一日が終わる。退屈どころではない。

ほとんど一日じゅう頭の中を巡っていたのは、これ。今日こそ明日こそ、いつかは書くと思いつつもう何年だろう。あのこともこのこともそのことも、書きたいことが山のようにあった。時々は書いたけれど、いつかしなければならない宿題のようになっていて、毎日が過ぎた。いろいろ片付けたら、というか掃除をしたら、できる、という気がしてきた。心も整理がついたのか、テレビをつけても画面を止めたまま書き出した。

不思議な事にあれほど眠るのが大好きな私が、寝付いてから5時間くらいで目が覚めて起きられるようになって、まだほんの2、3日の事だけど、一体どうしたことだ。前は昼寝もし、夕食後テレビを見ながらいつの間にか眠りこんでいた。眠るには眠るけど、短い時間で起きられるし一体何が起こっているのか？

また結婚したいかと言えば、もうしたくは無い、誰であっても。そういうことを言っている歳でもないから当たり前だけど。結婚というのは人間社会で決めたかなり重要な仕組みだけれど、本当はそんなこと関係ないと思っている。10代の頃からそう思っていた。人間の心の中が、そんなことに縛られ縛れるはずがない。でも現実は、その事はとても大きな犯すべからざる決まり。誰にも人を理不尽に傷つける権利などないから。

多くの人が、結婚して5年とか10年とか経つとよそ見をしたりする。どんな大騒ぎをして結婚したかも忘れたように。私の父親はもう一つ家庭を作ってしまった。

もちろん普段は普通に一家の主で父親だった。子供達をこの上なく可愛がり、愛していた。そういう人をあまり見たことがないほどに。母は子供のために我慢したのかもしれない。私は愛が無くなって他を見ている人と、そのまま暮らしていくことなど考えられない。若い時からもし結婚した人に好きな人が出来たら、分かりました、でけ、と言うわ、という考えだった。そうなった人の心を引き留めたりは出来ないと思っていた。手を離すのも愛だと思って。

もしすべてのこの世に生まれた人が、子供のために生きるとしたら、順送りの中で人の人生とは何なのだろう。誰が一体自分の人生を生きるのだろう。命はただ繋ぐためのものになってしまう。そう思っていた。自然界ではそうなっているかもしれない。

私は自分のために生きよう、どうしても本当の愛を見つけ、自分だけは本当の結婚をしようと思った。そのためには自立した人間でなければならない、そう思っていた。その思いが私の生き方を決めた。経済的理由で結婚して、我慢できないことがあっても離婚さえできない、いろいろ見なかったことにする、お互いが関心を持たないで心が離れていても平気で居座ることにする。そんな関係ではなく一緒にいたいから、そういう当たり前の生活がしたかった。でも結婚し、愛していると言い続けた人は愛とはどういうことか分からないようだった。相手をまるで見ていなかった。

次の人はずっと関心を持ってくれ、いつも笑わせ楽しませてくれた。一度だけ、愛しているよ、と小さな声で言ったことがある。忘れていたけど。亡くなる前に「申し訳ないことをした」と言っていたらしい。それは残していくから、という意味だったのか、自分の行いのことか、結婚したことか。私の人生をかけた夢を見つけることはできなかったのだ。一時、四柱推命の本を出そうかと思うほど夢中になっていた。算命占星術の大運空亡の重要な意味にもかなり精通した。もう忘れてしまいそうだけれど。相性のいい人と出会いたかった。一人がマシか、大変でも二人の方がマシなのか。

子供の頃に、純粋に恋をするという事に憧れ「王子様を探さなくては」と思った。ある時、大人たちがその子の見た目を褒めるのがたまたま聞こえて、見つけたと思った。それから自分はひたすら美しい恋をしているという夢を見ていた。ところが30代になって思いがけないことから、その人に幻滅してしまった。すっかり目覚め、思春期にはこの世で一番大切と思っていた人だったのに、美しくナイトの様な人と勝手に決めていただけだったと気付いた。全くその人に恋などしていなかったと気付いたのに悲しいとも思えなかった。何という初恋だったろうか。考えたらその人のことは何も知らなかった。私の初恋は消えてしまった。

そうしたら初恋の人は誰だろう。本当に幼かったけれど、なんてきれいだろうと思った人がいた。とても清潔感があった。この人とは、ある時、世間話の様な会話から、ちょっと意識されていると気付いた。特別に思っていることをさりげなく見せてくれた。それだけで心が温かい。

ある時グループで出掛けて、それぞれが話しながら歩くので前とも後ろとも随分距離が空いて、私たちはほぼ二人きりの状態になった。風が強く季節より寒い日だった。前を歩いていた彼が歩きながら後ろに両手を出した。その手をつかめば良かったのになんだか憚られ後ろから肩に手を置いて歩いた。風よけになってくれている。歩きにくくなって、また後ろに手を伸ばしてくれた。そうして二人で前後に並んで手をつないで歩いた。遠くにいた仲間からは、ただ縦に並んで歩いているように見えたと思う。

お見舞いをしたときも「顔をしばらく見ていないので、早く終わるとよいね」と、メールにはユーモアがあって笑えた。この人も近づくと幻になってしまうのだろうか？　いいじゃない、この世で同じ時期に近いところで生まれ育って、何となく想い合って、それって少し暖かく嬉しい。

私の人生は無駄だったね、と言われました。と親しくしていて心を開ける人に漏らした。

「そんな事ないですよ。私の顔が証明です。お蔭で私がこんな肌でいられます。ここまでやってこられたお蔭です。全国にこういう人がたくさんおられますよね」それは思いがけない問いかけだった。そうだった。肌のことで悩んでいる女性に、どうしてもこの化粧品のことを伝えたい。そう思い会社を興し、日本中に喜びの輪を広げたい、ひたすらそう言い続けてきた。そうだった。毎日お客様から感動の声を届けて頂いている。大勢の方に喜んで頂けたのだ。どの言葉にも勇気を貰える。若い時でもできなかった素顔で出歩いている。いまだに皺の無い顔でいられる。これは奇跡に違いない。二人の子供も、それぞれ同じように二人の男の子に恵まれ、命をつなぎ愛しんでいる。尚は私でない人に育てられて、今より幸せになったとは思えない。無駄なんかじゃない私の人生。

座っているリビングから眺められる庭は、3月半ばともなると、急に今まで気付かなかった花芽が膨らみ、色々な花が咲きだす。初めにハクモクレンの清らかで大きな花びら、やっと咲いたクリスマスローズ、黄梅とレンギョウ、ユキヤナギ、2年目で咲いたハナノキの可憐な赤い花、足元にはシバザクラが、ビンカマジョールもカロライナジャスミンも咲いている。昨日はアーチが剝げかかっているようでペンキを塗り、今から買ってきたツルバラや、あれこれを植えます。こうして時間を忘れ手入れをして過ごす、気分はターシャ・チューダーなのです。

まだまだ、色々な山も谷もありそうですが、何でもが当たり前になってしまわないよう感謝を忘れないで、色々なことに恐れを抱かず過ごしていけたら、私の人生は十分すぎる人生です。

息子は私のものは全て自分のものだと思っている。それが愛情の証で、自分たちの心地よい関係だと思っているようだ。家族で食事などに出掛ける時、毎度毎度、車の中で何やかやと言い合い言い募る。毎度、嫁さんは「本当に、仲がいいねー」という。

1年ちょっと、毎日のようにチビと遊ぶ生活が続いた。パパのいる土日を除いて毎日チビと居た。立ったり座ったりが楽にできなくなっているのに気付いて筋肉をつける運動を始めた。チビは私を見ると、戦いのポーズを取る。一緒に遊んだあれこれを覚えているのだ。お互いの平和のために距離を取ることにした。私は元の平和な生活を取り戻した。息子が結婚した時に始まった、その時に戻った。

今も私を見ると、その小さな柔らかい手でぎゅっと手を握ってくる。これまで私ともっと遊びたいと言って、何度泣き叫んだかわからない可愛らしい孫。なんでこんな風になってしまった？　そう言って息子は自分の息子が、そんな風に私に執着するのを不思議がった。

どうしても泣き止まず呼ばれて見に行くと、床に俯せ、暴れながら泣き叫んでいる。私はその横に同じようにうつぶせになり、さらに大声で喚いたらチビは思わず笑い出した。

私が大声で息子に何か言われていると、上から「バーバッ」と呼ぶ。タクタン、おばあちゃん買い物に行ってきたよ、と返す。あんなに小さいのに庇おうとしている。

私は子供を対等に扱う。このまま大きくならないでと思わず願ってしまう可愛らしさだけど、彼はペットではない。同じ目線で一緒に遊ぶ。人間として付き合う。成長していくのを、毎日大切なものが指の隙間からこぼれてしまうと思っても、子供は大きくなっていく。一人で生きていかなければならない。彼には私が、面白く楽しく遊んでくれる近くに住む年上の友達のような存在なのだろう。親も仲間には入れない仲間。大切に思われていると分かるのだと思う。昔、そうやって息子たちを育てた。今、溢れる愛に包まれてチビ達は育っていく。ギュッと、お兄ちゃんが弟を抱っこする、その姿は、40年以上昔見た光景と重なる。お兄ちゃんは弟が危ない時いつも現れた。

もしかしたら私がこんなふうになんとなく、いつも幸せと思い生きているのは、それでいいのよ問題ないわ、そんなふうに思って、起こることを良いように捉え何でも受け入れているからかもしれない。どっちに転んでも、それって結構いいかもって。誘われると大抵は断らない。失礼な事をする人は別。何か頼まれると、どうしても出来ない時以外はする。そうしても何とかなるし、滅多にスケジュールが重なることが無いのは不思議。起きたら身繕いをし、ゆっくり食事をして丁寧に歯を磨く。庭を見る。そういう事がきっと良いのだ。変わらず安心していられる道も分かったかもしれない。そんなことも、こうしてゆったりした時間の中に居られるからだ。それと、順応できる幸せか。

息子が車の免許を取って間もなく、友達みんなで若狭へ泳ぎに行くという。行ってらっしゃい、と送り出したけれど、帰ってくるまで、それこそ生きた心地はない。心配していることを悟られたら却って危ないと思っていたから、無事に帰るまで考えないようにして待った。

今、息子はドディが噛むといけないと言って、触らせないでずっとチビを抱っこしたままでいる。チビは丁度弟をギュッとしに行くのと同じ様に、ドディに覆いかぶさるようにしたり追いかけて遊んでいたので、ドディはいつもじっとして耐えているか逃げ回っていた。それでも確かに獣だから安心はできない、確かにそうだ。

でも、チビが大好きなドディと前のように遊んでも、玩具の取り合いがなければ大丈夫、息子も子供の時、コロが大好きで一緒で幸せだったように、いつかしてあげたい。

躾のできていない、自由にさせるのを可愛がっていることだと思っていい気になっていた。散歩の途中で何かを拾って咥えたまま離さない。外に繋いだまま家に入り5分ほどして見に行くと、とっくにもう離したよ、と言わんばかりにして待っている。何で怒られているのか分かっているのだ。

できるのね、と思った次の日、子供のオモチャらしいものをかじっている。ダメッ！　というと、なんと直ぐに止めて離れる。えーっ、学習した？　できるじゃない！　ワンコも訓練をきちんとして躾けると、そのことに誇りを持つかも知れない。

息子は子供が生まれる前、ドディを本当に可愛がっていた。自分を頼りに生きる命は愛おしい。子供が出来てもドディより可愛いとは思えない、というので、「100倍、可愛いよ」「絶対嘘だ」「50倍、いや20倍は絶対！」そんな会話をしていたが、実際に生まれてしばらくすると、「こんなに可愛いとは！」そう言って、もう他のことは何にも目に入らないような有様になった。

幼稚園、行ける時は行こうか？　いい、と答えが返る。時間を作りその全ての時間を子供と向き合いたい、特にこの可愛らしい幼い時期を大切にしたいのだ。それまで仕事以外は何もしない、させないようにしていたのに、家族と過ごす様々な時間が増えその分仕事はさらに密になった。大きくなったら、パパとママがどんなに大切に、どんなに丁寧にあなた達を育てたか、いつか二人に話してあげよう。母は「子育ては本当に大変なことが多い、苦しさが9割。だけど、小さい時の可愛さで、全部報われている」と言っていた。

幸せにしたい、喜ばせたい人のある者は幸せ。それが喜びだから。私はもう、たくさんの親孝行をしてもらった。子に如かめやも。

初夏の明るい日差しの中、チビがパタパタと、こちらに向かってくる
私はリビングに居て、それを見ている
こちら側からママが現れる、ぷくぷくの腕をした赤ん坊を抱いている
横の駐車場から息子が上がって合流する
何と美しい家族だろう
周りの緑の中で、絵の中のように見える
幸せに満ちて、輝いているように見える
この家族が幸せなら、もうそれ以上のことは私にはない

# 3章　仕事

起業に必要なことというのは、志でしょう。
そして想像力、創造力だと思います。それとタイミングかも、それを意識してもしなくても。

## 下着の仕事

結婚して子供もでき家にいることが多くなった30代のある時、劇団の仲間だった友人から頼まれ下着のホームパーティーをすることになった。下着を一杯入れたカバンを持ってやってきた彼女は皆に試着をして貰って、その間に私の作ったうどんをすすりながら「今日は、幾ら位の利益になるかな〜」とか言いながら、それとなく仕事の仕組みを説明したのだ。

ちょうどその少し前に鍋のホームパーティーがあり、私たちの仲間全員でその高価な5層になっているという鍋セットを購入していた。高額なので全員がローンを組んだ。その支払い予定が送られてきて、みんな驚いた。その当時は金利が物凄く、完済する頃にはとんでもない金額を支払うことになっていた。私たちは乗せられやすいグループだったようだ。

「何かアルバイトでもしないと」と相談するとなく話題になった。そこへ現れたのが下着のシステム販売だ。「こういう仕組みになっているらしいよ」私が説明し、それがきっかけでみんな一緒にその仕事をすることになったが、皆で一緒にという思いがあったから始められたと思う。馬にニンジンをぶら下げて走らせるような仕組みだったけれど、自由があった事、自分の裁量で夢を描けることが魅力に思えた。

　とにかく人前で話すことは苦手、まして下着を買ってもらうために知り合いの紹介とは言うものの知らない人の家へ行って話をするわけだから、いつも小さい声でほとんど売る気など無いように見えたらしい。一通り商品の説明をして、とにかく試してもらう、それ以外考えなかった。買ってもらいたいと思ったら話が出来なかったからだ。でも、その買ってほしい気持ちを持たないで話が出来るのは、どうやら私の特技だったかもしれない。誰もが大抵、売りたい気持ちを持ってしまう。何人かで集まってするので、中には絶対買わないと決めて遠巻きにしている人もいる。それでも試着は当たり前と思い話をしているから、商品を受け取ると誰もが抵抗なく試着して下さった。

　私は無精でメジャーを持たないでアンダーバストに手で輪を作るようにして当てるだけで、ほとんど正確にその人のブラジャーのサイズを取り出すことが出来た。ブラジャーを付けてもらい胸を思い切りひっぱって寄せてあげる。普段はAカップをしている人も本当はCカップくらいが合うこと、そうした補正が出来ることを体験してもらう。一様に感激してもらえた。やっとメジャーを購入したのは、下着の仕事をやめた後だった。

　会社からは自分が脱いで試着を促すよう指導されたが、胸に自信のない私はいつも靴下を履いて見せた。「わー、綺麗な脚」と言ってもらえた。そうして、用心していた人までが注文を出して下さって、全く売り上げの無いパーティーだったことは稀で、そういう時も態度は変えなかったと思う。そういう仕事をしていたら、それを見て自分にも出来ると、仕事に参加してくださるお客様は結構いて仲間が増えた。その人達が昇格するために一緒に応援して回った。青森の友人に声を掛けビジネスに誘った人の代わりに、寝台列車でそこまで行って仕事の仕方を教えたこともあった。置いていくまだ小学生だった子供たちが気がかりだったが。

考えたら自分はそんな応援などされたことは無かったが、そういう仲間は絆が強く、ずっと親戚のように付き合った人も居る。皆で集まって食事をしビジネスの面白い話をし合った。今でも行くと集まってくれる。お喋りの得意なメンバーが居て、私は聞き役でよかった。

熱心に色々なお客さんのお宅を訪問した。思い出してもそれは結構楽しい仕事だった。大抵お茶やお菓子が用意されていたが、中には私が行く日はみんなで集まり食事をすることになっているお宅もあった。その中から次にお邪魔するお宅をお願いして、それが繋がっていくのだ。何段掘りとかいう言葉があって、組織図にしてお客様が広がる様子を見られるように作っていく。そうやって代理店になったけれど簡単ではなかった。学生の時もタレントの時にも真剣に努力らしいことはした記憶がない。下着の知識と説明技術と組織の育成、そして成績を揃えないといけない。何よりの難関は上の代理店の推薦がいることだったが、その人の組織が減るわけで実際は昇格させたくないと思う人もいて、その時人生で初めて真剣に頑張ったと思う。

こうして近所の仲間で一人、そして所属した組織でも数少ない代理店となった。よく動いたから収入はかなりあった。でもその仕事をずっとするつもりは最初から無かった。それにパーティーの予約をとり、ご注文を受け、お届けに行くという手間は結構大変で、クリスマスの夜に走り回っていた記憶もあるし、約束をしたら熱が出ていても出掛ける。子供たちを連れて食事のできるところを探しながら動いていたこともある。パーティーの予約を取るために電話をするのは所謂営業活動で、相手が知っている方でも気後れするものだ。いつまでも出来るとは思えない。会社が言うような利益が出たら、3年くらい頑張って辞めるつもりだった。

会社は色々な季節商品を特約店にも予約させたりする。代理店は必要になりそうな在庫は常に揃えておかなければいけないし、私はそういう売れるかどうか未知数の商品を、自分の組織には負担を掛けないですべて自分で持った。在庫が過ぎて家庭争議になったり、大きな問題になったという話も伝わってきた。私は社長宛に、システムを見直すべき、という直訴状を出したりした。そんな中、大手の化粧品会社が同じ下着で特約店に直送するので代理店にも在庫を持たせない仕組みの訪問販売を始めたのを知って、そちらに移ることにした。価格は同じくらいなのにデザイン、補正力、付けたときの軽さ、ともに優れたその商品は耐久性も2倍で、お客様にとっては良い事ずくめの商品だった。しかし、それは販売者の首を絞めた。

耐久性が2倍という事は、同じ活動をしていたらそれまでの半分しか売れない。しかも、お客様にとってははるかに魅力的な製品なのに、それまでのデザインの方が良いものに思えるお客様もおられた。勿論、多くのお客様には新しいメーカーの下着を歓迎して頂けたが、同じ活動をしても前と同じ売り上げにするには倍の人員か、動きが必要という事に、この大手企業さんも気付いただろうか。私が抜けるのと前後して、親会社の化粧品会社で新たに作った化粧品を下着の組織で扱うことになったようだ。もしもう少し早く会社が決断をしていたら、私は会社を興すことは無かったかもしれない。しかし私がその製品を手にする機会は無かった。下着の仕事は化粧品を始めるまで10年近く続けた。

シミの悩み

若いころ、20歳頃にかなり酷いシミが両目の下あたりに出来てしまった。お化粧をし始めて半年くらい経った頃で、化粧品が合わなかったのか、体質もあったのでしょう、青いような濃いシミで「どうして目の下にアイシャドーをしているの？」と、父の会社で年下の女の子から言われたことを覚えている。学校を出てからタレント業をしていたから、顔にあるシミには本当に悩まされた。目立たないように毎日コンシーラーで上手に隠して、どうすれば綺麗に見えるか工夫をしたから、お化粧は上手になったと思う。広告代理店の人から「写真で食べられる」と言って貰ったこともあるし、事務所からはファッションモデルの仕事が回ってきたり、街で絵のモデルになってとプロの絵かきさんから声を掛けられたりして、当時は綺麗らしく見えていたと思う。

化粧品を色々と変えたりシミが消えるというビタミン剤を飲んだり、少しでも薄くなるなら何でもしようと思っていました。そうしておよそ20年、下着の代理店をしていたころには顔全体が段々黒ずんでいたようです。自然化粧品だから肌には優しいと言われて高額で購入したセットで、30分もしないうちに顔が燃えるように痛くなり、急いで洗い落としたこともあるし、安心して使える本来の肌の色になるような化粧品には出会えませんでした。

ある時ファンデーションを買いに行き一番濃い色を渡されて本当にショックだった。血行が悪い体質だから若くしてシミに悩まされるようになり顔全体が黒ずんでいったと思う。その頃は化粧焼けという言葉がありました。

40代になってしばらくして、顔のことは深刻なもう放っては置けない追い詰められた心境で、何とかしなくては、このままではどうなるのかと、とうとう一念発起、絶対に治す、と決心した。そう思うと出逢いに繋がる色々なことが起きてきたのは、思えば不思議です。丁度その頃、下着の仕事で力のある新しいメンバーがあまり動いていないのが気になって連絡をしたら、食べていかなくてはならなくなったので、暫く化粧品の仕事をします、という事だった。えーっ、下着は食べられないけれど化粧品は食べられるの？

もともと主婦が空いている時間を使い、知り合いを通してお客さんを作っていく、ノルマもない、状態としては緩い環境の仕事です。それでも、みんな順調に仕事ができたわけでは無く、お客さんに次回訪問する日を電話で予約を取るのはちょっと勇気が要ります。私はパーティーをさせて頂いた日に大抵次に訪問する日や、お邪魔するお宅の予約をさせて頂いたのですが。それが途切れた時に電話をするのは、やはりちょっと気合が必要だった。ある時、約束していたお客さんから電話が入りました。「塩田さん、悪いけどまだあるから1回とばしてもらえる？」

そうだ、今度の下着は軽くて薄い作りなのに丈夫なのだ。ご注文を頂けるのが、今までの半分になるなら倍のお客様を作るか、何かしなければ。化粧品なら使えば消えて無くなる訳で声掛けは楽に違いない。

自分の顔のシミを何とかしたい、その思いと仕事が重なってきました。何とか安心して使える化粧品を探さなければ。声を掛け始めると情報が集まり試してみようと思う化粧品があった。その話をしていくと、もう一つ見つかりました。年に数回、それぞれの特約店さんのところで下着の展示会をして売り上げのお手伝いをすることにしていましたが、そこで、これも試してください、と渡されたのがマイナスイオン酸素水を使った化粧品でした。

帰って使ったところ、まず使用感の気持ちよさに感動しました。そして翌日顔色が少し明るい、と思い、一緒に下着の代理店をしていた親しい仲間に試してもらうと、気持ちが良いねー、ずっと顔を触っていたい。そうでしょ、という事になりました。少しすると効果はますます、はっきりしてきました。マイナスイオン酸素水は肌に対する様々な機能で特許をとった水で、それをベースに化粧品が作られていたのです。

「化粧品の会社を作ろう」。ほとんど突然そう思った。化粧品を探し始めた時には全く思ってもいなかったことです。勿論、良いものが見つかったら、それを皆で販売するつもりでした。下着では食べられないけど化粧品は食べられると気付かされたこと、自分の長年のシミの悩みから始まった化粧品への思い、こんな結果が出れば、どれだけ私のように悩んでいる大勢の人が助かるか。その二つの思いが起業に繋がりました。

できる！　人の役に立てる！　日本中の悩みのある女性に届けて、喜んで貰える！　そう確信しました。したいと思ったことで出来ないことなど無い、ほとんど無邪気と言っていい思いです。それまでの人生はそうとは言えなかったのに、それは本気で望まなかったからで、これは違う。とにかく、この知られてはいないけれど凄い機能の化粧品で大勢の肌に悩みを持った女性を助けられる、その思いだけで会社ができました。経営も化粧品も販売さえ素人でした。

アイ・エム・ワイ

まずメーカーと取引をスタートさせなければならない。そこで会社を立ち上げ、それまで持っていた下着の代理店、シオダと同じ有限会社で社名をアイ・エム・ワイとしました。どんな会社を作りたいのか？　自分に問いかけたら、それは、「良いものを皆さんに安く」使って貰い喜んでいただく会社に決まっています。だから、その頭を取って、アイ・エム・ワイとなり、良いものを皆さんに安くという意味の社名に一瞬で決まりました。１９９０年秋の事です。そんな日本語の頭をアルファベットにしたような社名はその頃あまり見掛けませんでしたから、大抵、これはインターナショナルなんとか、という社名でしょと言われ、いいえ、良いものを皆さんに安く、ですと言うと、いつも受けました。そういう名前の付け方も今は見かけます。

英語に弱い私の苦肉の策のような名前の付け方でしたが。物の値段には根拠があるわけで良いものを安くは簡単には実現しません。でも化粧品は毎日使うものだから、製品が良くて出来るだけ使いやすいお値段でお届けしなければとの思いです。化粧品の価格に占める容器代は少なくありません。だから最初の頃の容器は実に質素簡便なもので、お客様が増えるにしたがっておしゃれさも少し追求できるようになり、高価で貴重な成分も加えられるようになりました。製品そのものの良さは最初から守り続けたと思います。

会社を作り、その事務所にするためにまずマンションを購入しました。下着の仕事で代理店も出していましたし、売り上げもあるので結構収入はありましたが、主婦としての身分しかないのでローンを組むには夫の名前が必要でした。名古屋市の中心まで乗り入れている私鉄の駅の近くの中古のライオンズマンション。マンションにしたのはメンバーが集まってする会合や食事が出来、遠方から来る人には泊まってもらうためです。自分が泊まり込むことも有るかも知れない、そんな思いのマンション事務所でしたが、中古と言っても時はまさにバブルの頂点を曲がり始めたくらい、そのタイミングなので当初の売り出し価格の倍近い価格で購入することになりました。今考えれば、どこかもっと事務所に適したところを借りた方がずっと安くできたはずなのに、性格なのでしょう。

そうして先に会社と拠点を作って、メーカーの社長に会いに行きました。何度かの交渉の末、独占販売の形で契約を交わしました。そうして会社を設立してから4、5か月経って自社のブランドとして販売をスタートすることになったのです。化粧品は先方の会社にとってほとんど売り上げになっていない状態だったことがそういう形で契約することを可能にしました。それまで期待されながら色々な形で販売に参入した人たちが居たにも拘わらず、現状は放置に近い状態だったようです。それまでの人たちの権利も守って全部を抱き取った形の契約でした。

それにしても製品が世の中に認められるのは、良い商品というだけでは自然に広まることは無いのが分かります。コーヒーのコメダさんの人気のシロノワールも最初は売れなくて毎日捨てておられたそうです。大勢のお客様に、それまで売れていなかったこの製品を受け入れて頂けたのは、絶対キレイになれる、という私の「想い」だったと思えます。顔に出来た濃いシミなどは、出来た人にしか分からない悩み、そして解放された喜びもその人にしか分かりません。そして良いものを安く、自分のためにはお金を使えなかった私の様な方にも安心して使える価格です。後にインタビューに来た方から、この製品はもっと高い価格の方が売れるのではないですか？　と言われたことがありましたが、それでは主旨が変わってしまいます。

そこから下着を一緒に扱っていた仲間や傘下の人達、参加してもらえる人を募って、化粧品とその特性を説明する会を開いていきました。販売システムを決め、顧客を登録する申込書から始まって様々な印刷物を作る。口コミで販売していくつもりで、それまでには無い、販売者に有利な仕組みを考え出し、それで広げることができると考えましたが、それまでの下着の販売とは比較にならないほど販売する人に楽な仕組みだったにも拘わらず、3年後も大きな組織にはなりませんでした。

どんなに楽な条件にしても、いや、だからだったかも知れません、人に動いてもらって広げる形は自分には向いていない、そんなパワーはとても無いと思うようになりました。このままではメーカーと約束した仕入れを続けるのは無理。そこで知り合いのお店で扱ってもらうことを考えて動いてみましたが、話をするために会うだけでもなかなかです。話を聞いて貰ったとしても結果は期待できない。追い詰められた思いで通信販売に転向することに決めました。

このままでは日本中の人に愛用して貰いたいという思いは、実現できない。全国に届けるためにはその方法をとるしかないと決め、広告宣伝するのにまず会社を有限から株式に変更しました。今では株式会社は、資本金1円でも設立することができるようになりましたが、その頃は役員を何名以上とか最低資本金とか決まっていて有限会社のように簡単ではなかったのですが、条件的には問題はなく、それに反対したのは当時の夫で、有限会社のままにするよう説得されました。それまで私のすることには何事も反対するようなことは無かった人が「会社を作るなら有限会社」という本まで買ってきて反対しました。それも一蹴してそれまでに体験したことのない未知の領域に踏み出しました。

化粧品を始めるまでに下着の販売を手掛けて10年近く経っていましたが、何しろ人件費や宣伝費を負担することのない方法での販売しか経験していません。また通信販売は今でこそ日本中に溢れる一般的な販売形態ですが、私が転向しようとした１９９３年ごろは、まだ市民権を得た販売方法とはなっていない少し怪しさを残す業態で、大丈夫？ ちゃんとした商品を送ってくる？ という心配も残っていたころです。

また、マイナスイオンはその頃その働きが注目され始めていて、もしかして、ブームになるかも知れないと思いました。マイナスイオンがブームになっても自社の製品をブームに乗せてはいけない、ずっと当たり前にある様に継続しなければと考えていました。

宣伝の仕方、受注、商品の発送方法、代金回収方法、あらゆることが手探りでしたが、すでに口コミの顧客に直送し、受注も代金回収もすべて会社が行い、売り上げがあれば初めに声を掛けてお客さんを獲得した販売メンバーにリベートを払う形で運営していましたから、違和感なく新しい体制が出来ました。30年経った今年、長い間活動も無いので、とお断りして、リベートの考え方は終了しました。

通信販売を始めてしばらくして、受注は電話、注文ハガキ、ＦＡＸは当たり前だけれど当時は少なかった電話による24時間の自動受注も開始し、インターネットも段々普及してきて導入した。商品の発送は、最初から受注したその日のうちに夕方の分まで行い、ほとんどが翌日配達された。その頃、通販の商品は注文してから届くのが1週間から10日かかるのが普通で、当時は見ないやり方でした。最初からその仕組みにしたのは、いつ出荷しても出荷数は変わらない、それなら、すぐに出す。お客様も気持ちが良いはず、と考えたのです。すべてが自社製品で自社梱包の小さい会社だったからできたのかも知れません。今でも、お客様から、届く速さに驚かれることがあります。代金の回収も郵便局、コンビニ、代金引換、自動引落、カード、早い段階ですべての方法を扱うようになりました。

それらは業者さんに連絡を取り、ある程度の取り扱い量があり仕組みを作り上げればできるし、一旦できれば基本的にはそのまま流れますが宣伝広告はそうは行きません。ある企業さんでは、一つの広告代理店との出会いで飛躍的に売り上げが伸び業界で大きな位置を占めることになったと聞いたことがありますから、勿論広告代理店の力は大きい。でも当たり前ですが、広告代理店に頼めば商品が売れるならどんな会社でも上手くいき、潰れる会社はありません。どういう宣伝をするか、費用をかける以上、回収し、仕入れ代金、スタッフの給料、様々な経費を確保し利益を出さなければなりません。恐ろしいと言えばこの上なく恐ろしいです。一回宣伝しようと思えば少なくとも何百万という金額です。回収できる保証はない。

でも私は恵まれていました。宣伝費に回せる費用は、それまでに口コミグループでできたお客様の売り上げから上がる利益が少額でも毎月あるのです。やはり化粧品はリピート商品です。少しずつ、チラシの折り込み、新聞、雑誌掲載と宣伝活動をすることができました。まだ健在だった父に話すと、長年会社経営をしてきた父が、怖いような話だなと言ったことを覚えています。

まだ通販をすると決める前に商品の良さを伝える文章を書いて印刷し、少しだけ折り込み広告を試したことがあります。それはＢ４用紙にひたすら書いた文字だけのもので、一件の問い合わせも無いままでした。枚数が少なかったからとも言えます。

通信販売をすると決めて、昔タレント研修時代にお世話になった広告代理店の方に連絡を取ると取引先を紹介して頂きました。そこで写真撮影から立ち合い、デザインを決め、コピーも一緒に考え立派なＢ４の裏表カラーのチラシが出来上がりました。商品のイメージを出すために、水槽を作りその下にある水に揺れる化粧品を撮った凝ったものでした。そのチラシの折り込みが始まってご注文電話が入った時、興奮したスタッフの「ご注文いただけるんですか？」という叫ぶような声、その様子を今も覚えています。それが通信販売になって初めてのご注文でした。でも、これは広告代理店に払う製作費と折り込み代が出るか出ないかで、とても採算は取れなかったのです。

その頃、うちが宣伝を始めたと聞いて主人の勤めていた会社の取引先である代理店さんが是非、と声を掛けて下さって今度はそこでチラシを作成して貰うことにしました。色々研究もしたし、次は自分の思ったように作ろうと思いました。まずメインカラー、豪華で上品な深紅にするか、ディズニー映画の夜空のような深い美しいブルーか。ブルーを選びました。

それから試しに使ってもらうミニのセットの名称を「お試しセット」としました。当時は化粧品のお試し用の商品を「お試しセット」などと言うところはなく、おしゃれに「スターターキット」とか、「トライアルセット」が一般的でした。英語に弱い上、そういう呼び方がしっくりこなくて、試していただくものだからと、そのまま「お試しセット」としました。２、３年後、気付けば化粧品の初回用のミニセットを「お試しセット」と表記する企業さんが多くなり、いつの間にか広まっていました。

そういうことをしながら、自分が惚れ込んだ製品への想いをしっかり伝えようと作った2度目のチラシで少なからず反応がありました。何しろ自分が長年の悩みから解放された化粧品ですが、困っている女性に届けなければ何の役にも立ちません。勿論会社の命運もかかっています。本当に真剣な戦いでした。多分収支はトントンという程度でしたが手応えを感じました。そして次のチラシで、経費を上回る受注に繋がったのです。それは試して頂いた方のうち何割かがリピーターとして暫くは使っていただけることを計算上盛り込んでの数字で、すぐに利益が出たわけではありません。

でもそうして口コミのお客様からの利益を回しているうちに次の宣伝に使える費用が生まれるようになり、今思えば順調で恵まれていたとしか言えません。まだスタッフの数も少なく利益はすべて広告費に回しました。その頃は、通販のノウハウを持っていたのは殆どが小さい会社でした。いったん感じをつかめたチラシをほぼ全国に次々と折り込んで、ある時などは自社のスタッフでご注文が受けきれず、折り込みの予定を延ばしてもらう事態になったほどご注文を頂きました。「お試しセット」の内容も実に簡素で、その上普通の封筒に入れて送っていました。容器も同送のパンフレットやカタログも、よくあのような状態で本製品のご注文まで進んでいただけたと、今さらながら有難いです。

DMも本当に簡単な内容で、初めは印字した宛名のラベルタックを手作業で張り封入し発送しました。スタッフが帰った後、夜中までその作業をしていて目を回しそうになったこともあります。そのうちに発送が増えて追いつかないので、封筒宛名印字機や封函機を購入し自社作業にこだわり、封函機はさらに高性能なものまで購入し、長い間自社で作業をし続けました。

そんな状況になる少し前、最初のマンションでは集荷の業者さんたちの車もご近所迷惑になるので移転することにしました。下着の販売で有限会社シオダを立ち上げて以来、自社ビルは一つの目標でした。土地を手に入れ、それなりの規模の使いやすい建物を建てて移転したいと思ったのですが、決まりかけては、そこでは建てられないなど問題が起きて思うようにいきません。結局スタッフの一人が自分の家の近くに貸事務所があるというので見に行き、ガラスの多いすっきりした雰囲気が気に入って、そこを借りて綺麗に手を入れ新しい事務所とすることになりました。最初のマンションが3LDKではあるものの20坪ほどの広さだったのが、新しい事務所は2階建てで中2階もあり、総面積は百坪を超える建物でした。駐車も10台近くが楽に止められ、とても良い環境になりました。そこでそこから新社屋を建てて移転するまでの5年半くらいで年商は10倍以上になりました。

私はマンション時代も貸事務所に移ってからも、すべての時間と労力と資金を仕事に費やしました。マンションで通販を始めた最初の新年宴会の席で、これから4、5年、年々売り上げを倍に増やしますと宣言し、そしてそれは現実のことになりました。もっとも、それは元の数字が小さかったので可能になった数字です。お客様からは、創業の頃から使い続けていますとか、親子で、夫婦で、家族で愛用していきます、やっぱりアイ・エム・ワイに戻ってきました、といったお声を届けて頂いています。お客様は全国にいらっしゃいますが、私が願った「日本中の、肌に悩みのある女性に届けたい」という想いは、まだ実現したとは言えません。でも、ただ数字を追うのではなく、お使い頂いた方に満足して頂くことが大切、の想いでやって来ました。

製品の特徴は、ベースに使用しているマイナスイオン酸素水の機能です。例えば洗顔でも顔色がかなり明るくなります。私は若い時から小鼻に黒いブツブツがあって、時々ギュッと押したりしていました。使い始めて気付くといつの間にか綺麗になっていました。角栓を取り除くタイプの製品を使わなくても綺麗になっていきます。簡単にすすげて洗い上がりが気持ち良く石鹸臭も残りません。よくすすいでタオルで押さえるように拭くのは大切なポイントです。石鹸臭が残らないことは使っていてとても気分が良いものです。しっかりと泡立てふんわりと優しく洗う方が、肌の負担にならず綺麗になります。ニキビの高校生の方達にもとても人気です。

化粧品の販売を始めた最初の頃は下着と同じホームパーティー形式をとっていました。集まって頂いた方に洗顔でお化粧を落として頂くのですが、その素顔をお互いに見てもらいます。私は、ファンデーションを落とした方が肌がきれいに見える方が多いのに少し驚きました。まるでファンデーションで汚しているかのように思えました。ご自分に合わない色やタイプを選んでおられる方が多かったようです。日本人の肌は黄味がかっているからと明るい色は敬遠される方が多いのでしょうか。せっかく綺麗に見せるためにお化粧をするのですから、ご自分の肌より少しだけ明るく少しピンクがかって見える方が、私には綺麗に見えます。

その頃ファンデーションの主力はマイナスイオン酸素水を使った水性でしたから、基礎の後、それを使ってメイクで仕上げて頂き、またお互いに顔を見せ合い確認してもらいます。肌はスッキリと綺麗になっていて、皆さんに納得して頂けました。透明感のある軽いファンデーションは肌をとてもキレイに見せます。年齢が行くと油分の多いクリームを選びがちですが、化粧水をたっぷり使って水分を与えてあげればクリームは少し上に伸ばすだけで、十分に潤うようになります。油分の多いものはご自分の肌が怠けてしまうのです。

自社製品として販売を始めると、その頃化粧品の防腐剤として一般的だったパラベンを除く作業に取り掛かりました。多くの他社に先駆けること10年以上でした。豚や狂牛病などが問題になったときも、わずかな期間で魚由来のコラーゲンに切り替えました。使っていたのは国産であっても、お客様の不安は大きいと思いました。そういう素早い対応ができたのは、より良くするために開発テストを常にしていて、変えるとしたらこれ、という候補が既にあったからで、いわば小回りの利く会社の強みだったと思います。その後大分してから大手さんの宣伝コピーに《初の海洋由来》と見かけたくらいです。肌にいいと思われる成分に気付くとすぐに試作品を作る。私は肌が弱くて、効果的な成分を配合して出来上がった期待のテスト品で、赤くなったり刺激感が有ったりして、どんなに成分調整を続けても、肌がOKを出さないことも多かったのです。社内全員、モニターの方全員、とてもいい結果が出ていても諦めざるを得なかったことは思えば大変でした。そうして改良された製品でも肌に合わない方もおられます。開発、改良テストは絶えること無く続いています。

今ではお取引先も増え、マイナスイオン酸素水だけでなくパワーアップした様々な機能の頼もしいラインナップが生まれています。

ロングバケーション

ある時、仕事の虫になって没頭している自分が、スポンと特別な世界にいるようだと気付きました。どんなに続けてもいつまで経っても飽きない。次はどうしよう、こうしてああしてこうする、もっとできる、もっと良くする。365日、24時間考え、行動しているような感じでした。全く別のことをしているとき突然思い付いては書き留めたり、形にする。飽きることは無いのです。

会社の経営、そのこと自体は物凄く大変に見えたと思うのです。しかし私の中ではあれほど面白い時間は無く全くの自由でした。限りなく自由、それは例えば夏休みに自由にしていいよと言われる状態がずっと続いている感じ、現実の社会生活から逸脱しているかのように。

ロングバケーション。そう、この気分はその中にいる感じ、そう思いました。自分の人生の中であれほど自由だったこと、時はありません。研究者や起業家は楽しくて仕方がないのだろう、きっと。苦しくてもやめられない。あれは課題やしたいこと全てを自分の裁量で決められる自由、没頭しその時間が特別なものになり周りの全てが気にならないほど集中している自由。そうしてロングバケーションと感じられる状態が起きたのではないかという気がします。そしてそれは結果に繋がり、これ以上ない達成感をもたらすのです。

大変なことが無かったわけではありません。大変なこと、追い詰められ困ったことは、これでもかというほど次々に襲ってきました。社長を退いてずいぶん経つのに、少し前までは会社から電話があるとドキッとして瞬間身構えました。広告を始めた頃、同業者と思われるところから、「宣伝するのを辞めろ！」と脅されたこともあるし、電話に出ると向こう側で「おい、女だぞ」と話し合っているのが聞こえ、見えない敵に取り巻かれるような不気味な恐怖感が襲います。あれは普通では経験しないことだと思います。警察にも相談しました。家に居ても、もしかして盗聴されているかもと会話にも気を付けました。勿論、食事などに入ったお店で会社の大事な話をするような不用意は一度もしませんでした。メーカーとのやり取りも大変だったし精根尽きるかと思うことも頻繁にありました。新規雇用の大変さ、思うようにいかない社内運営、トラブル、機器類の不調、お客様を守ること、苦情の対処、法的なこと、様々な手続き。そして経理と広告を抱えていました。

社員旅行から戻って、会社が変わりなくそこにあるのを見て安堵する。ひたすら、一つ一つ対応し解消し、護り、頑張り続け、耐え続けたと思う。あらゆる戦いが、ロングバケーションという至福の時間の中に、同時にありました。

中でも広告制作の仕事が実際、一番重い仕事でした。作るだけで良いならいいのですが、たくさんの法的な制約の中で結果を出さなければならない。間違うと一瞬で多額の費用が消えてしまいます。どう表現するか、どういう言葉を使うか、どう見せればこの商品がどんなに役に立つのかを、初めて広告を見かけた人に伝えることができるか。使えばきっと良かったと思ってもらえる、そのために受話器を取る、ハガキを書くという行動を起こしてもらう為には、どうすればいいか。面白いと同時に本当に苦しい作業です。世の中に化粧品も通信販売も溢れている。その中で選んでいただき出会えてよかったと思ってもらえる、気付いてもらえる切っ掛けになるためには……。

ご愛用顧客に定期的に送るダイレクトメールの制作は、お客様に想いをお届けできる場ですが、毎回楽しんで読んで頂ける魅力あるもの、ご愛用を継続して頂けるよう作り続けるのは楽しくもあり苦しい。堂々巡りや納得のいく表現ができなくて、めげそうになる。定期的発行だから期限もある。

広告やＤＭだけでなく、カタログや様々なパンフレットの制作、それらはこの上なく楽しい、そしてこの上なく毎回苦しい作業です。社運を賭けての想像力と創造力が必要です。そうしてそれを担えるスタッフの獲得や育成は難しいのです。似たような感じ、それらしい雰囲気の物はできる。雑誌の化粧品通販企画はたくさんの出版社で長期間続き、そこへの出稿は企画側の流れがあり、制作に関してはかなり負担なく参加できるようになっていた。それでも担当者によって結果に違いが出る。損失を重ねないように広告部署をじっくり育てることは本当に難しいのです。それらを、通販が軌道に乗ってきたときに入社してきた現社長の息子が数年のうちに、あっという間に全部引き受けてくれました。

制作物にトップ自らの思いをぶつける方法には力があります。その立場に立たないとできないこと、立てばできることがあると思います。所属している通信販売協会でも、結局社長がほとんど抱えている話を伺いました。その中で人材を育てるのです。通販に限らないですが、宣伝は経営の肝であり大勢に受け入れられる結果が出たときは、この上ない喜びです。丁度、山へ登る人が途中何度も登り始めたことを後悔しながら山頂にたどり着いた時には、すべてを忘れて余りあるほどの喜び、満足、達成感、もしかしたらそれ以上のものに包まれるといったことに似ているのかも知れない。辛かった事は忘れ、そしてまた新たに登る計画を立てる。そうかも知れない、私たちはその山に登り続けているのかも知れません。

スタッフ

仕事はすればするほど面白い、だから仕事中毒なるものが有るらしいと知って、そうか、それだったかも。確かに達成感があり充足感があり何より面白かった。それで色々なことがうまくいけば中毒状態も悪いとは思えない。メンタルも元気になる。そういう人たちがいて初めて回っていく仕事もあるだろう。中毒でなくていい。スタッフが仕事の面白さに目覚め生きがいを見付け、自分の目線で見ることによって他の人には出来ないことを自分の得意として仕事をし、会社を推し進め喜びを感じてもらえたら、それは皆が幸せになる事だと思う。

ある時、新入社員が、こんな仕事が面白いと思いますか？　と言って去って行った。希望に燃え入社したのに研修が終わった後、期待通りの仕事、部署に就けてあげられなかったようだ。そうか、そこは何の創造性もない部署なのか、確かに仕事は遣り甲斐があり面白くなければやっていられない。同期入社の女性スタッフは合っていたのかそこで15年以上勤めてくれた。

一番面白いのは、お客様とのコミュニケーションだろう。ニーズを理解し喜んで頂くことは楽しいに違いない。実績と成果を積み上げ信頼される。そういう事をしていると、限りなく創造的で忙しく、近隣にはない安さとサービスでお使い頂いても、ちゃんと収益を上げている。何年も続けてシーズンには全フロア貸し切りの様に利用される団体もある。

レストランや食堂で働く人たちも、ただ毎日同じように料理を作るのでなく、さらに美味しく、さらに納得のいく、さらに喜んで頂けるよう自身の技術を高めること、完成度を上げることに心を砕き、それは漫然とした仕事などではなくこの上なく創造的に違いない。長く調理の仕事に携わっていた友人が菜箸を使うところを見ていた。そのサマになっている動きに感動しそうだった。一つの仕事に打ち込んだ人は、こんなにも見ていて心地よく美しいのかと思った。ただ、自分がしたい仕事では無いと感ずることは考えられる。自分の力を発揮できるところが、もっと他にあると思う事は理解できる。

化粧品受注担当のオペレーターには、お客様との会話の中に自分の成長や達成度を感じ、毎日が楽しくて仕方がない人がいるだろう。自分の仕事がお客様にとっても会社にとっても大切な業務として満足出来ればなおさらだ。今日が初めてのお客様、あの説明で気に入って本製品に進んでいただけるだろうか、綺麗な肌を手に入れて頂けるだろうか。さっきのお客様はもう20年以上使っていただいている、どんな方なんだろう。名指しで褒めて下さる方もあるし、思いがけずご不興を買うことも有る。一瞬も気の抜けない、会社の顔ともいえる部署なのだ。自分の応対で、また安心してご注文を頂ければ嬉しい。お客様にとっても会社にとっても、重要な仕事をしていて重要な存在なのだ。

この会社は、ただの一度もこちらからお客様に電話で購入を促したりする事のない会社。その分、お一人、お一人に寄り添い丁寧な応対をして、これからも気持ちよく使って頂こう。

オペレーターのみんなは、きっとそんな思いで毎日業務に就いている。うちのお客様は私が応対していた時も、びっくりするほど丁寧な言葉遣いをされる方が多い。こちらが大切に思い応対をしていると、お客様も自然に丁寧にして頂いているのだと思う。
クレームが無いわけでは無い。長年のご愛用者で、もう使わない！　と言われた方があった。製品はとても気に入っているので残念、という事だった。ミスと応対の失敗が重なってしまって本当に申し訳ないことになった。主人の娘婿、義理の息子の実家に主人とご挨拶に行ったとき、そのままその方の家まで、さらにそこから何百キロを主人と交代で運転してお詫びに伺った。驚かれたが、お許しは頂けなかった。時間が経ってから、またご注文を頂けるようになったと担当者から報告があった。私にはもう来ないようにとのことだった。お客様の思い入れが強かったので、私も思わずお伺いした。
その他、数々の失敗がある。

あるお客様からのお問い合わせで、もう半年ほど使っているが皆さんが感じられているような効果は感じない、との事。お使いの履歴を見ると、３か月くらいが使用量の目安になっているローションがまだ半分くらい残っているとの事。そこで、今の倍以上を取ってたっぷり使って頂くようご案内した。その後頂いたお電話で、随分肌が明るくなって気持ちが良い、納得しました、との事。たっぷり入っているが伸びもいいので、少なめでお使いだったようだ。勿論その量でもローションとしての役割は十分果たしているが、薬でも一回に何錠というように効果的な使用量があるのだから、やはりローションも同じ。食品でも、体に良いものをたっぷり摂ると、その効果はよく分かる。

出荷部署で中心になっている人がいました。契約社員で入ってきて正社員になった。いつからそんな風だったか知らなかったが、朝早くから出てきて一人で仕事をしていた。時には交通機関が動いていない時間にタクシーで乗り付けていたという。誰も出社していない時間だから誰も知らなくて、古くからいるパートの人が気付いて知らせて下さったのはずいぶん経ってからのようだ。彼の中で起っていたことは、もしかしたら私が経験した、仕事の中に至福の時間を見ていたのかも知れない。責任者として段取りをしていると、次々仕事のイメージが湧いてじっとして居られなかったのかも知れない。とても雰囲気のいい人だったが、仕事にのめり込むタイプには見えなかった。そのうち、家のことをすることになったと言って故郷に帰った。今は、どうしているだろう。

他部署から出荷に移動した女性は仕事が合っていたのか、それまで注意されることも多かったのにしっかり仕事をこなし、短い間に随分雰囲気が変わった。自信が生まれたのか、どんどんおしゃれで綺麗になった。素敵な出来事だった。

仕事は早いし出来る、なのにリーダーを任せると現場が混乱する。何故か簡単なことが複雑になって、指示された人は足がもつれた状態になり進まない。見ているだけで困惑してしまう事がある。仕事でなくても不手際を指摘されると逆切れする人、簡単な話をややこしくする人、こういう人は意外に多い。人には色々なタイプがあり、得手不得手がある。その人が活きる場所で本人も満足できる場所なら、みんなが良い事になる。

孫の幼稚園に、迎えに来た父兄の顔を見ただけで園児を呼び出せる先生がおられるそうだ。大勢の園児とその家族、全部一回で顔と名前を覚えられ、息子たちは「スーパー先生」と呼んでいる。他の先生の担当する日は大渋滞になるそうだ。なんとその先生は車を見ただけでもう分かると、息子たちは興奮している。交通渋滞も回避する方法はあるのかもしれない。

仕事のできる人と誠実な人のどちらを採用しますか？　と問われ、誠実が大事と著名な経営者が答えられるのを聞いた。企業は仕事のできる誠実な人が欲しい。せっかく仕事が出来るのに台無しにするほど問題のある人もいる。人間は自分のことは意外に分からないものだし人も見抜けない。

下着の仕事でも当時の仲間は、自分はしなかっただけで、していたら同じように自分にもできたと思う人もいる。確かに皆がいたお蔭だし同じ条件なら、その気になればできたと思うのは人情だろう。

同じことや伝えたい大切なことも遠く離れた人は耳を貸し、身近な人に受け入れられるのは難しい。同じ近所の主婦がしたのだからではなく視点をもっと広げれば、あの頃あの仕事に携わった人は少なくても何万人もいた。お客さんは少なくても百万人はいたし、しようと思えばその誰もがあの仕事をすることが出来た。頑張れば特約店になれるしもっと頑張れば代理店にもなれたが、何千人もいた代理店の中のどのくらいの人が事業として発展させたか。そういう事は考えない。

だけど私がその中で優秀だったわけではない。巡り合わせと志だと思う。もっと売り上げを上げようとは皆がしたと思う。何かを変えようとか発展させようと思わないとできないことがある。人がすることは簡単に思う人もいる。それは極身近な人にも化粧品になってからのスタッフにもいた。身近ゆえに思うことのようだ。運動や野菜やピクルスのことを同じように伝えても続かない人も、些細なヒントで私のしているより大きく発展させる人もいる。すべてはその人の志向や意欲、そして資質。

ジャパネットたかたさんは、初めは高田さんが一人で広告塔をされていた。ずっとそれでは……と思っていたら、スタッフの方が登場した。大丈夫かなと思っていたら、どんどん自信たっぷりになり、次々と同じ業務をされる方が出てこられた。難しくて他の人には到底無理と思われた事でも、誰かができるようになると、その周りにできる人が現れ広がっていく。体操の技とか記録競技などでも同じようなことが起こる。できる、というイメージが伝わるのではないか。勿論、志がなければできない。わが社にもオペレーター室で同じようなことが起こった。難しい課題と思われた事に、だれか成功すると次々と皆が当たり前にできた。広告業務も同じだ。きっと大きな達成感に繋がっていく。

人は信頼し仕事を任せられると頑張り、遣り甲斐も出るし活きた仕事をする。

大切なこととして教えたのは「お客様に気持ちが良いと思っていただけるように」ということ。いくら製品を気に入って頂いていても、一瞬で信頼を失うことはある。代わりになる商品は世の中にあふれている。「お客様に、安心して気持ちよく使って頂く」。その道も簡単ではない。

事業を始めて、最初から大切に考えていたのは「お客様に喜んでもらうこと、そして自社にも、お取引き先にも良く、三者にとって良くないといけない」ということ。そのバランスは大切だと思っていました。そうでなければ事業なんて成り立たないと。考えたらそんなことは当たり前です。どこかがへこみ続けるなら結局すべて崩れることになるのですから。

会社説明会は1回が１００人を超えることもあった。会社が目指していること、製品の事、マズローの自己実現までの欲求の話などをして活躍して頂ける人材を採用したつもりだったが、実際は多くの優秀な人を不採用にしてきたと思う。人を見分けるのは並大抵ではないし全員を採用するわけにもいかない。ドラゴンズのスカウトはイチローさんを落としたし、プロでも本当に難しく、うちを希望して下さった多くの方に申し訳ない気持ちを今も持っている。

中居くんたちが亡くなったジャニーさんのことを話すのを聞くと、あの方は対象が子供でも将来花開く才能だと見抜く力があったのが分かる。それは、その力だけで大きなプロダクションを作れるくらい凄い能力だと思う。勿論それだけで済むわけは無いけれど。

渡辺プロだったか、そこの娘さんが木村佳乃さんのためにプロダクションを作り、やはり売れる役者さんの先を見る力があって、今、人気の俳優さんたちがいっぱいいる会社にされている。凄い。父を感じたくてしていると思う、と。そうなんだ。佳乃さんも、かっこいい。

人生に無駄は無い。そう実感したのはオペレーター教育で若いときに受けたタレント教育を生かせた時。何しろＮＨＫの当時名古屋局アナウンサー部長だった方から、朗読とアクセント教育を受けた。その方はその後、転勤で東京に行かれ、今も続いている「のど自慢」や「紅白」の司会などをされた。朗読や演技はその頃盛んだった新劇の劇団の著名な先生も来られた。テレビで見知っている俳優さんが演技指導に来られたし、のちに息子さんが色々な面で有名になった狂言のお家元に教えてもらう授業もあった。体操やダンスも当時人気の方や舞踊団のトップに直々に教わった。朗読では「あなたは大変ですよ」と言われたほど出身地の訛りがあったし、無声化も鼻濁音も全くできなかった。そんな発音があるとは、それまで知らずに大人になったが、そのあとプロとして仕事をしオペレーターの基本は身についていたわけで、スタッフの教育には全く困らなかった。

　大変なのは、いつもお客様の立場になって、あらゆる業務をすることを教えること。それは最近でも教えるのは難しいと思う。お客様とのやり取りをメモするときは、お名前には必ず、様を付ける。ご本人が目にされることは無いけれど、会社の人間としてお客様に対する気持ち。多分サービス精神や思いやりは、個人の特性で教えるのは難しいのかもしれない。しかし今は私の出る幕はなく、応対は私よりはるかにうまい。社員の教育。いつも感じたことは、どんな人のどんなやり方にも教わることがあったという事。なるほど、そうやるわけね。教えることこそ自分の勉強と、先輩社員に新人教育をしてもらうようになって、いつの間にか自分がそうした気付きや教わる機会を無くしたと思う。

## 経営者

　息子がスタッフの事で悩んでいた。経営者にとって社員は子供と同じ。全身全霊で心を寄せ付き合わないとやっていけない。こんなに心をくだき、いろいろな配慮をしたと思っても、それで何とかやっと少し通じる。本気でなければ通じない。経営というのは修行としか思えない事の連続だと思う。叱るのも必要だけど、褒めたり我慢強く自分で考えるように仕向けてみたり、そういうことの繰り返し。これって、子育てと同じ？　こんな事できて当たり前、どうして気付けないのか、と思ってはいけない。こちらで考えて指示してできた事でも、できたらとにかく褒める、認める。

　こういう話をした。

　あまり無い事だけど美容院でシャンプーをしてもらう時、髪の毛をきゅきゅっと引っ張るように洗う人に当たってしまった。我慢できなくなって、痛いです、と言おうとして瞬間に、シャンプー上手ですねと言ってみた。その人は、そうですか？　と言って丁寧に洗い始めた。こちらも穏やかな気持ちになり気分を害さずに済んだ。

こんなたわいのないことではなくいろいろ我慢しきれないことがあると、一言だけでも文句を言いたいと思うのが人情だ。でも経営者がそれではいけない。

そーゆー話をして翌日、息子は帰ってきて、母さんの言ったように「よく頑張ったな」と言ったら泣いていたと言った。私としても直接は出来ないが何とか守り切らないといけなかった。

それで、いろいろなことが解決するわけじゃない。とにかく守りきる覚悟が要る。本人が拒否する場合は仕方がない。それにしても、わが社もいつの間にか社員が自立的になってきた。こちらが思っている、その先の仕事をしている人もいる。本当にありがたい。

会社の使命というのは社会に貢献することである、いかに世の中の役に立てる仕事をするかが会社としての使命である、とよく言われる。多くの会社で社是としてそういったことを掲げている。

社会や周りに受け入れられ役に立っていると思えること、それが幸せと感じられることで、生きる目的なのかも知れない。ボランティアを進んで行う人たちが増えているように思う。

知り合いの経営者が、会社員だった時と社長になった時の仕事の量、それからスピードの違いを話された。スピードは30倍、仕事の量は１００倍、と確か話された。人は立場や視点によって、それぞれ全く違うものを見ている。現場の責任者にこう言われたことがある。どうしてそんなに色々なことがわかるのですか？　経営者だからですよ。

責任があるなしにかかわらず頑張って成果を出したり、人にアドバイスをしたり助ける人がいます。それは意識の違いということでしょう。野球選手はトレードに出されたりすると、行った先で凄い活躍を見せることはよくあります。これも意識が変わったということかと思います。立場が違うと全く見えない、理解できないことがたくさんあります。経営者は孤独であるとよく言われます。そういったことから言われるのでしょうか。

親しくしている人たちが、私の元旦那と以前した話をしてくれた。離婚した後も会社で仕事をしているその人に「社長をする気は無いですか？」と聞いたらしい。すると「あんな大変な事はしたくない」と言ったそうだ。友人たちは、だからご主人は社長にはならなかったのねと思ったようだ。

社長ってしたいと言ったらできるもの、と皆思っているのか。クラス委員の様なものとか。確かに誰でも起業できるし誰でも社長になれる。だけど誰でも経営ができるわけではない。社長は名誉職ではない、誰よりも働かないといけない。できると信じてがんばればできる事は確かにある。だけど誰でも社会に受け入れられ利益をあげられるわけではない。その辺のところは不思議だけれど理解されないらしい。

我が社にも、よそでバリバリ仕事をしていたはずの方が、入社したいと言って入ってこられることがある。ところがこれがどういうわけか普通に入社した子たちよりはるかに仕事をしないので、ほとんど意味不明と思うことが何度かあった。大企業病であろうか？　それとも上役であったために居るだけで給与をもらっていたのだろうか。

幼なじみが結婚した相手は、昼食に帰っても急いで済ませて勤め先へ戻る、朝から晩までよく働く人だったと言うのだけれど、ブティックを出すことになって退職したご主人は仕事をしなくなった。これも意味不明であった。彼女は仕入れ、接客、絵が上手かったから宣伝ポスター作り、経理、そして家事の一切と育児をしていた。経営感覚をしっかり持っていた。逞しさとは縁遠い女性でした。これも全てを自分で引き受けていたからだろうか。

彼女は玉置浩二さんが大好きで、名古屋で公演があると私のチケットも買って誘ってくれた。２年程前、玉置さんがまた来るのを知って懐かしく歌を聴きたくて一人で聴きに行った。私は彼女が最後の入院をしていた時、見舞いにと思って牡蛎鍋のようなものを作って届けた。美味しかったと言ってくれたので名古屋から土岐まで、何回か同じものを作って運んだ。

経営を目指す人にも色々な人がいて、利益が出ればビックリする様な買い物をしたり派手な生活を送る人、初めから贅沢な暮らしをしたいから起業した人もあると思うし、お金のある人にどんどん使ってもらうのは社会貢献だと思う。どんなに収入があっても決して余計なお金を使う事なく目立つような生活もしない、偉ぶらず、ひたすら堅実な経営を目指す人もいると思う。

私も驕れる者久しからず、を心に刻んでいた。

いわゆるＩＴ企業とかでアレヨアレヨと言う間に物凄い会社に育てる方達も多い。私には想像も出来ない事だけど、社会に大きな影響を持つ立派な会社にされるのは驚くばかり。計り知れない才能、思考、巡り合わせをお持ちだろうが、それだけではないはず。志も努力も違うのだろう。

欲望と能力のバランスが、人間の幸福を生む　　ルソー

田中進さん

録画した「ガイアの夜明け」を見ていたら新しい農業に取り組む会社を紹介していました。「サラダボウル」という会社で、農機具や野菜を入れる箱の積み方まで、整然と管理された工場のような仕組みになっていて、社長は元銀行や保険会社の優秀な営業マンだったことと、その時代の写真が映されて、アッ、あの人！　と気付きました。プルデンシャルで活躍されていたころお世話になった田中さんでした。トップクラスの成績を上げていらしたのに突然やめて、実家のある山梨で農業を始められた。家が農家だけれどそういう形ではなく、借り賃が安いので広大な土地を借りて思っていた方法で農業をします、ということでした。小柄で控えめな感じでしたが何か力を感ずる、どちらかというと不器用で穏やかで誠実な感じのする方でした。収入が何分の一かになった、ということもお聞きしました。

一度、美味しいトマトを送って頂いたことがある。イメージしたことを一つ一つ、きちんと確実に形にしていく行動力と聡明さ、信念のようなものを感じました。情報収集や勉強をきちんとされてい

ました。野菜に本気で取り組んで来られたんですね。あれから十余年、地元ではなく兵庫県に大きなプラントを作られていて日本一の規模のようです。スタッフの誰もが同じように仕事に取り組めるよう、細かいマニュアルが作られていました。さすがだなー、やっぱり田中さんだと思いました。野菜を愛してやまない方なのでしょう。スーパーで新しいトマトのテスト販売を自ら店頭に立ってされている前と同じ飾らない笑顔を見てこれからが楽しみです。お店で見かけたら買わせていただきます。

会社にあるホールを利用するために来られている会社の、女性社長さんがおられます。音楽関係です。初めてお会いした時は地味目な印象で顔立ちも目立たない方に思えました。その方の会社が順調に育っているのを感じていました。そしてある時、何か催し物でもあるのか着物で来られ何とも華やかで自信に満ちた笑顔で挨拶をされて、別人かと思ったくらいです。気持ちの在り方や豊かさは、これほどに人を変わって見せるものかと嬉しくなりました。

下着の販売から化粧品を始めた頃に一緒に参加してくださった方で、年齢も近く話好きというか、何か特別に親し気な雰囲気のある方が居ました。よく苦労話をお聞きしていました。この方は私と一緒に仕事をする前に関わっていた仕事に真剣に関わる事になって、いつの間にか会社から高給を頂くようになっておられた。販売もされるので会社組織にして自宅兼事務所を建てられていて、いつも大勢の前でお話をされるという事でした。ある時、久しぶりに会いましょうという事になって出掛けたのですが、誰だかすぐには分からないくらい雰囲気が変わっておられました。凄く綺麗で、こんなに人は変われるものなのかと本当に驚きました。凄いなー、仕事にやりがいを見付け成果を出していくと女性は美しくなる。男性も同じだろう。人間は顔立ちの魅力は有るでしょうが心持ちが顔を作る。

友人が、みんなが勉強を全然しない、と怒っていたから、当たり前、と言った。立場が違う。自分のこととして捉えられれば変わる。参加するだけで満たされる人もいるかも知れないが。

あんたは愚痴を言わなかったね、仕事のことでも、と言う。そうか私はあまり愚痴を言わなかったのか。日常的に起こることは言ってもキリがないと思ったのか、人に言うという発想が無かっただけかも。仕事のことは言っている場合じゃないし。

重要な何かをしようとするときはそれが形になる迄、人に言わなかった。確実になる迄、口にすることはしなかった。実現しなかった場合のことを考えていた。それが愚痴のような言葉を出さない癖になったのかも知れない。言葉にする事で実現させる人もいる。

経営する会社が赤字に陥っても、そのまま経営される会社もあるらしい。ずるずると資産が尽きるところまで行くのだろうか。うちは赤字部門をそのままにすることは出来ない。頑張っている他の社員に申し訳ないし、万一のことがあれば自社だけで済まない。お取引先にも少なくない影響が出る。とんでもない事態になることも有る。経営の神様の稲盛さんが説かれる利益率の達成は難しいけれど、それなりに頑張ってきた。それが何より社会に貢献することだし、健全経営ができなくなったら資金の借り入れはしない、会社を仕舞う覚悟でやってきた。

知り合いが父親の会社を、ご主人が継ぐことになった話をされた。元々は弟さんに継がせようとされたようだ。ところがどうしても弟さんは自分には経営は無理と感じていて、逃げるしかなかったと言われたという。たまたま彼女が結婚した相手が、お父様が存命中に手伝う形で入って結局社長になられたそうだ。誰でも社長が出来るわけでは無いわよ、資質が無ければ無理。経営が出来るのはその資質が有るか無いかよ、と話された。重圧でつぶれそうになった弟さんの姿を見ていたから分かるのだろう。弟さんはお父さんから仕事を教えられる中で、自分には無理と理解されたのだろうか、その志は無かったのか。跡継ぎが、継いだは良いけれど結局会社を無くしてしまう話はよくある。そういう意味で、弟さんは責任の意味を知っておられたともいえる。資質が無くても、会社があれば受け継ぐ人はいると思う。もし、大会社であればどうなるんだろう。

サラリーマンと結婚したつもりだったのにと笑っておられた。彼女は敏感に色んなことに気付ける人だ。そう言えば私もサラリーマンと結婚して穏やかに暮らしたかった。結局、運命のように会社は作ったけれど誰かが継ぐ、ということまで考えていたわけでは無かった。

## ビルを建てる

創業して10年、いよいよ、社屋も手狭に感じてスタート時からの夢に取り掛かりました。金利も下がるところまで下がっているし、地価もバブルが弾けてから下がり続け、もう底値かもしれないと思いました。会社を一人で始め、社員も父の会社より多くなり年商は当初の１００倍を超えていました。規模からいえば、まだまだ何処か貸事務所で十分だったと思います。でも下着から始まって仕事をしてきたことの一里塚、その思いと、スタッフにも、訪れて下さるお客さまにも、お取引先にも、気持ちの良い空間で、快適さと、関わっていることに誇りを感じてほしいという想いです。大企業と言われる会社でも自社ビルではなく、テナント入居のところは多いのです。財務上の問題もあると思いますが、有利だとか不利だとかではなく、頑張ってきたことを目に見える形にしたい。そんな想いです。贅沢などしませんから、お客様から頂いた利益を大切に使い実現すると決めていました。

場所探しは、なかなかイメージのものに出会えず、その当時よく会社を訪問して頂いた大日本印刷さんに、どこか良いところは無いでしょうかとお尋ねすると、当時入居されていた千種駅近辺の利便性を教えて頂きました。えー、うちには良すぎません？　と思ったけれど、探す範囲を広げるとすぐに、その千種駅近くの物件情報が入ってきました。考えていた場所より、価格より、面積より、何をとってもイメージをはるかに超えていました。いくら何でも無理でしょう。そう思ったが、とにかくどんな建物が建つか相談しましょうと、打ち合わせが始まった。いつまで経っても売り主の建設会社さんからは価格の提示がないまま打ち合わせは回を重ねる。建設会社さんにとっては高値で買い入れたまま放置せざるを得なかった土地で、少しでも有利に取引を進めたかったのだろう。結局、高い、と周りから言われたがバブル時と比べればはるかに安く、土地と建物を入手することになった。勿論バブル時に買ったりはしない。

１００％借入で事業計画の書類などもすべて作って頂き実行に移した。この頃、銀行はとにかく貸し出したいばかりのようだった。必要はなくても色々な銀行さんから借入を求められるような時代だった。この借入には根抵当が付いていて数年後に外していただいた。そうしなければ全額一括返済しますと迫ったからだ。そのくらい、どの銀行さんからも資金提供の申し入れがあった。

毎晩仕事が終わると事業の推移を予想し、それをかなり下回った場合でも返済は可能か計算を繰り返した。おそらく何百回も試算した。そして新築のビルに引っ越してからも心臓に悪いくらい綱渡りをしている思いが続いた。そうして、望んだわけでなく結果的に運命に引き合わされるかのように身の丈に合わないようなビルを所有することになった。

建築が決まると、出張に出ても色々なビルの色や素材を見ていた。最終的に柔らかいピンク色のタイル張りに決めた。タイルは自浄作用があるという素材で、屋上緑化や環境に出来るだけ配慮できる建物を考えた。エントランスの隣には通りに面してレストラン、食堂も作った。そして、最上階のかなり広いベランダ。遅くなって帰れないスタッフや、災害時にもビルが無事ならスタッフやその家族を収容できるスペースが欲しいと考えた。その屋上で皆で何度かバーベキューや食事会をした。

1階の倉庫は、万一大雨で近辺に水が出ても、商品は守れる高さを計算した。建物に入る階段には車椅子や台車が通れる斜面を設けた。色々なイベントにも使える板張りのホールがあるのは演劇に対する想いの名残り。会社には文化が必要だと思うし、スタッフがちょっとした運動をするのにも使えるし、色々な音楽会や講演にも使って頂いている。ビルは創業12年目に完成した。

休眠状態の1階のレストラン。コロナが落ち着いたら何とかまた皆さんの憩いの場として活気のある場所にしたい。自分が好きなのと食事にゆっくり行けないので、イタリアンのお店を作りました。湯沸かし器の意味のイタリア語、ブリッコに、何となくブールを付けてブールブリッコです。色んな知り合いも増え、お取引先や友人たちも訪れてくれた時、そこで美味しい料理を楽しみました。

ある年の忘年会だったか、社員一同が集まって大騒ぎをして楽しんだ後の事、シェフが「今日は、今までで一番アイ・エム・ワイらしかったですね」と。またある時、スタッフが揃わなくて病院のレストランに就職していた最後のシェフに会いに行きました。話をしておいて息子にも行って貰ったのですが、その時のことを、この人も「社長の笑顔を見て、アイ・エム・ワイだ、と思いました」と。レストランスタッフ達が感じた、アイ・エム・ワイらしさ、それは何だったろうと思う。その事こそ、大切なことだろうか。大切で、言葉に表すべきものかも知れない。

新しくなった久屋公園に面白い本屋さんを見つけた。居心地がよさそうで炬燵まである。面白そうな本ばかり置いてあって軽食もできるし部活なるものがあって色々学ぶことができるらしい。こんな本屋さんがあったらいいな、を超える。厳しい業界ですごく伸びているようだ。休眠中のうちのレストランであんな本屋さんができたら、したかったこと全部が叶いそう。

## 騒動

どんなに気を付けていても逃れられない、災難とでも言うしかない出来事に出会うことがあります。それは自分にも無いとは言えない心の闇のようなもので、親しい間柄のほうがより顕著に起こる心情でしょうか。一生懸命頑張ってある程度の成果が出、状況が変わっていっても、自身の生活も周りへの思いも、当たり前ですが何も変わりませんでした。常に頭を低くしていたら様々な攻撃をかわせる、浮かれて足をすくわれないようにと思っていました。周りから見ると、変わらず同じように過ごしていたはずなのに、いつの間に？　同じ主婦だったでしょ？　そんな思いを比較的近くにいた人が抱くのは、むしろ普通だったかも知れない。しかし親しかった人が、まるで当然の権利かそうしなければ不当でもあるかのように貪り、会社を蹂躙していったことは理解できない。目立たぬように質素に、頭を下げて生きていてそれが起こったのは突然でした。

知り合いを入れてやって、と頼まれると、自分が仕事をしていることで役に立てればと引き受けました。父もよく頼まれると引き受けていました。その思いが理解されるとは限らない。いろいろな人が縁故で入ってきた。どの人もどうしても入りたいと言ってきた時、断る事は難しいように思えた。受け入れることで意気に感ずる、というか発奮して貰えるに違いないと前向きな決断をして入ってもらった。

自動車会社を退職した後、会社を手伝ってくれている兄は、どこの会社にもそういう人はいると言うのだが、大きな会社ではそうかもしれないがうちのような会社で、仕事をしない人、損失を出し続ける人、お客様に迷惑をかける人、他の人が作った利益でも給料は出ると考えている人、そういう人がいたらやっていけない。

後悔は先に立たない。どんなに懇願されても手を差し伸べてはいけない関係はあったのです。そんな事態は事前に想像もできないし、人を信じる自分を内心で誇りにしたい、善良で人の良い経営者でいたいのです。人が善意を受け取って悪意を返すとは思いもよらない、いろんな事態が頭に浮かびつつも、人間関係を壊したくないという私の心配に、そんな事態は起こさない、という言葉を信じようと決めて受け入れ、結果は最悪でした。この場合、断ったとしても人間関係はどうなったか。

　入社して専門分野として新設した部署は、スタートから5年赤字が続いていた。定年も過ぎているし、もう部署を閉めることになり、本人に説明し承諾も得た。しかしそこから様々な画策が始まって会社中を巻き込み、社内は二つに割れたような状況に陥り、見たこともない景色が展開され最も大事な仕事も停止せざるを得ない事態になった。入ったときには「こんな良い会社はない、社員がみんな甘ったるいから社会の厳しさを分かってもらわないといけない」と言っていた人の人格は一変し、毎日、仕事そっちのけでメールや電話をし、社員を集めて会社を敵に回すような話をし、引っ掻き回して行った。後で聞いたら「これで、この会社は潰れる」と本気で思っていたらしい。

　人の気持ちを人として理解できない、話して通じないことはないと思って生きてきて、そうではないことがあると、ただただ愕然としました。「こういう人たちはたくさん居るんですよ」と言う弁護士さんの言葉は忘れられない。

「ディベートで負けたことがない」と言っていたが辻褄が合おうが合うまいが、お構いなし。私は取引先の代表にまで証言をお願いした。こういう時、誰が本当のことを言っているのか分からなくなる人たちがいる。会社を守らなければの想いに燃えた人もいる。

　人の最も恐ろしいのは、妬みの感情だと聞いたことがある。そこには理屈も正義もない。社員は誰も居ない小さな会社に入ってきてその頃を知っている人にも、私には見えていなかった感情があったのかもしれない。私の目からは会社は想定したように育っていたのだが。

　この事は確かに大変だったけれど、いつの間にか色々な人が入社していて結局それがきっかけで、それまで分からなかった不満を持つ人が辞めることになり、その分の給料が件の部署が作った赤字の何倍も残ることになった。多少人員の補強はしたが、不思議なことにそれで支障なく業務は回った。そして会社は以前のように、お取引先にいつも褒めていただいた雰囲気の良い場所になった。それは現在も続いている。私が「感謝しなければ」と言うと息子は怒るけれど、何が幸いするのか分からないのだ。今まで聞いたこともない話に翻弄されながらも残った人たちは我に返った様子で、社内の空気もつかえがとれたように運営しやすくなった。それは何よりの事だった。経費の大幅削減が自然にできたのも思いがけない収穫以外の何物でもなかった。

古くからのスタッフがいう、幼児だった子供がもう家庭を持つ年齢になりました、子育てのしやすい会社で有難かったと。子育てをしやすい働きやすい会社、守っていかなければ。皆が目標をもって、仕事って面白いと思いながら続けられるように。とんでもない出来事で壊されたりなんかしない。

会社を始めた頃は、色々な機会に講演などを聞きに行った。その会社は引き取った車を資産に計上していた。跡継ぎとして経営にあたった方が、山の様に野積みされていたそれを処分したために経理上赤字に陥った。役員のほとんどがその経営方針に反対して辞表を出して去られ、社長は仕事にまだ精通している訳でなく会社は崖っぷちに立たされたと思ったのに、しばらくしても何も起きない。現場の担当者に状況を訊くと、実際の仕事をしているのは役員の方ではなく我々なので仕事に支障はありません、という返事。結局、役員の方達がほぼ居なくなり給料分はそのまま黒字になった、という。同じという訳ではないが、この話を思い出した。

仕事の他にも私の状況の変化は、やはり少し許しがたい不愉快な存在になっているかと感じることがある。私もきっと、身近な誰かが傍から見ると幸運かと思えるような境遇を手に入れたとき、どこかで妬ましく思うのかもしれない。妬みには根拠がない。深く、そしてもっとも恐ろしい感情だと思うのです。単に妬むような幸運などではなく、全生活をかけ、持てる力の全てで、すべきことをしたのかも知れない、とは思わないのだろう。タイミングも何らかの資質らしきものも要る。何より絶対にやり遂げる決意、費やした時間や労力、そしてその「想い」が突き抜けていた、というようなことが、理解されるのは難しいだろう。世の中には、起業して、短い時間で誰もが知っているほど大きく会社を育てた社長はたくさんおられるし、努力とは無縁の成功もあるかもしれないが。

時代劇で「鬼はいるよ、人の幸せを奪ってなんとも思わない、自分勝手なことや嘘を平気で誠のように言う鬼は、世間には本当に居るんだよ」というセリフを、ふーん、と、身に染む思いで聞いた。正義や道理は客観的なものではなく、当事者の必要度、モチベーションでそれぞれが作り上げ抱くものかもしれない。個人間だけでなく、組織間や国家間、理解不能な理不尽は存在するようだ。

お店に入った時など、特別に扱ってもらいたい風にして、上客と思って貰うと気分よく振る舞う人がいる。そんなこと、その時に気分がいいだけで何か意味があるのか。それは虚栄ということか。特別扱いをされるのが大好物。二度と会わないかもしれない人にでも、いい格好をするのはそんなに気持ちがいいのだろうか。確かに雰囲気や外見で対応を変えるお店側にも問題はあるが、そんなことも発展すれば権力欲と言えるものになるのか。お金や権力を求める人達がどれだけ多くの人を犠牲にしてきたか想像もできない。

利害関係のない人にはニコリともしない。関係があればとろけるような笑顔を見せる、人は簡単にいい気分にさせられる。こういう人たちの恐ろしさを、まだ忘れられない。

思いがけなく物を下さる方も少し怖い。親愛の情なのか何かを求めているのか分からない。

人間の満足感は相対的なもので、隣人や、あいつの方が良い、となると自分の持っているものの価値が変わってしまう。そうしてまるで関係ないところで事件になったりする。一つの事には、いつも裏と表があって見る側によって全く違う話が存在することになる。お互いに正義と思っている。自分たちこそ正義と思っても、人のものを欲しがったり傷つけたりするのは許されない。誰でも。

頼まれると引き受けてしまう、断れない、だまされやすい人には共通した傾向がある。

労働こそが生きる事　　カール・ヒルティ

面倒くさいことは、幸せ。病気になると、歩く事が幸せ
パンを作るのは面倒くさいが、美味しい。面倒くさいことが、充実感がある、満足、幸せがある。
言葉では面倒くさいな〜と言うよ　　所ジョージ

言ってくれ言ってくれ、私は何かを成し遂げたのか　レオナルド・ダ・ビンチ

## 継承

生活や子供を育てるために必要だったし、将来のためと一生懸命、色々な仕事をしてきたけれど、それが本当に子供のためだったのか、特に事業を始めてからは面白くて、色々ほったらかしにしてきたのではないか。ほったらかしにされた子供の立場として、良かったのは自由だったことだろう。あれこれ細かい事までチェックされずに済んだが、それで良かったか。生まれた家では自分の事は自分で決めていて、したいことに反対されるような事はなく自主性を重んじてもらえた。

両親は何も言わず見守ってくれた気がする。私は放任主義と言っていたが、女優を目指してタレント養成所を内緒で受けた時も、とんでもない結婚をしてしまった時も。娘を信じていたのか、幸せであればいいと思ったのか、支配も束縛も受けずにやって来た。それなのに子供の学校の事などを見ようとした時、追い詰めている自分を感じて手を離した。これでは「ダメ」とか「出来ない」とか「限界」を教えてしまう。私には教えられない。私は自分のことをしよう。その時そう決めた。それからは息子にも全く自分がされたようにして、本当は内心心配なことも大丈夫と信じることにして意見を押し付けたことはなかった。

私は五人兄妹だが、上の兄とは基本的に行き来がない。故郷の家で一緒に育った時、私の目から見た彼は傲慢で自由に生活をし、権力を振り回していた。私の嫌いなタイプであった。ところが結婚す

ると家族を楽しませ大事にし、家中が夫、父親を慕い一致団結するような、なかなか見事な家庭づくりをした。それこそ夫婦仲良く親子仲良く姉妹仲良くである。ところが自分の弟妹とは、特に私とは仲良くする気が全くない。私も兄を嫌っていたが、ある時、決心して50代半ば頃だったか、自分の態度の非を詫び兄の苦労に感謝し、これからは兄弟姉妹仲良くしたいと言う手紙を書いた。彼は実家とは別に作っている家へみんなを呼んで気前よくご馳走してくれたりした。ところが何があったのかその後また交流を断ってしまった。兄は自分の両親にも不遜なところがあった。

父は82歳で亡くなる少し前、兄がこの頃冷たいと言って辛そうだった。それまで愚痴をこぼしたりするような人ではなかった。経済的に頼りにしていたわけではない。父が起こした事業を家業として兄が継ぎ一緒に仕事をした時期もあったし、兄が一時海外で暮らした時も父は陶器工場の経営をしていた。兄は別の仕事を手掛けたりもしたが、事業を継ぐ、継がせるという思いは複雑で不必要な対立を生んだのかもしれない。子にとって親は目標であり倒すべき永遠のライバルなのだ。

私が読んだジャン・クリストフを買ったのはこの兄だ。母は昔からいつも時間があると家の間取り図を描いていたけれど、兄が作ってくれた母の家に入った日、号泣したという。

メンタリストのＤａｉＧｏさんの本が置いてあったので読んでいたら、こんな文章があった。

「人間は『考える』という真の労働を避けるためには、あらゆる手段を講じる生き物です。とにかく考えたくない、選びたくない、行動したくない……それこそが人間の正体です」

そうなのか。真の労働、それは経営者だからよくわかります。選びたくない、行動したくない。そう、その通りでした。考えることは、経営者は好きなのです。ふと閃いたことから色々な可能性を感じ取る事、根拠はとにかく、できると感じたことに対してその実現に向けてあらゆる困難を退け進む、決然と選択すること、それは喜びのような恐怖さえ伴う快感のようなもの。しかし、それは正しい？　できる？　難しい？　どうする？　そうやって何も決定も選択もできず、行動もしない状態があります。多くの経営上の選択肢から目を背け、現状を守ろうとする。

　創業から10年以上経ち、何とか売り上げが安定し収益もある時、日常の小さな選択はいともたやすく迷いなくしていくのに、息子が提案する大きな事の選択は全くできませんでした。そこまで考えていなかったし必要もないと思っていたと思います。

　入社した息子にまず教えたのは、「あなたが、ここでは一番下」という事。そしてあとは教えるという行為ではなく、業者さんとの打ち合わせに同席させ、作った原稿を読ませ、とにかく何をしているのかをすべて見せたのです。彼は一年二年して私の仕事を理解し、自分でどんどん仕事をするようになると暫くして次第にイライラ状態を抑えることが出来なくなり会社を離れることを考えました。

　半年ほどして「俺が社長をやる」と言って復帰した時、私は「どうぞ」と、退くことにしました。会社を仕舞う覚悟もしていましたから、躊躇うことなく引き継ぎました。私には仕事より大事でした。それに、そこまでに彼から出された様々な提案、私はそれを採用するという選択、決断が出来ませんでした。それが良いのか、結果はどうなるのかイメージを創れなかったのです。

　彼は「このままではいけない、大変なことになる」という思いで焦り、ここは自分の居場所ではないという思いになっていました。しかし親が創業し自分が関わることで新たに進め、通販事業として大切なことに成果を出した事も色々あり、まだまだしたい事、やらなければならない事、放っておく訳にはいかない思いが溢れ断ち切る事は出来なかったのです。

今、あの時、彼の訴えていたことが形となってきて理解できるのです。隔月で出しているお客様への情報誌、ｉｍｙ通信、始めたのは勿論私ですが、今のクオリティにすることは私には出来ませんでした。そして肝心の商品のこと、私が惚れ込んで当時改良が必要と思われるところまで完成してからは、その先へ製品を更に大きく改善することは躊躇していました。アイテムを増やすことにも慎重になっていました。少ない商品であることが自社の特徴と考えていて、変えることでせっかく受け入れて頂いている良さが失われたらと、怖くてできなかったのです。彼の方は他社の状況を調べ、このままでは世間から取り残される競争に負けてしまうと訴え続けていたのに、経営がなんとか順調だったので私は守りの態勢に入っていました。

交代して息子のすることを是とし、ただ見守りましたが、彼がしなければならない、としてやってきたことが形になり成果になっていくのを見ることになりました。出来ればいいけれど、と思うばかりで、踏み切れなかった定期購入も実施しました。化粧品の改良は完了した瞬間にまた始まります。良いものをお届けする創業の精神そのまま、改良や開発は休むことなく続けています。

売り上げを作る企画部門をずっと背負いながら、社内運営にも次々と方針を打ち出し改善すべきところは変えていきました。小さい会社ですが、それでも何十人かの人が集まり、たくさんのお客様にお応えしていくためには、組織作りだけでなく日々の育成、反省、改革、思い切った判断、選択も必要です。人を相手のことは簡単ではありません。考え方の拠り所を決め、それに沿った形を作らなければなりません。そういう事は時として私の考え方とは対立するものであったりします。でも彼が信じた方法に委ねることが私の考えであると決めてきました。

息子ながら、その発想と行動力には敬服せざるを得ません。経営ですから一日たりと気持ちの緩む日は無いのですが、社長交代から10年近く経った時、会社のことを心配しないで緩みっぱなしの日々を送っている自分がいました。社長を退いてからも、帰りが12時を過ぎることは珍しくはない日々だったのに、有難いこの上なく恵まれた経営者でした。社長の戦い、精進は、お客様がある限り続きます。私は無事に日々を過ごしてくれることだけを願っています。起業した以上、一歩でも前へ、さらに良くなるように、もっと喜んでいただけるように、留まることは許されません。困難な道を選んだ息子たち、その生き様に敬意を払い無事であることに感謝し、私はただ見守るだけです。

息子が「俺が社長をやる」と言ったとき、彼は29歳、私は59歳でしたが、あっさり引いたので端から見ると非常にうまくいった稀なケースだったようです。それでも彼にすれば不満や不安や、平静ではいられない苛立ちがあったと思う。もし私が事業など起こさず一主婦のままの人生を送っていたら、母親と息子なら穏やかな親子関係でいられたかもしれない。それにしてもここ数年の息子を見ていると、晩年の父のことを思い出す。因縁というか運命のようなものだろうか。継ぐべき事業があると言う事は、うまくいっていれば本来は幸せなことなのに、辛いことになるなら意味がない。親は子供に辛い思いをさせる気は無いのだから。子供は生きているだけで親孝行です。

本来は最低でも2年や3年、他企業で仕事をしなければ難しい。多くの方にそういう指摘はされていましたが、きっと大丈夫だと思ったのですが結果的に苦しい思いをさせたのではないか。

人間は権力と言えるものを持ってなお少しの驕りもなく、自分よがりな判断もしないというのは相当むつかしい事です。自分が何かを人のためにするために居るという事は若い内から分かるものではありません。ですが経営者は分からなければならない。学ばなければいけない事がたくさんあります。私には特に何の才能もありません。その私でも会社の基礎を作る事が出来たのは、ただ少しだけ、人への心配りが出来たからだけだ、と思います。

息子が会社に入った時、言われた。商工会議所の青年部に入って、いろんな人と交流すれば人脈を広げることも経営を学ぶこともできる。私もできればその方が良いと思ったし、少しでも早く色々を身に付けられ成長できると思った。けれど彼は学校へ行っている時と同様それらを全く無視した。何でも自分で見て感じたことをしている。遠回りでもなんでも誰かの真似をするのは嫌、と言う感じ。彼を変える事は無理だとわかっていたのでそのままにし、こうして何年も経ってふと思う。それで良かったのかもしれない。この世で、誰の真似も全くしないというのは不可能です。だから意識して真似に行くのではなく方策を探るうちに、そうかと気付くという事かと思う。

勉強は歴史や先人の知識や知恵、経験を受け継ぐことだから大切だし、色んな方から教えて貰うのは有利だろう。でも普通に所謂学びで、果たして今のように育っただろうか？　どなたかの会社の良いところを真似て、それはそれなりに成果が上がったかもしれないが、今のように突き当たった問題を自分で調べ解決策を考える、そういう経営者に果たしてその方法でなれただろうかと思うと、今更ながらそれで良かったのではと思える。

私たちがしている事は随分違うように思うけれど、よくスタッフに説明や注意をすると驚いたように言われる。「社長から全くそのとおりに、同じことを言われました」

嫁さんからも時々言われる、誠さんが全く同じことを言っていました。何度もその言葉を聞いた。私たちは違う方向を見ていたようだけれど、ある部分の感性というか指向性が同じところがあって、いつの間にか同じ言葉を使っていたらしい。


人として大切なもの、一番はなんだろう、そう考え抜いて下の息子に誠と付けました。大切なのは誠実である事、面白い事、強い事、優しい事でしょうか、やっぱり愛でしょうか。母は、愛子という名前でした。

類は友を呼ぶ。これも母がよく言っていた言葉です。もし、心に添わないことや対立が身の回りで起きているとしたら自分を見つめ直さなければいけない。争いの心には、争いの心しか返って来ません。仕事にも、人生にも争いごとが入ってはいけない。

経営者になった息子は、問題が起こっていても私には知らせない。私には知らせず解決する。それで良いのか、相談されれば少しは何か助けになるかもしれないが、それは丁度、私が両親に悩みや相談事を持ちこまなかったことと似ている気がする。私は何か出来るなら陰で動こうかと考え、結局何もしない。自分で片付け、強くなる、経験も積んでいく。それは全てを人生の中の出来事、受けるべきこととして、結果がどんな形になろうと引き受ける覚悟をしているという事。

社会と

20歳のころ本屋さんで「大きく考えることの魔術」という題名が気になり購入してから、所謂成功哲学のような本をいろいろ読むようになりました。モチベーションと行動のことが書いてあったと思います。この本は何冊か買って親しくなった人にプレゼントしました。何かをしようとしている人には役に立つと思ったからです。まだ学生でしたが、いつのころからか、その人が実現できるのは本気でそうしようと思っているからで、そうなっていないのは、そうしたいと思っていないからだと考えるようになりました。人間は自分が望んだように生きるもので、望んだことは実現できると。

起業してから10年ほどしたころ、起業を志す社会人向けにセミナーを開催している銀行関係の方からの依頼で、2回ほどお話をしたことがあります。とてもおこがましいと思ったのですが結局お引き受けして、会社のこれまでの流れのようなことをお話しさせていただきました。連続して順に色々な経営者の方が担当する企画でした。私の話が割りに評判が良かったというので次の企画にも呼ばれました。どこまでお話しするかですが、話し始めると結構一生懸命、重要な決断や戦略のようなお話もしていたのです。終わりに、起業する人にとって必要なものは？　という質問をされました。

ＤＮＡです、と、つい、答えてしまったことが今も悔やまれます。私の生まれた環境は父親も長兄も叔父達も知り合いの小父さんたちも、みんなが小さくても一国一城の主、規模はそれぞれですが社長でした。陶器の町でしたから、そんな感じの環境だったことは会社を経営するということが極身近なことで、起業は特別のことではなく事業欲のようなものを受け継いでいるかもと思う時があって、ふとＤＮＡという言葉が出てしまいました。それでは身も蓋もありません。本当は意志、やり遂げようという「志」に決まっているわけで、あの時の参加者の皆さんに本当に失礼な申し訳ないことを言ってしまったと、ずっと気になり悔やみました。

思い出すと、会社をある程度の規模に出来た分岐点の決断がありました。通販を始めて2年目、今年は広告をどのくらいにしようかと考えていて、１割増し、２割増しと考え計算をしていた時、このペースでは10年経っても大きくなれない、日本中のお客様に届けられない、そう分かって、倍、と決めたのです。その閃きは重要でした。それが年賀会でスタッフに、これから売上を倍々にします、と告げた根拠で、それも広告によって反響が出ていたからできたことです。

私は会社を自分の描いた大きさにし、限界も作ったが、それで良かったと思う。あの時、常識的に考えるか、またはもっと違う決断を導き出していたらどうなっていたか。

まだ下着の仕事をしていた頃、Ｂ紙一面の大きさに目標を書き、リビングに貼ったことがある。当然来客にも見られるし、かなり恥ずかしかった。けれど、そこに書いたことは殆どが実現した。

もし私にその器や力があり、もっと大きく大きな利潤のある会社になっていれば色々な形でそれだけ社会に貢献出来るのかも知れない。いずれにしても、息子が一緒で無かったら出来なかった。私達の人生の力を発揮できる時が同時期でほぼ重なっている。力を合わせる運命だったかのように。

久しぶりに古くからのお取引先と、お話をする機会があった。

お会いする度に、協力し合わなければならない車の両輪と言い続けて参りましたね。アイ・エム・ワイでなければと言っていただけるお客様がたくさんおられます。さらに愛される製品を作りましょう。お客様に喜んで頂け、社員も嬉しいです。

「それにしても息子さんをよく、あんなに育てられましたね」

「とんでもないです」（恐縮の限りです）

今回のコロナで、どこも本当に苦しいことに。切り抜けられるかチャンスに変えていかれるか。どんな時も、お客様、お取引先と会社、三者が良くないといけない、と言ってきた。

相手を守ることが自分を守ることになる。それは、なんにでも通ずることに思える。


近頃、会社から電話が入っても、やっとドキッとしなくなった。一線を退いて10年経った頃から、ほとんど何の機能もしなくなった。今も願っていることは「お客様の気持ちに寄り添って」

仕事を始めて間もなくのこと、ずっと思っていたことを拡販メンバーに質問したことがある。「自分のことを好きですか？」。それは、ある時自分がそう思っていないことに気付いて、人はどうだろうと思って。しばらく考えてから、ほとんどの人の答えは「好きじゃないです」だった。なぜ自分のことを好きではないんだろう？

分からなかった。好きだと答えた人が居た。周りから「？」と思われている人だった。

自分を認める、肯定できることが前向きに元気に生きられる第一歩ではないだろうか？　今は皆の考えは変わっているのか。今だったら、なんて応えるだろう。

20・7・14　夏の挨拶が届いたと言って久しぶりに懐かしい人から電話が入った。

お嫁さんに掛けてもらって彼女が出る。下着の仕事も一緒だったし、化粧品を最初から協力してもらったメンバー。声は昔のままで明るく元気そうだった。彼女から仕事はしてる？　と聞かれた。

持ってたほうがいいよ、私は何にもないからすることがない、と。

おっしゃる通りです。心身の元気のためにも、人は何かをしていなければ。意味があると思えることと、幸せを感じられることをしていなければ、生きてはいけない。

会社を始めた30年前とは世の中は、いつの間にか物凄く変わってしまった。今、自分には何ができるのか、何をしなければならないか、どんな役割があるのか。

もしかしたら、もう始めていたかも。体のことを考えるようになり健康の事に繋がった。放っておいたら体はどんどん衰えるしかない。でも、どうやら幾つになっても鍛えることが出来るらしい。食べ物の力は凄い。当たり前なのに長い事なおざりにした。そういう人は多いと思う。知ってもらうことが出来れば役に立てる。人のためが自分のためになる。

92歳の新婦さん、新郎さんとは年齢差20歳と言う。新婚ですと言って仲良く楽しく、夢を抱いて進んでおられるのを見た。夢を語り合い、志を共にする掛け替えのない同志。

82歳の看護師さんがまだ現役で頑張っておられる。

皆さん若い。後期高齢者と言っても若く見える方が本当に多い。62歳で再婚して周りから腰を抜かされそうになったけれど、そんなのでは笑われてしまう。何ができるか、負けてはいられないでしょ。

「日本中に、喜びの輪を広げたい」これからも。

したい事があればすればいい、固い決意ですれば必ず出来る
まず一歩踏み出す　向こうからはやってこない
きっと出来ない、意味がない。そう思っているうちに誰かが先に始める

やってみたい事、自分に出来ることをする　そうすれば自分に優しくなれる
世の中の生き方やパターンと違うかもしれないけれど
気持ち良く、それなりに社会と関わって生きられる　自分を好きなら、幸せになれる
夢中になることがあれば、楽しい　誰かの役に立てれば、幸せになれる

限界も恐怖と同じように、幻想にすぎない　　マイケル・ジョーダン

絶対に成し遂げるという確固たる想いが働いている、どんなことにでも。そうして形になる。その意志の下でこそ人は動く。

# 4章　祈り

体が変わり始めたと思う。4月の初めにピクルスと付き合い始めた。以来自然に野菜をたくさん摂るようになった。冷蔵庫がすっきりしてきた。瞑想の会もお休みだから自分で体を動かさなければいけない。

殆ど体を動かさず数か月経った。ちょっと筋肉を鍛えないと。階段を上るのを1段跳びにしてから大分強くなったけれど下り階段はなんとなく膝に違和感がある。膝と周りの筋肉に一体感がないことに気付いた。どうするか？

急に思いついて食卓の周りを走りだした、全力で。1分半ほどで息が上がる。はぁはぁ10分近く収まらない。次の日は5分ほどで収まった。その次は3分くらい。走る時間も、2分はできる。3分いけそうと逆に伸びていく。有酸素運動も大切だけれど、1日1回位は心臓を少し速く動かした方が良いと聞いたけれど、これで良いのか。毎回全速力は無いかも。通常は1分間で65から75らしい。ゆっくり心臓が動けば老化が防げるというのだけれど。運動して素早く元の脈拍に戻るか普段の脈拍数の少ないこと、特に夜間の数は大事らしい。なんだか少し寿命が延びるかも。　2020・5

ドディが訓練で預けられて3か月、いなかったら遠くまで自由に散歩できると思っていたのは幻想で、ただの一度も散歩に出なかった。そのうちコロナで瞑想の会も中止状態に。全く動かない日々になった。とうとうジョギングをしよう、坂道を登ってみようと思い立ち靴を履いた。閉じこもり生活のおかげか急な坂はかなりこたえる。３日目は普段の坂はほとんど抵抗なく楽々上る。なんということだろう、筋肉が楽しい。たった３日で、たった１週間で自信がつく。長い長い運動冬眠から目覚めたかも。たんぱく質をあまり摂らないで鍛えていると却って筋肉が痩せるらしい。

きんさん、ぎんさんの娘さんたちが揃って長生きなのは肉好きだからで、歳を取ってもお肉は食べないといけないとか。ただお肉が体に取り込まれるには複雑な回路が必要で肝臓や腎臓には負担らしい。織田裕二さんがＮＨＫの番組で、暫くお肉を絶っていて久しぶりにステーキを食べたら倒れてしまったと話していた。修行のお寺ではお坊さんたちはお肉や魚は口にしないのに力が溢れているようで、お顔も艶々だ。きっと野菜のパワーが凄いのだ。大豆ものをたくさん摂っておられるのだろうか、本当はどうするのが良いか。お肉は好きだし、牛一頭育てるのには相当な食料が要るらしいし、温暖化にも関係があるらしい。えーっ、そんな。

その番組で男性と女性のことを取り上げていた。男女はそれぞれ一つのパターンではなく、完璧に男性という人と完璧に女性という人がいたとすると、その二人の間には、僅かに女性が入る、もう少し混じる、という具合に徐々に完璧な女性まで少しずつ女性度を増しながら、ずらっと並べられるパターンが有るらしい。考えたらこの事だけでなく何にでも、どんな事象にでもそういう風にいろいろ混じって幾つものケースがあるのかも知れない。性格とか。

私も女性１００％だと思っていたけれど、３％くらいは男性度もあるのかも知れない。

珍しく早く12時前にベッドに入った日、不意に、もしかしてシミが薄くなってない？　と閃いた。

しばらく前から「また目の下にシミが出てきたなぁ、そろそろ長い間怠けていた頼りのローションパックをしなければ」と思いつつ、そのままになっていた。いつの間にかそう思わなくなっていたのは、もしかしたら薄くなっている？　と手鏡で見てみると、確かに一時より目立たなくなっている。

これってもしかしたら、ひと月ばかり続けてきたピクルスのおかげ？　匂いを気にしながらも1日に2回はしっかり食べている。「玉ねぎピクルスとシミ」と入れてみるとあった！　玉ねぎにも酢にも血液をサラサラにして美白効果がある。えー、やったじゃん。人参はさらに効果的だったと思われる。

健康診断でも人間ドックでも悪玉と総コレステロールが多目で、気になっていた。コレステロールもないといけない、悪玉コレステロールも役に立つという情報があったと、大して気にはしなかったけれど動脈硬化を起こしやすいというので少し慌てていた。基準の数値は短い間に変わっていて異常の部類に組み込まれている。この何十年ほとんど運動はしていないし、一番痩せていた時と一番太った時の差が20キロ位。痩せていた時は極端だけれど、今はなかなか痩せられない。そのうち体重もコレステロールも下げられるわ、と思いつつ何年経ったことか。

化粧品会社を始めるきっかけになったのは、目の下にあった極端に濃いシミ。20歳の時にはもうできていて本当に長い間悩まされた。結局運命の出会い、化粧品で改善できることがわかったことから仕事として取り組んだ。出会ってからコットンを使い毎晩ローションパックをした。あのひどいシミが薄くなって、とうとうわからないまでになった。使い始めてすぐに変化に気付けたから続けられたと思う。それが30年近く経ち70代半ばに差し掛かりこの半年位前から、あらまた目の下に？　と思いながらどこかで舐めていて、大丈夫、私にはローションがあるし、他にも色々あると。

それが食べ物で改善したらしいことに気付いて本当に食事の大切さに今更ながら驚いた。それから勢いづいて、とうとう運動らしいことを始めたのだ。

目尻の横を触ってみると、皺がないと言われていたけれど、それでもそこを指で押すと溝があるのがわかった。今押してみると、あれ？　もしかしてここも変わった？　いつから変わり始めた？　身体って、こんなに、ちょっと手間をかけてあげると短期間で変わるものなの？

髪が以前のように、いつの間にか前髪が根元から上がるようになった。以前よりもっと。これも食べ物でしょ。ある時、いつも髪がペタンとしていた友人に、あれっと、どうしたのか訊いた。漢方の飲み薬を教えてもらった。これは確かにすぐに少し上がってきた。とにかく元気にするものらしい。心強い味方を手に入れたと思った。ところが半年くらい続けたころ、どうにも胸焼けというか逆流性食道炎かもという症状が出るようになり少し困った。その頃、胆石の手術をすることになり入院から戻ると、アッあの症状！　入院中は忘れていたので原因だったと気付いた。飲むのは中止になった。

そして今回、新玉ねぎのピクルスが美味しいと、その玉ねぎを頂いたことからちょっと人生が変わったかもしれない。確かに10年以上前、前髪が自然にふわりとしてカットも良かったのだろう「髪型を変えたらいいかんよ」と亡くなった旦那が言っていたくらい良い感じだったが、いつの間にかヘアピンで留めていた。それが、何と、その頃よりしっかり上がっている。抜け毛も極端に少なくなっている。

そして体も同じ、なんとも元気。それがただ食事をするだけで、サプリに勝るようなことが起きたのだ。考えたら体がえらい、だるいと病院に通ったのは40歳頃。まだ化粧品会社を興す前で下着の仕事が忙しい盛りの頃。1年ほどしてやっと病名に行きついた。甲状腺に異常が起きていた。幸い良性で何とかなってしまった。その時以外、記憶では体が重くて辛いと思ったことは無いかもしれない。今はどう、この元気さは変じゃないか。人間は、ちゃんと寝て、ちゃんとした物を食べて、きちんと体を動かしていれば元気なものかもしれない。仕事に埋没していた頃、お風呂から上がってソファーに掛けると毎晩そのまま朝まで寝ていた。ベッドまで行けず首が折れそうな格好をして、よく壊れなかった。

野菜や果物は皮に多くの栄養があるというのに、農薬が怖くて大抵は皮を剝かなくてはならない。りんごは皮つきが美味しい。ごしごしメラミンスポンジで洗って皮ごと食べる。無農薬か低農薬という野菜を配達してもらっているけれど、たくさん出回ると良いな。値段が倍くらいになっても安心で美味しくて高栄養だったら誰でもそちらを選ぶと思う。それにしても日本のエンゲル係数は凄く低くて携帯代の方が高かったりする。生きるのに一番大切な食費は削らない方が良いと思うのだ。

汗の匂いが、とてもいい感じ。いい匂いがする。ずっと嗅いでいたいような、幸せな気分になるような。これは素敵。若い時もいい匂いだと思ったことがあった。若い女性の汗の匂いって、そういう事があるらしい。でもこれは、あの頃よりいいかも。食べ物のせいでしょ。すごいねー、食べるものって。楊貴妃だったか、体からとてもいい匂いを発散していたと聞いたことがある。きっと、野菜や果物をいっぱい食べていたのだ。食べ物ってすごい。
それから、汗が出るとクンクンと匂いを嗅いでいる。その日によって、微妙に違う。

凄い。もう、10年くらい果物と木の実類だけで生きている研究者の方がいらっしゃる。水もお茶も飲まない、水分も果物からのみ。男性なのに体毛は殆どなくて全身すべすべとか。ミツバチが寄ってくるくらい体から甘い匂いが出ているらしい。果物は完全食だと知って人体実験のつもりで取り組まれているとか。野菜ジュース一杯で、長年生活しておられる人も居るのだから、冷蔵庫いっぱいの果物なら十分生きていかれるのだろう。
それにしても、野菜はたっぷり、果物の酵素も大豆製品もたんぱく質も大事、と言っていると炭水化物の入る隙が無い。脳は糖質でしか働かないから必須と言いながら、入ってこないとたんぱく質が糖質に変化するというのだから無くても良いのだろうか？　たんぱく質の摂取は複雑な工程が必要だから炭水化物の方が効率が良いのだとも。何だか、あまりお肉を食べたいと思わなくなった気がする。

膝に感じた違和感は、そのうち治ると思っていたけれど半年してもそのまま。きっと体重が増え反対に筋肉が弱ったのだろうと思った。上るときは問題ないから、まず一段置きに上がることにした。この発想は良かったらしい。丁度九州に旅行に行って長い階段の祐徳稲荷神社を、エレベーターも用意されているのを横目に本殿を通り過ぎ、さらに階段を一段飛ばしでどんどん上がった。もう少しで奥の院と言いながら階段もガタガタの石になり何処までも続くので、さすがに引き返したがこれで自信が付いた。勿論、下りも膝は何とも無い。
健康番組で足のチェックをしているのを見ていたら、床に足を伸ばし膝の下にボールペンが入ると膝に負担がかかるタイプだというので、やってみるとスイッと通る。O脚もダメらしい。私は少しX脚だ。もしかして膝が曲がった状態で運動しているのでは？　と思えた。瞑想の会のメンバーで、電車を待つ間などにギュッと膝を寄せて立って、O脚を治したという人がいる。私も治るかもと膝を寄せ、ぐっと力を入れてみた。立ってみると、何とX脚ではなくなっていた。そんなに簡単に！　もしかしたら時々している膝裏伸ばしで既に改善していたのかも知れない。とにかく歩く時も膝裏をしっかり伸ばし一歩一歩確実に足を進めるようにした。こうすると脚幅を大きくしようと思わなくても自然に広がり、姿勢よく速く歩ける。そうしてとうとう膝はトラブルから解放される気配が見えてきた。体が真っすぐ膝に乗っていなかったら負担が掛かるに決まっている。膝裏伸ばしは本当に大事。

少し重い荷物を持って、軽々と階段を上り下りする、特に上りはパパパッ、素早く上る。荷物を持っていなければ一段とばし。階段を見つけたらエクササイズのチャンスである。エスカレーターなどを使ってチャンスをのがしてはならない。1泊の小旅行、久しぶりに電車で出かけ、駅の階段をいっぱい上がったり降りたり。帰ってきて体重計に乗ると数値がかなり改善。こうでなくっちゃ。膝が変だと感じて1年位。軟骨がすり減っているはずは無いので、少し筋肉を付けることにした。サポーターで少し助けるのも温めるのもかなり良いようだ。

昔、年上の友人から枇杷の葉に凄い力があると聞いていたけれど若かったから聞き流してしまった。本を読んでいたら、お釈迦様は枇杷の葉を使って病気を治していたとかなんとか。散歩の途中にある交番の傍に大きな枇杷の木があったのを思い出し早速少し分けて貰った。ちょうど知人が腕を傷めてこのところ困っていたし役に立つかもしれない。コンニャクをよく煮てタオルで包んで、肌に当てた枇杷の葉の上からじんわり温める。もの凄く熱くなっているから火傷に注意。

水分を取りすぎると膝に負担が出ることがあるという記事を目にした。食事の時じゃぶじゃぶに飲んでいたお茶類を半分にした。どうやらこれも当たっている。貧乏ゆすりも相当良いらしい。ずっと前の事、歩くのは何の問題もなかったけれど、膝が痛いと感じて医者へ行ったら、サポーターと塗り薬を処方された。しばらくカルシウムを飲んでいないことを思い出して、また飲み始めたら数日で改善した。今回も最後はカルシウムだった。でもすぐに頼らなかったから、筋肉に対する意識が出来た。骨量は多いから安心していたけれど。コラーゲンはずっと飲んでいる。肌のスベスベ感が違う。

ある時インソールを買いに東急ハンズへ出かけた。場所を尋ねた人が、たまたま展示即売に来ていた人だったようで、売り場に連れていかれ両手で指を組んで受けるように言われて立っていたら、その手をぐっと押し下げられ前にのめってしまった。そして渡されたインソールを靴に入れて改めて同じことをすると、今度は全く動かないまま立っていられた。何が起こったか分からなかったけれど私は体幹がしっかりしていないという事らしい。何という事！　と思って早速購入することにした。靴が何足か買える位の値段だったけれど二つも注文してしまった。足に合わせて作るのだという。

インソールというか足の裏の不思議に暫くの間、人に会うと組んだ手をぐっと押してはその話をした。日ごろよく歩いている人たちは押しても倒れない。それにしても、そうやって後ろ手に組めば、大きな人でも楽々乗せることが出来るようだ。インソールはしばらく使って、すぐにどれかの靴に入れたままになった。どうやら、足の指がちゃんと地面を摑んでいるかということだと思う。

2016　放送大学のテストの準備をしていて1週間ほどしたとき、なんだかトイレで違う匂いがすると思った。甘い感じの、それまで感じたことのない匂い。試験で2日続けて外出して、その後その匂いがないのに気づいた。ああ、お菓子のせい？　それで間食をやめたら匂いも無くなった。もしかしたら体がすごく敏感になっているのか、以前は少し間食した位でそんなことはなかった。

規則正しい生活とはへそまがりなので縁がなかった。もともと遅めの朝食兼昼食、そしてできるだけ炭水化物を抜いた夕食を早めにしていたけれど体重は落ちない。先日のテレビでインスリンは朝多く出て夜は少ししか出ないのだと知った。夜うどんを食べると次の日の体重が半端じゃないと思っていた。そういうことだったのか。どちらにしても食べた分はキチンと身になる。

ある時、湯船に浸かっていたらビリビリと腕や腰のあたりが痺れるのを感じて、慌てて息子を呼んだ。病院の救急で診察してもらうとMRIまで撮ったけれど異常は見つからず、数日して治まった。後であれはきっとあまり長い時間テレビの前で座り続けて神経が圧迫されて痺れの様な症状が出たのかも知れないと思った。今では毎日お風呂の中で、指の運動や足伸ばし肩甲骨寄せなどをしている。湯の中でふわっと浮き、ふーっと下りる方法も見つけた。気持ちのいい瞑想になりそう。

息子が、私が台所をすぐに片づけないので私の台所なのに怒っていた。ならばと、シンクを磨くように洗っていて気付いた。排水口に溜まる野菜くずは一日の最後に捨てれば良いと思っていたけれど、これってもしかして置いてある間にも雑菌か何倍にも増えるのか。パイプを覗いて見ていると、どうもすぐに取り除いておくと汚れ方が違う。そんな事に長年台所に立っていたのにようやく気付いた。長い間、食事のメニューは冷蔵庫の扉を開けてから考えるほど、家事に時間を割く余裕は無かったし。お蔭で気持ちの良い台所になった。そうすると、体も同じかもしれない。腸を綺麗にしたら体を綺麗にすることになるかもしれない。ヨーグルトとヤクルトを毎日飲んでいたけれど、ある時本当に役に立っているのかしらと思って両方とも止めた。3日目位に、来た、いつかストレッチをするのを忘れていた時のダル重さ。ああ、やっぱり飲まないと。それでヨーグルトを復活させた。やっぱり腸に働きかけているのだ。ヤクルトは欲しい時は買う事にした。台所もこれも習慣に出来る。

会社を通信販売に切り替える前はセミノーを開いて商品知識などをメンバーに勉強してもらっていた。健康食品を扱うようになり、その会杜の方が来て、体のこと、健康のことを話して下さった。癌になる仕組みや免疫についてや、難しい話もあった。その中に、食事は一日に3度だから排便も3回あるべきというのがあった。成程と思って、それからはそうする事にした。一日に必ず少ない日でも

1回は行くのだが、いつの頃からか毎回もの凄く大変になった。この歳でこんな事でというくらい。ある時、成田で乗り継ぎのために時間が出来て、足つぼ屋さんに入った。便秘ですね、と言われ驚いた。便秘はしたことが無い。毎日一日に何回かだからとんでもない。その頃はまだトイレが大変と思わなかったし。そのうち硬くてコロコロの日も、何だか肛門の周りに硬いものがあるような気がする時もあった。みんな一体どうしているんだろう。毎日あっても大変なのに毎日ではない人はどんな思いをしているの？　ちょうど、さくらももこさんだったかの本に同じような話が面白く書かれていた。私も本当にいよいよとなったらと、万一に備えてビニールの手袋をトイレに置いた。

これはいわゆる便秘かもと、ようやく考えるようになって、あの成田の足つぼの人の言葉を思い出した。はずがないと思っていたけれど、もの凄く溜めた腸の先の方を毎日やっとの思いで少しずつ出しているのかも。本を買ってきて読むと排便は数日無くても問題は無いと書かれていた。それで毎日成果が出るまで閉じこもるのを止めた。そうしてやっと解放された。その後も普通に毎日だし1日くらい飛ぶこともあるがあまり気にしない。それはあのセミナーの日から多分20年くらい経っていた。何と恐ろしい体験だったか。素直に何でも聞くのは良いけれど、たーがーにしなかん。

便秘に一番効くのは医者から「毎日ではなくても良いですよ」と言って貰うことらしい。出さなければと思うと緊張して腸の出口が閉じてしまうらしい。私は出産で痔を悪くしてから多分まだ痔核があると思うけれど、たいてい綺麗にスルリである。オリーブオイルでいいので小さじ一杯くらいを毎日ヨーグルトに入れる。今はハチミツも入れる。油分は便を出しやすくするらしい。ちょっと気になったら、お腹を左周りに両手で円を描くように回しながら少しずつ下へ降ろしていくと良い感じ。

この話で思い出すのは胆石の手術で入院から帰った後の事。お腹の中はすっかり空っぽで綺麗だったと思うけれど、我が家のトイレで見たのは、世にも美しいものだった。明るいレモンのような絵の具の黄色そのものの、ほわっと見事にキレイなものだった。自分の中から出てきたとは思えず感動してしまった。これが出来立ての本当の姿なのだろうかと思った。その後少しずつ普通に戻った。

その入院中に見舞いに来た友人たちから、もし出口でなかなか出にくいときは肛門近くをぐっと左右から押すのが良いと教えて貰った。そんな奥の手、70過ぎではなく早く知りたかった。


ある時、左の耳が聞こえ辛くなっているのに気付いた。爪を鳴らしていたら片方であまり音がしていない。調べて貰うと確かに片方の聴力が落ちている。一つの老化現象ということだ。必要はなかったけれど、予防になるというので補聴器を買ってみた。高価だけれどあまり役に立つ感じがしなくて放置した。そして今年、お風呂で身体にお湯を掛けようとして、何故か思い切り耳に向かって掛かってしまった。普通は中まで入らないけれど、有り得ない軌道で中に入った感じがあった。果たして次の日そちらが聞こえなくなった。2日ほどして回復しないので、コロナの中こわごわ医者に行った。耳に異常は無いし聴力も検査ではあまり変わっていない。でも全く聞こえない。突発性難聴かもしれないと貰ったのはかなり強い薬のようだ。そのうち耳の奥の絨毛の様なものが起きてきて、いつか聞こえるようになるかもしれない。耳の機能は一旦ダメになると回復は無いと聞いているが。

最近、通販で集音器なるものがあるのを知って購入してみた。値段は前の補聴器の1％くらいだ。仕組みはずいぶん違うようだけれど、どうせ聞こえないからと平気で使ってみた。確かにテレビの音が近くまで行くとわずかに右耳をふさいでも聞こえる。これで刺激になれば回復するかもしれない。無くても右で聞こえるのであまり使わないかもしれない。息子の低いハッキリしない発音の声が一番聞こえない。叩くと、ボンボンと水が入って出てこない時のような音がする。片耳では体のバランスに支障が出るかもしれない。この左耳もステージで歌う声は聞こえる。

私の耳は小さく可愛いくらいの耳で結構気に入っている。それが、あれ？　右耳がちょっと大きくない？　何と、間違いなく耳殻が左と比べて僅かだけれど上に大きくなっている。耳たぶも少し大きい。えーっ、なんで？　片耳でも聞こえ方は前とあまり変わらないと思っていたら、右耳さん、音を拾い易く進化したの？　たった数か月で？　左の聴力が落ちた頃から少しずつ変わってきたのかも知れない。お年寄りは耳の大きい人が多いし、長寿であるとか福耳と言われている。聴力の衰えを補っているのかも。（自分はお年寄とは思っていないらしい）

ずっと首が痛くて、いつも肩凝りがしていた。マッサージに行った翌日に美容室へ行ったりして触られると、カチカチですね、と言われるくらい柔らかかった時がない。首より気になっていたのが腰。筋がずれているような感じの違和感。テレビで腰痛の名医として名古屋近郊のお医者さんを紹介していた。全国からやってくるという。早速予約をして出かけた。調べて異常は無いとのこと。他に気になる所はないか訊かれて肩凝りのことを伝えると、そちらも調べましょうという事になり頸椎に異常が見つかって手術をして頂いた。手術は減圧術という事で簡単に終わった。

帰り道、運転しながら驚いた。何てこと、世の中の人はみんなこんなに楽に生きているの？　その後前ほどではないがやはり肩凝りはした。そして今も腰の変な違和感を時々感ずる。

　友達が通っているというので会社の近くの接骨院へ行った事がある。その方の治療は、気を送る、というもので触る事もなく他には何もされなかった。人前でどうしようもなく肩が痛くて我慢できないことがあった。手をやるのは憚られ、痛むのはこの辺り？　と丁度自分の視線で追うような感じで、痛むところを思っていたら、すっと軽くなった。あれは所謂、気、というものではないか。

　肩凝りが消えた時があった。姿勢を正しく保つように意識していた時、肩のラインも良い感じでいつの間にか肩凝りもしていないと思った。少し活動を再開したら、またいつの間にか肩に力を入れて生活をしている。偉そうに見えないように、いつも少し下を向いて歩いた。

　五体投地　会社が忙しくなり始めた頃、取引先の方が体のメンテナンスを教えて下さった。五体投地と言っておられたが、仏教などで行われているものとは違うので、多分名前だけどこかで間違ったと思われる。おかげで体のことを考えたり労ったりする時間のなかった私には随分有難かったことが、後になって分かった。
1　仰向けに寝たまま足を縦に上下に積むように重ねてそのまま横に倒し下方へ向かって両腕も一緒にグッと押しながら息をゆっくり吐いていく。左右、数回行う。
2　同じくそのまま両ひざを立て、片方の足を他方の膝に引っ掛けて横に倒し、息を吐き出す。
3　寝たまま足を片方、お尻の横に折りたたんで、その形のまま他方の足と片腕を下へ押すように伸ばし、もう一方の腕は上へグッと斜め上に体を引っ張り上げるようにして息を吐く。両方を数回行ったら、両足とも体の横に座るような形に折り込み、そのまま両腕を下へぐっと伸ばし息を吐く。この動作を寝たままの姿勢でするのでしっかり腿の前側が伸ばされる。その他に、両足を抱えて折り曲げたり、片足を曲げて体を捻るように反対の側へ引き寄せるなどのポーズがあった。

体の中まで刺激する感じのこうした動きを、朝起きあがる前と寝る前、寝たまま行う。ある時どうにも体が疲れた感じで重い。気づいたら、やってなかった。数日怠けていた。それで大事なことだと分かった。忙しく働いたあの頃、あれは本当に体を護ってくれた大切なメンテナンスだった。おかげで10年以上ほとんど年中、そして一日中休みの無いような生活だったのに、運動もなしで特に病気をすることもなく過ごすことができていた。本当にお取引先には感謝している。社員にも交代で教えていただいたがどうやら続けたのは私だけか。そうして身体のことに関心を持つようになったかも。

教えて頂いたのは50代の初め。暫くしてお尻の形が変わっているのに気付いた。変になったかと思ったが上がっていたのだ。40代でもう下がっていた私のお尻は、今もしっかり上がっている。胸だって簡単に上がるのが分かった。70代、私たちは若い。

付き合いのあった別のお取引先にも教えてあげた。彼女はそれを発展させさらに熱心に続けているようだ。そうでなくてもとても元気で若々しい。私は筋肉が強いのか腕相撲をしても大抵負けない。でもこの人には簡単に負けた。男にも負けないわ、結婚しようと思った相手を押し倒した、と言っていた。そうか、その手があるのか。

今日NHKで見た島津亜矢さん、着物で草履をはいて階段から降りる姿に見とれてしまった。しなやかにしっかりと美しい足さばきで、きっと物凄く体幹がしっかりされている。でないと歌は歌えないのかも知れない。体つきを見ると自信に溢れスタイルなど気にされないのかと思ってしまうが、この人はジーパンで歌ったらかっこいいだろうと思う。

私は血行が悪いせいでしょう、胡坐を組んだり同じ姿勢をしていると固まってすぐには動けなくなる。前は椅子に掛けていて長くなると立ち上がっても膝が曲がったままで、すぐには動けないくらい。こんな風でよく飛行機の長旅を何回も平気でしてきたことだ。体は固まっても動き出せばダイナミックに踊りまわることも、どんなダンスもそれらしく優雅にもしなやかにもリズミカルにも踊れる。でも筋肉を使わないままだったら本当に歩くこともできなくなると思う。

美しい人

時々街なかやデパートで、洋服などは特別ではないのに、どこか素敵で他の人と雰囲気の違う人を見かけることがある。そういう人はまず姿勢が良い。同じ年頃同じ背格好でも、すごく印象が違う。姿勢よく、きれいに歩いているだけでそんなにも素敵に見える。ポイントは首と頭の位置や角度だと思う。完璧な姿勢の人に行き合うのは、生涯に何人もいないようだ。

綺麗に歩くには色々やってみましたが、内腿がばらつかないように意識すること。腿の内側を擦り合わせるようなつもりで腰から足を出し、しっかり体重をかけ真っすぐ膝を伸ばして次の足を踏み出す。背筋を伸ばし腕は軽く振る。肩の動きを少し付けるとモデル風になる。

少し体重を前に掛けるような感じの歩きは、疲れにくいかもしれない。

瞑想らしいことをしている、週1回くらいだけど。以前、野球の試合の結果が分かってしまったことがある。ある年の中日の優勝を占う大一番の時に、相手チームと競り合っていて負けるかもしれない展開になっていたが、私はきっぱりと、勝つよ、と言った。なぜかピンときたのだ。それから日本が世界大会の試合で勝ったとき、首の皮一枚でつながっていて追い詰められ後がないという状態だった時がある。その時もなぜだか、勝てる、と閃くような感じで確信を持った。そして奇跡的に逆転優勝してしまった。瞑想をすると勘が良くなると言われるけれど、本当なのだという気がする。

瞑想の会　正しい姿勢を作る
1　きれいに立つ（地球にまっすぐ立つ）きれいに腰掛ける（腰骨を垂直にする）
2　膝裏伸ばし　壁ドン　片足を踏み出し膝を折り、後ろ足をしっかり伸ばす
3　肩甲骨を動かす　様々な角度で寄せる　腕を曲げた形で前で合わせ、背中を内側に曲げる
両手を上に上げて絡ませるように合わせ、ぐっと上へ引き上げ、それをゆっくり左右に曲げる
4　筋力（腕、脚、腹筋、背筋）　スクワット　机で腕立て伏せや床で後ろ手を付きお尻を上げる
5　手足の指運動　グッパーグッパー、足先伸ばしと足首折、足指のグーチョキパー、指ヨガ
6　膝を高く上げる　デューク更家風ウォーキング　後ろにケリ上げ足裏を反対の手で叩く
7　ストレッチ　同じ姿勢で伸ばして、しばらく保持　開脚　ヨガ
8　かかと落とし　かかと上げ（指を組んだ腕を後ろで引き下げながら行うと、バストアップ）

9　ぶらぶら体操　ガニガニ体操　平衡感覚　座って両膝をバタンバタン開いたり閉じたり
10　バランス　腕を組んでゆっくり、椅子から片足で立ちあがる　そのままゆっくり座る
11　タッチ（癒し）　背中をゆっくり下から上へ擦ってあげる　ハグ
12　お腹を引っ込め内臓を持ち上げる　お腹を指先で押さえて凹ましたまま息を吐く
13　呼吸（ゆっくり吐き、ゆっくり吸う）丹田を意識　ロングブレス　3吸って6吐く
14　太極拳風　重心を落とし、ゆっくり腕、脚を動かす
15　リンパの流れ　脇など　ツボ押し　ふくらはぎを両方の拳で挟むように叩く　足裏を叩く
16　ダンス　色々　音楽に合わせ自由に踊ったり
17　ウォーキング　綺麗に歩く　足にしっかり体重を乗せると自然に一歩が大きくなる
18　瞑想　4吸って、4緩め、お腹に息を広げる感じに、8つ吐く　息の流れを意識で追う
4吸って、7止め、8吐く、というのがハーバードの研究ではベストとか。
眼は半眼でも良い　吸うのは鼻から吐くのはどちらでも　姿勢を正し軽く掌を上に向け
19　笑いヨガ　顔面と眼の体操　顔の部品を真ん中に全部集めたり、出来るだけ遠くに散らす
あえいおうー、としっかり口を動かしゆっくり大声で言う　一分間大笑いする

1～5を大事に、これらを文字通り色々な角度で行う。バリエーションは多彩で毎回同じことはしない。体の内部までしなやかに動かし、普段使わないところをじっくり伸ばす。背中を曲げないように綺麗なポーズを意識する。時々呼吸しながら休む。ゆっくりな動きにしていき、最後に15分ほど瞑

想をする。顔面を柔らかにして終わる。約1時間。これで70代のおばさんたちは元気いっぱいです。瞑想は立った姿勢でも、歩きながらでも出来る。呼吸を意識して空気の流れを追う。周りの色々、例えば鳥の鳴き声に集中して気持ちを向けたり、木の枝を見る。じっと観察するつもりで。

一つの姿勢で少しずつ腕の方向を変え、その位置でしっかり伸ばす、数秒間キープするなどの動作をする。こういうことをしていると、決まった型を覚えてそれを守らないとエクササイズが出来ていない、と思わなくなり、どんどん自分の体が求めている動きをする。好きな音楽を掛けて踊りまわると楽しく凄い運動になる。伸ばす、引っ張る、曲げる、捻る、上げるを、普段は動かさないところを意識して行うだけだから、教室に通わなくても自宅で出来るようになる。テレビを見ながら出来る運動が色々ある。膝裏をしっかり伸ばしてピンと立つだけでもヒップは上がる。ラジオ体操や縄跳びもいい。

道具を使わないで筋肉を鍛えられるいい方法は？　と思っていたら、あった。掌を合わせ、6割の力で押し、そのまま息を吐きながら左右へゆっくり動かす方法。背中と腕の筋トレが一緒に出来る、お腹の前で両手を鉤にして引っ張り合う。そのまま同じようにゆっくり左右へ。薪割りスクワットなるものもある。タオルはストレートネックを防ぐのに使えるらしい。

20・8・17　あれ？　胸が上がってない？　だからぁ、この運動でバストアップができます、と言ったでしょ。えっ？　ブラジャーもガードルもしてない？　そう、昔はパンツ屋をしてましたけど。このライン、どう？　ガードルをしてた時は実際のヒップはだんだん垂れたわね。やっぱり筋肉よ。あ、猫背が治っている。完璧な若々しい姿勢になってる。たった、2、3週間よ。

恐るべし、70代の団体若返り。私は床に座って両方の踵に手の平を当て、ピッと上に持ちあげ、お尻だけで歩けますよ、と自慢する。これは誰にも出来ない！　全員がY字バランスが出来るように練習中。誰もが得意技があり、全員、先生になれる。

先日のドックで身体測定をしたら、昨年より背が8ミリ伸びています、と驚かれた。姿勢を意識していたお蔭だろう。俄然やる気になる。頑張って元の背より伸ばそう。それは無理だな～。

20・2・12　瞑想の会のこと　（社員が参加できるようにお昼の12時にスタートです）
時々いろんな方の参加はあったものの4年間ほぼお取引先のご担当者さんと二人で続けてきて、お互いにこれがなくなると困るね、体がどうなることかと話したりしていました。そこへ先生が海外へ行くことになりヨガが閉鎖になったため、こちらに移動してきた人が、ある日「ああ、嬉しい！　正座ができた！」と声を上げられました。えっ、今まで正座ができなかった？　と思いましたが、もう15年以上前、60歳以前から座れなかったようです。数日して夜電話が掛かりました。「あのね、歩いていてもふらつかなくなった。地下鉄の移動もエスカレーターなんか使いたくない、どんどん歩ける。本当に嬉しい！」
公演活動もするなどとてもパワフルな人です。またあるとき、会では様々に体を動かすので、ウウッとか言いながら「ああ、60年間体を動かしていなかった～」と言いだしました。60年はないでしょ、と返しましたがオーバーではなく普通に生活をしていると、子供のころのように体を動かすことが無くなっても体は当たり前のように動くと、いつの間にか思い込んでいて運動はそのうちするから大丈夫、と何十年も経つのです。気付く頃には転びやすくなったり早く歩くのも結構大変になっています。

彼女は大病をしたことがあり今も定期的に病院の診察を受けています。4年ちょっと前に「虹の会」ができ、その中でヨガ教室を作って以来、忙しい中ずっと通ってきていました。ヨガが始まった次の診察で病院の先生に「何かしたの？　数値が格段に改善しているよ」と言われたと感動していました。そして今回の瞑想の会、ヨガの代わりに勧めたら、とりあえずやってみるかと思ったようです。そして4年間のヨガで実現しなかった瞑想の会で起こるあれこれに驚きの声を上げているのです。「この前の指の運動、今まで瓶なんかは開けてもらっていたのに、この間は旦那が開けられない蓋を簡単に開けられたわ」と言うのです。年齢が行くと指がこわばって力が入らなくなり瓶の蓋を開けられない人はたくさんいます。彼女も指が痛むし、うまく動かないと思っていたようです。ここでは体を意識できるようにしますから、自分でも家であれこれ動かしたようです。先日は、彼女の講座の生徒が参加したのですが、その後行った講習では初めてちゃんと声が出た、と言うのです。ここでしているストレッチや適度な筋トレなどで喉が開いたようです。あらゆるところに変化が出てきました。本当に体を動かすことは大事です。私も週1回位で何かしている気になっている場合ではありません。

割りに風邪を引く。冷えに極端に弱いから、あっと思った時は遅い。熱が出て治まってからもハナやら痰が出る。でもこうして時々風邪を引いて体に溜まった毒素を適当に外に出しているのではないか。医者にもまず行かない。昔「よく倒れませんね、皆さんバタバタ倒れていますよ」と、あちこちの経営者を知っているお取引先の担当者から言われた。大きな病気はしないので、友人も⁇　と思うらしい。

　昔はブチヌキと言ったと思うけれど、わざとお灸などで火傷をさせてそこからどんどん膿を出し、出切ってしまうと火傷でできた傷も治るという恐ろしく乱暴な治療があった。そんな痛い思いをしても、日ごろ疲れてどうしようもない体を戻す一つの遣り方だったようだ。

　小さい子供はよく熱を出す。慌てて医者へ行くけれど処置が分かってきた。熱は体が外敵と闘っているのだと聞いてから熱を出してもすぐ飛んでいくのでなく楽になるように少しタオルで冷やすくらいにして様子を見るようになった。じっと顔を覗き込んでいた。子供たちはそうして無事に大人になった。何かの感染症だったりしたら大変だけど、大抵の菌は熱がやっつけてくれる。


　日本では風邪を引くと暖かくしてお風呂に入らないで休む。体を冷やさない用心だ。ヨーロッパなどは逆に熱いお風呂に入る、と聞いたことがある。ずっとどちらが良いかと思っていた。旅行中に夜、エアコンが切れているのに気付いたけれど明かりをつけるのが憚られ、一枚着こんで足元にダウンコートを掛けて眠った。冷やしたままでは危ないと思って、翌日ままよと温泉にしっかり浸かった。バッチリだった。あそこで熱を出したらどんなことになったか。何しろ行く先々で額に検温器を向けられるのだ。ツアーが中止になったかも知れない。

　それにしても体を冷やさないことは大事だ。一緒の部屋で休む夫婦が暑がりと寒がりの場合は結構きつい。私はクーラーが苦手だから夏場もクーラーを付けて寝ない。身体が自分では戻せないほど冷えてしまったら、冷えた分だけ温めないと体調は戻せない。

友人は私が大病をしないのはクーラー嫌いで、無農薬野菜をなるべく使い、浄水器は必ず付けるなど異物を体に入れないようにしているからではないかと見当をつけたらしい。そんな風に言われると、そうなのかしらと改めて考える。胃も弱いのに夏はかき氷が好きで食べに行くし、冷たいウーロン茶やルイボスティーを毎日冷蔵庫で作って1リットル以上飲んでいる。

母は牛乳は、噛むようにして飲むようにと言っていた。そう言えば父親は潔癖症というのでは無いけれど、外から帰ると手洗いをうるさく言った。駄菓子屋さんで買った食べ物を捨てられたこともある。父は何かで衛生観念というものが身についたのかも知れない。お蔭で雑菌をなるべく体に入れない習慣は出来ていたようだ。インフルエンザにも罹ったことがない。


健康診断で心臓肥大らしいと。専門病院で調べて貰ったら特に異常はない。本をめくっていたら、ショルダーバッグを肩に掛けていると掛けている側の肩がいつも上がった状態になり背骨が曲がり、そのため心臓肥大になることがある、と。早速逆の肩に掛けるようにした。次の健康診断、異常なし。

40代まで血圧はむしろ低い方だと思っていた。１２８と80という数字が血圧計の箱の写真と全く同じだったので覚えている。それが50代に入った頃から上がっていった。通信販売で忙しくなり、体重曲線とも重なったかも知れない。会社で計ると上が１８０はざらで、時には２００になった。それでも普段は１６０位はキープできたし薬は飲みたくなかったので放っておいた。その頃は１６０までは問題ないとか年齢プラス90までＯＫと言われていた。そのうち基準が20～30下がってしまった。

　年齢がいくと血管が固くなるのと心臓から遠いところへもしっかり血液を送るためには少し血圧が高い方が届き易く自然に高くなる、とも聞いた。特に脳に送るには。20年くらいそうしていたが息子が脅迫するので医者へ行った。もう2年くらい降圧剤を飲んでいる。これまでも一度処方されて飲んだけれど暫くして勝手にやめそのまま知らん顔して過ごした。どうしても薬は嫌なのだ。

　友人のご主人は玉ねぎピクルスで血圧が感動的に下がったと言うし、私は瞑想の会を主宰している。でもいつも呼吸が浅いし、すぐに緊張し肩に力を入れ緊張したまま暮らしているようなところがあると分かっていた。息をしないで話している時もある。途中で声が出なくなって息を吸っていないと気付く。呼吸法をしばらくしていると、１００近くまで下がったりする。よ～し、またそのうち薬から逃げ出す。一度、飲むのを止めて3日目くらいにダメだと思って戻したが、今度は計画的にやろう。


　どうやら作戦成功か。飲んでいた時と全く遜色のない数値が出る。やっぱり運動と呼吸が良い気がする。血圧の本に勇気を貰えた。始めた最初の頃、毎晩夢を見た。凄くはっきりしたカラーの夢。どういう事だろう。そのうち見なくなった。絶対にやめてはいけない薬もあるけれど、無理をしないで様子を見よう。飲んでいないと分かると、犯罪者のように見られている気がする。長年の高血圧がピクルスで驚くほど下がった人もあるのに、私が簡単ではないのは、やはり血行が悪い体質と緊張癖のせいだと思う。例の〝気〟を思い出した。使えるかもしれない。

香港の空港のラウンジで衝撃的に美味しいお茶を飲んだことがある。何処のラウンジだったか、美味しそうな食事も仮眠室も何でもあった。ウーロン茶と思われる容器をずらーと並べてある部屋があって、よく分からないまま選んでお願いした。小さめの湯飲みとティーポットが運ばれてきて、さー頂こうと思った時、その香りに驚いた。長い間生きてきて日本茶や紅茶のなんとも言えない良い香りも美味しさも知っていた。が、これは一体？　と思った。ウーロン茶がそれほどの香りを放つとは。これまでも旅行で中国茶のお店に案内され、例の試飲のように次々飲まされるのは何度も経験してそれなりに美味しかった。でも、その時は生まれて初めてだと思った。こんなに美味しいお茶があるとは。

叔父から貰ったウーロン茶があるのを思い出した。叔父は終戦の時、中国の南の方にいてすぐには帰国しなかったようだ。みんな親切だったと言っていた。多分その時作った人脈だろう、戦後台湾からバナナを輸入したりして商売を成功させていた。引き揚げて日本に戻った時、兄である私の父の家に身を寄せた。私は赤ん坊だった。その叔父に高そうなお茶を貰って何だかそのまま冷蔵庫に入れてあったのを思い出して飲み始めた。やはり本当にいい香りがして美味しいお茶だった。湯飲みに注ぐタイミングは大事だ。台湾産で高山烏龍茶と書かれている。それからウーロン茶が大好きになった。お茶はどれも美味しくて本当に体に良いらしい。

叔父は１００歳を超えていて、転んだときから施設にいる。戦後、引き揚げて日本に帰り、父に迎えられた時、二人は抱き合って何も言わず泣いていたと、その頃我が家に同居していたという従姉に聞いた。叔父は私が面会に行くと、いつも父から受けた恩は忘れないと言う。暫く行かないと娘さんに代筆してもらって手紙を送ってくる。今はコロナで行けない。この叔父は父に代って会社を見に来てくれた。

コーヒーを淹れられるという急須を買ってみた。細かい網目の茶こしと、さらに急須の出口を塞ぐように網が張ってあってドリップで使う紙フィルターが要らない。3人分くらい淹れることが出来る。このところ紅茶が多くなっていたのに今日はコーヒーも淹れようと思う日が多くなった。口にした時そんなに違うと思わないのに、カフェオレ派の私がそのままでどんどん飲んでしまう。ミルクを入れると深い味がする。普通コーヒーはお湯が落ちれば飲める。これは蒸らしの時も、その後お湯を注いだ時もコーヒーはお湯に浸かっている。それが美味しくなる理由？　もう一つ買っておこう。

いつか、昔習った日本舞踊を極めたいと思っていて、虹の会で西川流の先生に来て頂いた。半年くらいして扇の練習をしていたら手首を痛めてしまった。そのうち治るだろうと思っていたら親指から手首、ひじ、肩から背中まで痛くなって、同じ右側の足まで妙な疲れやら張りを感じるようになった。講座をお休みにしてもらっている事情を話したら、鍼灸院を紹介して下さった。話の通りおばあちゃん先生だった。なんとなく話が合い2回目に本を取り出し貸してくださった。「食べない人たち」というマキノ出版から出ている本で続編と合わせて2冊。サラサラ読める本で、借りてきた翌日2冊とも読んでしまった。内容はなんとなく感じていることと、思いがけないことでできていた。

会社を始めてしばらくしてから業者さんから、一日一杯の野菜ジュースだけで生きている人の話を聞いたことがある。そんな事があるだろうかと思っていたけれど、実はその人たちが書いた本だった。基礎代謝のことを考えると摂取カロリーからはありえない話だけれど、不食という、何やら目が覚める気のする本である。なんだかこの本に出会うために、腕を痛めたような気がしてきた。食べないで生きることができれば、食料問題も解消、貧困の解消、健康、愛、調和も手に入れることができる、いいことずくめの話。なんで愛まで？

秋山佳胤さん　弁護士　食べない人たち　マキノ出版

最大の飢えは「愛」だと思います。この愛への欠乏感があるために様々な形で飢えに苦しむのです。不食の究極の目的はこれらの飢えから自由になり無条件の愛を手に入れること、あるいは愛そのものになることです。食べ物への執着が薄れていくと、物事への執着も薄れていきます。そして愛に気がつくようになるのです。

ジャスムヒーンさん

物質社会では皮肉なことに生活が豊かになればなるほど精神的な飢えが強くなり様々な悩みを抱えることになります。精神的な飢餓感と食べ物への飢えはまったく別のものだと主張する人もいるでしょう。不食の人は未来を心配するより今を楽しむことを大切にするようになる。

善悪をつけないと言うこと。これほど自由で楽な事はありません。

山田鷹夫さん
　不食と断食は別のものです。少量になればなるほど、食べ物が美味しくなっていくのです。不食の本当の楽しさは「食べないこと」そのものにあります。「空腹は快感である」ことを知ることです。不食ではなく少食を目指していると結果的に不食へとつながっていきます。空腹感を覚えたら歩くこと、あるいは走ることに専念します。やってみるとわかると思いますが歩き始めると空腹感はすぐに消えていきます。

森美智代さん　青汁一杯の人
　本当の幸せに条件はありません。今のそのままの自分で幸せなのです。今自分が生きているだけで幸せなのです。食べる量を減らしていくと最初は体重が落ちていきます。これは避けられません。少食、不食では最初は体重が減っても最終的にはその人にとってベストの体重に落ち着くようです。

　お腹が空いて苦しんだ人の話を聞いたことがあるし、興味はあるのですが。本当にほとんど食べなくて生きられるなら凄いことです。でも食いしん坊にサヨナラが言えるのか体を壊さないか。これでは無理ですが。日本人の寿命はカロリー摂取量と連動して延びたというから、やはり食べないといけないかも。でもいつか試したい気がする。

　どういうわけか食事を減らしても体重が減らなく却って増えてしまった。私はハイブリッドになったわと言っていた。出かけた先や会食では出てくるものを大抵きれいに頂く。その前の食事はほとんどしないで行くのだけれど。与えられたものという思い、もったいないが支配している。自給率40パーセントかという日本の状況でレストランでもコンビニでもたくさんの食べ物が捨てられている。自分に関わったものだけは大切にしようと思っているのだ。

食べ物をゆっくりよく噛んで食べるようになって何でも美味しくて楽しくなっていた。不食になると暇を持て余してしまうと書いてあるが、準備から食事をし後片付けをするその時間が結構大変と思うので、不食？ いいかもと思ってしまった。もともと1食＋α位になっていて、朝昼兼用にして夕食を軽くするという感じ。ところが朝食を摂らないと脳梗塞だかの率が非常に高くなると聞いた時から結局3食の生活になり体重は減らない。データによれば少し多めの人の方が長生きらしい。

様々なダイエットの情報があった。食品を特化した何々ダイエットであるとか、毎日これを食べればいいとか、1日のうち8時間以内なら何を食べても大丈夫、太らないとか。でもたくさん食べればやっぱり太る。カロリーだけではないという事にも気付きました。夜の炭水化物とやはり摂取量は重要です。朝一番の体重をこの2、3年記録しましたが、やっと少し減ってあっという間に戻るの繰り返しです。体重ばかりではありません。皮下脂肪や、筋肉量、骨量、基礎代謝もあります。筋肉量と基礎代謝は少し運動をするとすぐに変わります。脂肪量もそれに連動します。とにかく食事も大切、そしてどうやっても、やはり体を動かさなければいけない。

子供の頃、腺病質というのか痩せていて虚弱でリューマチのような症状も出て、夜中によく痛がって泣いた。母はずっと「なむだいしへんじょうこんごう」と言いながら私が眠るまで擦ってくれた。南無大師遍照金剛の事だったとずっと後になって分かった。私も子供が苦しんだりすると母を真似て、お題目のように唱えて擦ったが、弘法大師に祈っていたのだ。分骨して母は京都のお東さんに今もいる。私は遺骨は海に撒いて、お墓は要らないとずっと言っていた。けれど折角近いところに宗派を問わないお寺があるから、そこに預けて永代供養をお願いすれば一番いいかも。やっぱり海もいい。

彼女が勧めるなら内容は知らなくても大丈夫、と、絶対の信頼を寄せる澤西さん、名古屋に行くと連絡してきた。アロマの講習を受けるの。では名古屋にいる私は？　時間はあるし色のことと香りのことには興味があった。この機会にやってみよう。彼女は次にアロマの検定を受けるという。ついでだから私も受けてみるかと。その頃、携帯でゲームを一日中していることもあったからどうせなら何か形になることをした方がいいかもとアロマ協会の一級を狙って受験。問題を解いているとゲーム感覚で楽しかった。彼女はインストラクターも取るという。結局、ついでだから私もということになった。

虹の会を始めることにしたときに、この人のつながりが助けになった。アロマの勉強は化粧品のお客様に講習会を開いて楽しんで頂いて役立てることが出来た。アロマは本当は、日常的に活用すると心身ともに素晴らしい効果を発揮する。澤西さんは、ときどきオーデコロンを作って送ってくれた。

## 虹の会

自社ビルを建てたときから、建物を生かして色々したいと考えました。人との交流が目的で、まずカルチャーセンターをと。しかし当時は社長で化粧品事業が忙しく手を付けられないままでした。

社長を退いて10年、時間の余裕は十分にあるようになった。社員と食事をしていたとき「一緒にフラダンスをしませんか？」と。フラダンスは合唱と同じく心身にとてもいいと聞いていたから、いいじゃない？　ということになって、ちょうどその時後ろの席で食事をしていたご近所組も一緒にすることに決め込み5人で始めることにしました。虹の会の始まりです。

見学練習に出掛けたのですが、初めから先生を会社に呼んで教室を開くと決めていて、それは最初に思い描いたカルチャー活動に繋がっていました。そこから、みんなが興味を持ちそうな講座をいっぱい作るつもりでした。講師の方を雇うのでなく生徒の謝礼から会場費として一部を支払っていただく、講師は赤字を出すことなくこちらも給与の心配をしなくていい、参加する人も格安で色々な講座を受けられる、三方得のような案が浮かんだのです。それも建物が使えることで可能な案でした。会社の文化活動として位置づけ、会場を通常の貸料ではない料金にすることで、お互いに無理のない活動になるイメージが出来上がりました。参加した人からも、私はこういう講座を持ちたいという声も出ました。どの講師もその道の、先生の先生であったり人気講師であったり、大学で教えているという贅沢な陣容です。ずっと頭の中であったことが、フラダンスをしませんか？　という一言から一気にバタバタと形になったのです。虹の会の本当の目的は、会に集まった人たちで様々な交流や活動をすることです。東北へ向けてのチャリティーコンサートは虹の会主催で、３回行いました。

私は「瞑想の会、正しい姿勢を作る」という講座を作り担当した。それまでに、折に触れ身に付けてきたいろいろな知識で、週1回、少人数で続けてきました。瞑想とは関係づけてはいなかったが始まってから、いつの間にかいろいろなことが困らなくなった気がする。誘われて余程でないと断ったことはない。そして、幸せだなぁと思うことが多くなった。

色々な方が、瞑想の大切さを語られる。

虹の会には、フラダンス、瞑想のほか、ヨガが2クラス、日本舞踊、その他、星座などの期間限定講座があった。力不足で継続出来なかったけれど参加希望があれば、また始めたい。

コンサート、お礼の挨拶

先月11月16日に開催された3回目の、そして最後の東北に向けたチャリティーコンサート。おかげさまでホールが満員になる150名を超すお客様にお越し頂きました。NHKの番組にも出演された方の三味線演奏、そして学校などで大勢の方を指導していらっしゃるラジオ番組でも人気のホルン演奏、日本舞踊の華やかな5人の舞やバイオリンのかっこいいお二人、紀伊国屋演劇賞受賞の方たちの朗読に続き、心に染みるバイオリン演奏や、テノールやソプラノ、そして圧倒的なメゾソプラノなど。最後には名古屋音楽界の重鎮の方たちの飛び入り参加など、どれも素晴らしいものでした。

会場は東京や静岡や、遠くから駆けつけてくださった方や楽しみに待ってくださったお客様でいっぱいに溢れ、感動のうちに終えることができました。どうしてもこのステージを皆様にお届けしたかった夢が叶いました。そしてこれまでの最高額の寄付を、東北飯舘村へお届けすることができました。

こんな豪華なステージは他には無いよと口々に言ってくださる皆さんの想い、もしかしたらまた何かの形で出演者の皆様が集まって下さるかもしれません。その時はまたどうぞぜひお越しいただいて、ご一緒に楽しんでいただきますようお願いいたします。ありがとうございました。２０１９

最後のチャリティーコンサートには、静岡から澤西さんが友人と、神奈川からは元兄嫁たちや佳子夫婦、東京からは弟も栄さんも来てくれました。関西からも毎年仲間が来てくれました。田中に縁の方々、旅行先で出会った方も、地元の友人たちやお取引先、妹や兄嫁たち。皆、観客が少なくては出演者に申し訳ないと「目標まで、お客さんがあと10人足りません」と送った手紙で駆けつけてくれたのです。そして満足して出会いを楽しんで帰って行きました。大変でしたが、夫と関わった東北への想い、お弟子さん達への想い、音楽や芸能に対する想い、そしてどうしても素晴らしい歌や演奏を皆に聴かせてあげたかった想いをいっぺんに形にすることが出来ました。それもこれも呼びかけに応えて無償で出演して下さった芸術家の皆さんのお蔭です。またいつかみんなで集まりたいものです。

68歳の時、終の棲家と思い、家を建てた。

この小ぢんまりとした作りに仕上がった庭のある家をとても気に入っている。面積は広くは無いけれど、四季の花がその時々に咲く小さな林の中にあるような風情にして、時々仕事をしながら暮らしたいと思う。欲張って色々な種類の木を家の周りを取り巻くように入れてもらった。小さな隙間を見つけると、そこに合うちょっとした花を探してきたり、成長した姿を想像して日々眺め、蚊に追われて逃げ出す。東の窓から道を隔てたお隣の見事なモミジが見え紅葉時の美しさはこの上ない。西側にはいつも綺麗に手入れをされている日本庭園、裏の家にも丁度こちらの窓のところに森のように見える立派な金木犀がある。街の中なのに、窓からの景色は田舎の気分。お向かいの呉服のお店の風情もさりげなく、どの家にも何かの木が植えてある。人が我が家の庭を見ながら通り過ぎるのを見て、ニンマリ。近所の人がたまには立ち寄り昔の田舎でそうだったようにお茶でもしたい。

半分以上が落葉樹なので、庭のあちらこちらで紅葉が始まっている。私は猫との戦いが続いています。せっかく置いた白い可愛らしいテーブルと椅子、ほっと腰を掛けたとき、この匂いは。そういえば知り合いが、猫には餅網を並べて置いておくと見場はちょっとだけど来なくなるよ、と言っていた。

種を蒔き芽が出てきた時の感動のような嬉しさ、ああ、神様はいる！　そして育った野菜の美しいこと。形は綺麗なものばかりではないけれど、それでもその美しい色や姿に心を奪われる。確かマスコミ関係か何かの仕事でかなりキャリアを積んだ女性が、野菜に魅せられて突如農業に転じられた話を見かけた。その気持ちは分かる。でも、市場に出せるような物を作るのは難しい。田中の家で、私はミニトマトを作るのが得意で驚くほど収穫できたことがある。種を蒔き芽が出ると可哀そうで間引きが出来ないので、あちらにもこちらにもやたらに植えて、その年、毎日たくさん贅沢に食べることが出来た。取引のあった野菜ソムリエに聞いた話では、連作障害は肥料を与えるから起こる、放っておけば、連作であろうが関係なくできるということだったが、本当だろうか。ここは狭い上に土が違うらしく、トマトを何度植えても出来ない。本当はちょっと自給自足のようにするのが夢だった。

家の西側のあまり日の当たらないところに目隠しで植えてもらったシマトネリコが伸びてきて、窓に触っていたので枝を切った。その若い木たちのあまりの美しさに、しばらく目を離せなかった。緑の葉の薄くもなく濃くもない色合いと艶、どこにも傷のない葉や並びの様子にこんなにも美しい木があるのかと、切り取ったのに一枝も捨てることが出来なかった。大きめの花瓶にいっぱいにして花を少し足したら、長いことキッチンのテーブルを飾ってくれた。

それでも幸せな気分

家を建て、細部に至るまで自分の思うような間取りにしてもらい、便利で過ごしやすく快適さを感じながら暮らしている。そんな中でどうしても嫌で気になったのが食器棚。呂黒という今までの選択にはない真っ黒な鏡面仕上げの面材で、とてもおしゃれになる予定だった。打ち合わせの行き違いか、完成して通常ではありえない60センチ幅の特別仕様で、しかも規格のものよりはるかに費用がかかっていたことが分かった。入居時にそのあまりの小ささに、並んで入った冷蔵庫より細い、まるで鉛筆とびっくり仰天して抗議をした。誰がわざわざ規格外の小さい食器棚にし、しかもずっと高額になると分かっていて頼むだろうか。キッチンの幅に余裕のないのはわかっていたけれど、勝手口の戸の幅ギリギリまで使えばなんとか一番小さいものなら入る、という打ち合わせをしていたからこれはショックだった。窓に食器棚が掛かってても作り直してもらおうと思って話をしたけれど、新しい家が傷んでしまうと思い、そのうち諦めた。それにしても何故カウンター部分の幅を調整しなかったんだろう。そうしていれば、何の問題もなかったのに担当設計者の意図が分からない。

結局、一年を過ぎても慣れることが出来ない、この食器棚はないよなぁと日々引っかかる。思いきって作りかえてもらうことにした。冷蔵庫との隙間と勝手口のところを丁寧に計ると全部で何とか15センチある。75センチ幅の食器棚にしてもらった。改装が終わって食器を収めたら本当に嬉しかった。75センチというのは規格品としてこのメーカーの一番小さいもので決して普通とは言えないけれど、たった15センチの違いでちょっと大きめのお皿が奥に三列並んで入る。今までは無理矢理、積み重ねてあった。グラス等も余裕を持って並べられる、あー幸せと思った。そして勝手口から入ったところが少し狭くなったのがとても収まりが良く、かえって感じが良くなった。

それにしても最初の仕様に通常より余分に支払い、この修正でまた出費。しかも換気口が邪魔になって、上部だけがどうしても75センチにはできないので60センチのまま。不自然に空いた上部の角に、いかにも食器棚がそのまま上まであるかのごとく面材を前の方だけ設えて貰った。気にすれば実際はかなり不細工なのだが、職人さんが一生懸命私の意図に沿うように、廃棄になる既存の食器棚の面材を上手に使ってうまく一面に見えるように仕上げてくれたこと、その思いを考えると十分満足できた。食器棚を開くたび嬉しくて仕方がない。2年近く鬱々としていた気分が晴れた。

家の理想は少し広めのワンルーム。出来るだけコンパクトでどこも全部見渡せ、余分な部屋は要らない。だけど実際はそうはいかないから、キッチンで作業をしていても戸を開けて置けば、何となく寝室の中が見えるという間取りにした。その向こうに庭木が見えたりする。小さい和室が予備室になっていて、チビたちの端午の節句のお飾りを置くのに丁度良かった。その前が和室と同じくらいの小さい板の間でリビングと玄関に繋がっている。ギリギリ、グランドピアノが置ける。部屋のどこにいても外の緑が見える窓がいっぱいの家。ご近所さんとお茶でも出来るようにと考えていたけれど、もうそういう時代ではないらしい。お巡りさんが回ってきた時、防犯を意識されていますねと言われた。

家造りのことも勉強した。勿論、風水も徹底的に考えてある。近所とのつながりが生活にも防犯にも重要と教わったけれど、最近近くに建つ家はどれも小さな要塞のようになっていて中をうかがい知ることは出来ない。外を眺めて暮らしている我が家のつくりは、通る人も庭の移り変わりを感じられる。ヨーロッパには通りに面した窓などに花を飾った、美しい街並みがよくある。

外と繋がる、遮断する。どちらが居心地よく安心な住まいなのだろう。今頃になって考えている。囲まれた中の外からは見えないプライベート空間。うむ、それも素敵に違いない。

どうしてもわからないこと

原子力発電は、発電開始から50年たっても核のゴミ処理方法がまだ決まらず増え続け、保管の方法も定まっていない。使用済み核燃料といっても、厳重に閉じ込められたゴミの近くに人がいれば10秒たたずに死んでしまうそうだ。そのくらい強い放射能が出続けているらしい。本当に原子力発電は安いのだろうか？　本当に他の方法ではどうしようもないのだろうか？

２０１１年3月の後では、日本のすべての原子力発電は停められていた。それが一時的処置だったとしても。他の発電方法を駆使し、火山の国だから地熱も利用し、日本中が節電で少しずつ電気を使うのを丁寧にし、少しだけ色々なものが高くなったとしても、そんな恐ろしい結果を招く原子力発電以外の方法ではどうにもならないのだろうか。原子力発電を続けざるを得ない理由はいろいろかもしれない。でも命さえ危険にさらしながら作動させ続けなければいけないのだろうか？　世界中で原子力発電をやめたら地球は一体どうなるのだろう。大変なことが起こるのだろうか？　ヨーロッパでは廃止を決めた国もある。もう十分にいろいろな国に使用済み核燃料は溜まっている。　17・8・27

今日の番組では、核燃料サイクルが計画通りには行かなくなって、このまま実行できたとしても非常に高くつくことになる、という。プルトニウムが溜まってしまう事も大きな問題になる。どうするんだろう。今頃元首相が、原発はなくてもやっていけると頑張っておられる。それでも心強い。周りの主婦は誰でもずっと前から原発反対だった。

今度は、福島の汚染水は薄めて海に流すという。他に方法がないのかと思ったらヨーロッパではほかの方法を行っていて、これは震災直後に戻すのと同じと言われているらしい。本当に海はすべてを受け入れてくれるのだろうか。それにしても今や世界平均で原子力が一番コスト高らしい。日本ではそうなっていないけれど太陽光が一番安くて、もっと安くなるとか。そして風力も。どちらも原料代は要らない。地球の温暖化はもう待ったなしで、日本の発電技術は世界一なのに脱炭素は遅れているという。電力システムを何とかしないと世界3位の経済大国など夢になるかも知れない。経済界も安くて安全な電力は何より必要なはず、世界に取り残されないためにも。地球を守らなければと、世界で若い人たちが頑張り始めた。バイデンさんも本気になった。日本も世界を巻き込んで頑張って！

地球が壊れる前に自国の利益だけを考えるのは止めて世界は一つになれないだろうか。温暖化は環境破壊だけではない、科学者からは感染症のリスクが何年も前から出されていたという。今の悪夢のような状況は自然が警告を発し続けているのに温暖化を止められなかった結果だ。悪い行いをする人より、それを見ていて何もしない人達が世界を滅ぼす、とは、アインシュタインの言葉だそうだ。

値段と品質は、普通は相関関係があると思われる。でも、同じ用途のものに値段の差があると、両方を買って試してみることがある。バランスボールが流行った頃、よく宣伝で見かけるものと、少し安いものを買ってみた。両方とも膨らませたまま長い間ほっておいても空気が抜けるようなことは無い。安い方には空気入れが付いていた。高い方は素材のせいか、ごみなどがくっ付いてしまう。

電磁波を調べる機器を買おうと思った時も、値段の開きがあまりにあったから、どれを買うか迷って、高いものと、5分の1くらいのもの、両方を買ってみた。高い方は形も大きく、安い方にある機能がなかった。それにしても、そんなもの一つだって、普通はわざわざ買ったりしないものなのに私は何をしているのか。

洋服の価格差も凄いから、デパートのちょっとしたブランドとお洒落なデザインの通販のものを買って両方を混ぜて使う。確かに素材が違う気もするし大して変わりない気もする。デザインや色調が気に入って使い易く、似合っていればいいと思う。値段のものを着けているときは満足感があるが。

物の値段は、普通は原価や経費で決められるからそれなりの品質になる。知り合いの、洋服やバッグのオリジナル品を作っておられる業者さんは製品がなかなか売れなくて、ある時思い切って凄く高い値段にしてから売れるようになったそうだ。高価なものを身につけている満足感か。ここは家族総出でそれぞれブランドを持ち、デパートの展示会などもされるようになった。気に入ったものは高くても良いのだろう。でも企業努力でそれなりに良いものを安価に提供される会社さんは有難い。近くへ行くと100円ショップをよく覗く。目的が無くても見て回り、えー、あると便利そう、と、何しろお値段がお値段だから気楽に籠に入れていく。ニトリさんやユニクロさんも凄い。カインズさんも凄い。目茶目茶スマートで、手をかざすだけでスイッチが切り替わる使い勝手の良い電気スタンドを2000円ちょっとで手に入れた。ワークマンには夫がよく通っていた。

老舗のスーパーへ寄ったら手に取りたいものが次々あって買い物かごがいっぱいになった。氷をいれる袋の口が段になっている。お客様目線を感じた。たまに寄るお店では塩加減が丁度良く、美味しい大ぶりの鮭の切り身を手ごろな値段で置いてある。お蔭で鮭茶漬けが大好きになった。近くのお寺に毎月市が立って地の野菜などが並ぶ。この頃はできるだけ見に行く。トマトを買ったらおばさんが、こうして並べておいて赤くなったのから食べると美味しいよ、と言うので試してみた。トマトがなんだか甘くて美味しい。冷蔵庫に入れない方が美味しい野菜や果物はあるかも知れない。

世界経済はコロナでどうなるのか、色々な解説や予想が出てくる。コロナには関係ないかも知れないが、アメリカの女性経済学者だったと思うけれど「どんどん紙幣を印刷して撒けばいい。原理的に決して経済は破綻しない」という様なことを言っているのを聞いた。そうなの？　何故？　経済の麻痺はお金の流通が滞ることから起こるなら、止めないようにする、使い続ける仕組みを作るという事かしら？　確かに不況でも農作物は育っていて市場に出さなければならないし、工場が動いていれば車も出来る。買う人が居なくて回らないなら買えるようにすれば経済は滞らないということ？　財政破たんは？　国は税収で各支出をする訳だけど、物が回っている以上、何処も困らないならどんどん印刷すれば良いの？　日本は物凄い赤字を積み上げているらしいけれど、そんなのはどんなに膨らんでも実質破たんしないなら、そのアイデアは凄い。

確かに凶作でもなければ食べ物は何とかある、働く人も居る、いつもと違うのは回っていなかったお金が消えた、株価が下がったという事だけなら、回っているお金は止めないようにすればいいの？　お金をどんどん作って？　問題は働かなくても収入がある事かも知れない。皆が働かなくなって消費をするだけになれば、誰が美味しいお米を作ってくれるのか、誰が生活に必要な製品を作ってくれるのか、誰が運んでくれるのか。社会全体が死んでしまう。

本当に困るのは食べ物や色々な製品が手に入らない事で、お金が無い事ではない。働ける人が誰も働かないのにお金があっても何もなければ、もう何の価値も持たなくなる。貨幣が流通手段という以上の力を持ち、何処かに偏ってしまう事が問題なのか。社会全体が持っているお金の量は変わらないのに、不況になるというのは投資や株価の事なのか？　やはり動かないことが不況の根本であれば、政府が今回少ししてきたように、バラマキが有効という事なのか、もっとした方が良いのか。私にはやっぱり経済は分からない。今の株価の上昇は変らしい。

日本の食料自給率は４割を切っているという。なんと恐ろしい。それなのに食料の廃棄量は凄い。

私は食事に入ってご飯の付いたものを頼むと、丼でもたいてい「ご飯を半分に」とお願いする。「残して下されば良いですよ」と言われることがある。何てことを、そういう問題じゃ無いでしょ！　残飯は上手に回収されて、牧場などで牛さん達が食べてくれる仕組みなのかも知れない。それでも、ちゃんと人間が食べられるものは食べられるだけ作って大切にしないといけないのじゃない？　そういう私もつい食材を無駄にしたり、作りすぎる。そしてちょっと無理すれば食べられそう、とか思うと残さず食べてしまう。これも困った問題。

日本中で毎日、まだ食べられるものがあらゆる所で捨てられていると思うと、飛び出して行って牛のように突進しようかと思う。待って！　食べるものが無い方に何とか渡して下さい！

どこかの国で街角に冷蔵庫が置いてあって、余った物を入れる人と持って帰る人がいて、そうして無駄をなくしている。それも、誰が管理するのか、事故が起きたらどうするのか、となるかも知れない。お店や倉庫から回収して格安で販売したり、組織で配っている方達もいらっしゃるようだ。無駄を出さない、廃棄を少なくすることに各方面で真剣な取り組みが始まっている。

報道の真実

テレビや新聞が嘘や、間違ったことを報道していたら本当に大変です。でも、これまで残念ながら無かったとは言えないのですね。私たちは出されたら当たり前のように信じてしまう。

真実は時として扱う人の主観でも変わってしまうことがあるようです。客観的真実などを掴むことは、私たちには難しい。小さい例では、健康情報などが一つの発信拠点から出ると、流行のようにどこも似たような情報が出され、実は違いましたという事がある。悪意でされたら大変だけれど、報道の中には、そうなの？　感覚とかけ離れている気がする、という事もある。偏った報道もある。自分で調べないといけないなら、何処が本当のことを言っているのか分からないなら、どうしたらいいのだろう。凄いことを取り上げている、と思った番組が打ち切られることはたまにある。

北海道の鈴木知事が番組で取り上げられていた。若ければいい訳では無いけれど今回のコロナに対する事でも、道民の多くは「鈴木さんが何とかしてくれるから安心」と思っているようだ。素晴らしい！　東京都の職員から夕張市民に必要とされているからと、大幅減収になっても足に豆を作って頑張ってこられた。そして道民の役に立てるかもしれないと知事になられたという。同じ責任のある立場になられた方々で同じ思いの方は多いと思う。本当に国や県や市を思う人、結果に繋げられる方に頑張ってもらいたい。ずっといて、何もしなかったらしい。何か言っているだけ。そうしたら次は退いて欲しい。日本は議員さんの数が人口の割に多いという。多くても必要で機能していればいい。

日本の人も世界中の人も、一人一人は幸せを、安心を求めている。責任のある人が、良い思いをしたり、気持ちがいいからそこに居たいというのは許されない。どんな団体だって、国だって、会社だって同じでしょ。皆のために、頑張ってくださーい！　色々に負けないでくださーい。

19・12・14　ローマ教皇が来日され「日本は経済的には大変発展したけれど、若い人たちが社会から孤立して家に引きこもるという、特殊な形がある」というようなことを仰ったらしい。えーこれは世界中にあることではなくて日本や韓国あたりだけの事？　それにしても、昔はこんなに多くの人が引きこもる状況にはなかったのではないか。子供が中学くらいの頃、どこどこのお子さんが引きこもりらしいよ、とマンション内の噂になったりしたぐらいだからそんなに多くはなかった。30年位前のことだ。今は若い人だけではなく、中高年、昔で言えば定年と言われる位の人たちにも、かなり社会と断絶した生活をしている人が多いそうだ。それが世界的なことではなく日本の特殊なことだとしたら、日本には住みにくい何かが、生き辛い何かがあるということなのか。

コロナ体質というか私も家にじっと座ってひたすらテレビを見たり、ぼーっと庭を眺めているのが好きだから、出かけても用が済むと、さぁ、家へ帰ってゆっくりしよっと帰ってくる。子供の時から道草をしなかったわけではないが、家にいるのが好きだった。これで、もしかして外に行くのが苦痛な訳があったりしたら簡単に引きこもるかもしれない。

１日中家にいるなんて考えられない奥様方もたくさんおられる。私は出不精だけれど、それよりも何かをする、特に出かけるために化粧をするというのが面倒なのだ。男の人はいいな。

洗顔後の手入れは肌のためにちゃんとするし、化粧をするのが嫌いではないし綺麗に仕上がれば楽しい。キレイに見えたりすると、すごいなぁと思いながら角度を変えて見たりした。ところがものすごく無精で、座ったところから動きたくないので、立ち上がって何かを取りに行くという事さえ面倒だ。草刈正雄さんが家の中にいてじっとしているのが好きだと言っていた。トイレに行くのも我慢をし、顔に半分日が当たっていてもそのままいて半分日焼けをしたと。お見事。とにかく面倒で、ただじっとしていたいというのがそっくりで笑える。草刈さんは凄いと思う。

でも彼は多分引きこもりにはならない。私も出不精だけれど引きこもりにはならない。退屈というものをしたことが無い。時間が足りないと思う位、したい事がいっぱいなのだ。じっと、ぼんやりしていても、やろうと思っていることが列をなしていて頭の中は忙しかったりする。会いたくない人や腹の立つこと、そういう事がないわけでは無いけれど、幸いそうして引きこもってしまった人に比べたら、人との関係を自分で思っているより能天気に捉え、色んなことが自分に向けられていたのかも知れないのに、気付かなかったか。気が小さいくせに大雑把なのだ。

心配なのはローマ教皇から見ても、そういった他者との交流を絶っている人たちがたくさんいることが世界では特殊な事だということ。他の国にもある当たり前ではなかったのだ。どうしてこんな風になったのか、よその国であまりないのなら何か変える方法があるのではないか。交流を断ってしまった人たちを新しい生き方に変えるのは難しいだろう。手伝ってあげようとしても本人には本当に迷惑だったり。もしかしたら最初は迷惑に感じてもいつかお節介をよかったと思うことがあるかもしれない。日本人の持つ律義さのようなものが関係しているのだろうか。世界の中で、子供の精神的幸福度が調査した国の中で最下位に近いとか。こんなことも関係があるのか、もっと根本的な原因があるのかもしれない。

少子化で日本は労働力不足が深刻になっている。もしいい形で、その人たちが生き甲斐のようなものに出会える仕組みが出来たとしたら素晴らしい。少子化対策ではフランスは成果が出たようだ。日本の出生率はなかなか上がってこない。

## 神様のこと

神様っているの？　このことは演劇でも様々に取り上げられる。いると信じている人には、いる、としか言えない。まさに信じるものは救われる、だ。神様が居ると思うことで救われる思いはたくさんあるのだから。でも信じていてもいなくても、何か知らない大きな力が働いて助けられたみたい、偶然？　と思う時がある。護られているような、今無意識だけど事故を避けたよね、ぶつからなかったよねと思うようなこと何度も何度もあります。ありがたい。

私は元日の朝、何時に起きてもお日様を拝む。どこにも神は居る。

２０１７・３・２

あるがままで尊い。それが法華経の精神だと。そうだとしたら、いつも何者かでありたいと思って生きてきた私は、どうしても自分を認めたり、安心して生きることができないということになるのだろうか？　あるがままとは、何もしない、という意味ではないだろう。

２０２０・１・５

漠然とだけれど、お釈迦様が好きで信じている。お釈迦様が悟ったこと。そこにはやはり真実があり、それはそんなに難しいことではなく、凄く深くて凄く単純なことかもしれない。般若心経に書かれていることだろうか？　超越した存在とかではなくて、自己の内面の気づきによって様々なチカラや信念が生まれる。政治と宗教、野球のことを話題に出してはいけないらしい。それぞれの考え方や贔屓があって必ず揉めるからと。信ずることは現れる、らしい。だったら良いことを信じたらいい。

辛いこと、痛いことがあるとそのことが気になって頭から離れないで病気になったりする。もっと大きい痛みや大変なことが起きると、前のことは大したことでは無くなってしまう事がある、あの頃は良かったとさえ。痛みや苦しみは大きくても小さくても辛さには変わりが無いかもしれない。

元気いっぱいな健康な体も、心に、衝撃が深い苦しみを与えたりすると一気に体調に出たりする。体が疲れ切っていると、心の元気も失われるが、弱った心に元気を与えることができるのは希望だったり成果だったり、愛。それが目の前にあるだけで体まで元気になってしまう。

堂々とちょっと偉そうなポーズをとって2分間、そうするとテストステロンが出てきて、実際に人の前でも堂々とした振る舞いができるそうです。ちょっと沈んでいる時も、とにかく声を出して大笑いをすると実際に笑ったと同じ効果が現れるそうですね。心も体も、10年前より若い気がする。また何でもできるような気がする。

ニヒリズム

いつごろからだったか覚えがないのです。学生時代「ハムレット」を読むような年ごろには、そういう感じだった記憶。命の意味が分からないと思うことが度々ある。

結局、それで生きることにはどういう意味があるのだろう、それは物凄い深淵が心の中にすっと現れるのです。すべては虚しい……。慌てて、一生懸命に「自然界を見て！　あのたくさんの生き物たちの命をつなぐ営み！　絶対に、生きるということだけで絶対的な意味がある！」そう自分に言って、虚無を払いのけるのです。きっと自分は鬱傾向なのだと思いました。

意味が分からない。仕事もあり、子供もいて、時間も自由も、自由になるお金も、それからまだやってみたいこと、やっておきたいこともあるのに。そういうことを含めて意味を見出せない時がある。結局すべては無意味ではないか。種の保存ができても最後はすべてが、いつかただ消えてしまう。それでも生きる意味はあるに決まっていると、どこかで分かっている自分がいる。

ドストエフスキーの「カラマーゾフの兄弟」の中に「人生の意味を問うのではなく、人生そのものを愛することである」という言葉が、兄弟の会話の中に出てきて、はっとした。


ある時、「そして言うまでもなく、我々はみな、生きることは意味あることだというふりをして日々を生きているけれども、実は誰も、生きることの意味など知りはしないのである」（放送大学教材　世界の名作を読む　工藤　庸子）という文章を見つけて驚いた。

ええっ、そうなの？　意味あるふりをして生きている？　生きることの意味は知らない？

楽しくない
20年近く前、思い切って一つの目標だった事業のためのビルを作りました。場所は名古屋の中心からも近い、ＪＲ線と地下鉄の駅近くの絶好地で、当時の状況から言ってありえない規模の建物でした。決して大きいとは言えないけれど、小さいとも言えない。手許金があったわけではなく銀行から全額融資のお話を頂いていました。思い切って仕事の一里塚とか色々な意味をもって実行に移しました。

完成して返済の見通しも問題ない状況で、身の丈以上のビルに色々な方が訪れられ新しい交流も生まれ順調と言って良い状態にあるとき、ふと鏡に映る自分の表情が気になりました。いつもあまりにも沈んでいて、どうしたことだろうと怪訝に思いました。この沈鬱な表情はいったい？

これはいけない。本当に楽しくはなくていいから、とにかく表情を変えよう、唇に笑みを湛え元気な表情をしていよう。そう決めてから鏡の中の自分が変わりました。あの楽しまない顔つきはいったい何だった？　どうして？　達成感や意味を見つけられなかったのか見失ったのか。

心理学の勉強をするようになり、ライフサイクル論のところで、ユングの診療所を訪れる、ある人たちの話に心が留まった。

「外的には全く普通というより、むしろ普通以上に社会に適応し、社会的地位を築いている人がたくさん相談に訪れ、来訪者の3分の1はそういう、臨床的に定義できるいかなる神経症にかかっているのでもなく、自分の人生の無意味さ、無目的に苦しめられているのである。これが現代における一般的な神経症と言われても、私は反対すべきではないだろう、自分の患者の3分の2は人生の後半にいる人たちである、とユングは述べている。

『人生の段階』の『人生の正午』と呼んでいる人生の重要な転換期、また心理的危機の時期として取り上げたことであろう」

個性化を達成すると人格の中心はもはや自我でなく、意識と無意識を統合する自己との出会いによって人は平静を手に入れ、死を恐れなくなる。ユングは「人生の自然な終点は老いではなく英知である」と弟子たちに述べていた（臨床心理学特論　放送大学大学院教材）。とこんな言葉も心に留まった。これはもしかして、お釈迦様と同じことを言っている？

地球が生命体なら……死ぬのは怖くないと思ったと、息子がいう。凄いかも。

その頃読んでいた本の中に、何事にも喜びを感じない王子の話があった。「1日に1回、人を喜ばせなさい」と教えられ、それからその王子は幸せになった。

ある日食事をしながら、どうして私はこんなにも味気ない思いで食事をしているのかと思ったとき、ああ、食事を頂けることに感謝していないからかも、と気付き、それからはどんな時も、どんな食事も、「いただきます！」と心を込めてきちんと手を合わせてから食事をするようにしました。食事を有難く思えるようになりました。多くの日本人は今もそうしている。

子供のとき読んだ、トルストイの小品はいくつか覚えている。ある国の王様が病気になった話。医者の見立てでは国中で一番幸せな男が着ているシャツを着せれば治るという。家来は国中を回るが見つからない。ある夕暮れ、貧しい家の前を通りかかると、中から「あー、腹いっぱいだ。あとは寝るだけだ。俺は世界一幸せな男だ」と聞こえて来る。家来たちが、それっと中に入ってみると、男はあまりの貧しさにシャツを着ていなかった。

それから、こんなものもあった。どこまでも続く果てしない土地の持ち主から、土地を分けて貰う事になった男の話。一日回ってロープを張れたところ全部が自分のものになるという条件で、男は日が昇るとすぐに出発した。浮き浮きと買った土地の使い道などを思い浮かべながらせっせと回ったのだが、欲を出してあまり遠くまで行ったので夕方陽が落ちる寸前に大急ぎでようやく出発地点近くまで戻ってきた。あと少しだと皆が大声で呼んでいる。男は最後の力を振り絞り駆け戻った。「おめでとう、これで、この土地はあなたのものだ」と言われても、男が再び起き上がることは無かった。

川端康成が自殺をしたのは、若い女性に恋をしたのが原因だったと聞いた気がする。生前親しかったという岸惠子さんが、先生ならそうされると思っていました、というようなことを言っていた。なぜかは言わず、ただその結果を受け入れているような発言だった。では自殺の原因は？　ずいぶん前の事だし本当のことはわからないけれど、美意識ということを考えると、そうだったかもしれないと思う。それにしても岸さんはいつまでも綺麗。

私は、さいわい足腰に問題はないし、親からもらった丈夫な歯でよく噛んでゆっくり食べ何でも美味しい。ここ数十年、あまり変わらない格好で、むしろ少し派手になって、自分ではさっそうとヒールで歩いている。年齢を言うと驚かれたりする。でもこの間洗濯をしていて、いつもより水槽に注がれる水の音が大きく聞こえて覗きに行くと洗剤のトレイが引っ張り出したままになっていた。先日は持ち帰ろうと思った本を帰りがけに入ったトイレに置いてきた。会社のトイレだったからスタッフに回収して貰った。置き忘れは今までもしょっちゅうだけれど、とうとう始まったかと怖くなる。

老いは避けようがない。歩けなくなるかもしれない、動けなくなるかもしれない。認知症になるかもしれない。うまく病気か何かで死んでしまえば良いけれど、あちこちボロボロで見る影もないほどになって、色々分からなくなって入所した施設か何かでひどい目にあってもそれさえ分からなくなって、そんなことになったらどうなるのだろう。川端さんは老醜を恐れて自ら命を絶ったのだろうか。

私には自殺はできないだろう。子供に大変な思いをさせる事はそれこそ思いもよらない。だから一生懸命体を動かしバタッと倒れたい。でも私は半端じゃない怠け者で、動くのが苦手でいつまでもボーッとテレビを見ていたい。こんなことで大丈夫だろうか？　西洋には、寝たきり、という言葉がないと生命保険会社を起こした人が書いていた。施設に入ったとしても、朝、食事をしに部屋を出ると担当者が部屋に鍵を掛けてしまうとか。するとどうしても外に出かけるか、みんなで集まっておしゃべりや日向ぼっこでもするしかない。日本では命の流れとして、老年期に入ると「寝たきり」の時代があるのが普通のようになっている。実際はヨーロッパであろうと亡くなる前には同じだと思う。

仕事を始めた時から、気の合う人との共同住宅、シェアハウスのようなものをあれこれイメージしていつか建てたいと思っていた。老人ホームの様なものでなく一緒に苦労した仲間とか、知り合い関係者だけが入居する特別なハウス。今はせっせと旅行に出かける。もう50か国くらいになるか。何度か行った国もある。普段は全く動かない暮らしだからリハビリだと思ってどんどん出かけることにした。そのうちなんでも面倒臭くって、どうでもよくなって、何も分からなくなって消えていく。

毎日、頭の中で文章を考え続ける、毎日。何かを書こうと思って以来、この事はこう、これはこう、と頭の中で文章を書き続けている。そして実際にはどうしても手を付けられない。多分もう何年も経つ。振り返ってみると時々は文章に残している。表現のことも趣旨も、これでいいのかこれでいいのかと思うだけで進むことができないのだ。

電子辞書の日本の文学の中に「死者の書」を見つけた。なんとも不思議な文章で、読み始めた時なぜだか読んだことがあるぞ、これ、なんとも心ざわめく、なんとも懐かしい気がした。それにしてもものすごい。美しさも妖しさも、ダイナミックさも、同じ現代の人間が書いたものと思えない、なんと言っていいのか、うまい、心地よい。折口信夫という人はどんな才能なのだろう。

字が大きくページも捲らなくていいので気軽にいろいろ読み始めた。すごいラッキーかもしれない。テレビやゲームから離れて少し活字に戻れるかもしれない。それにしても電子辞書ってすごい！ 数独やらゲームをこれでし続けた。相当暇だった。家事はほったらかしで逃げ込んでいるのか、いつかは書こうと思っていることからも。私には最後の課題。いや、山のようにため込んだ服やらボロやら本等の整理もしておかなければならない。書く、ということが、そういう事と同列なのだ。

学生の頃から長い事日記を書いていた。毎日長々と書いて何十冊とあった。大人になってからも書いていた。ほとんどが心の中の「想い」。私の宝だった。ある時、思い切って処分した。そして長い事書かなかった。書いている暇も無かった。

思えば、私には真ん中がない。ひたすら夢を見て美しいものを追い求め心を揺らす。ずっしりと胸に抱く思いがない。信念というか。人間も表面しか見られない。

詩人の谷川俊太郎さんも、言葉が足元から湧いてくるように詩が次々と出来ると言われていたのに、ある時、全く書くことができない言葉の浮かばない時期があったようだ。

2020・6・10

時間の事　以前は30秒とか1分という時間でも、エレベーターを待つとか電車を待つということができず、エレベーターのボタンを押してから自宅の鍵かけるなど、まるで自分には無駄な時間はないという意識だった。今は目の前で電車が出たとしても、ちょっと気持ちよくきれいに歩いたりする時間や、少し瞑想をする時間ができたと余裕で思える。

2017・3・2

人生の達人

今私は、もしかして人生の達人になろうとしているのかもしれない。1か月ちょっとほとんど閉じこもった生活で。なんでも面白くなった。お笑い番組も、何をやってるの、この人たちという感じだったが、映画やドラマの一場面でも何気ない言葉も何でもすぐ笑える。何が変わったのか。

掃除を始めた。高いところに上がるのもあまり苦では無くなったから上のほうの埃もどんどん取る。自分の好きなことに時間を使い過ごしてきたから、週1回は丁寧に掃除をしようとか、いろいろ決めても実行したことがない。しないといけない事からして行き24時間からはみ出した分は、後回しにされ短縮される。生きてるしー、生活できるしー、それより仕事をしなければいけないしー、仕事が無くてもやりたいことがいっぱいー、というので、ちゃんと隅まで掃除するという事に無縁だった。

部屋の中を見回して気持ちの良い空間にしようと決めた。一週間位掛かって全部の収納の中まで一か所ずつ中から取り出しては整理し片付け、家中の埃をなくそうとピアノの裏側まで乾拭きした。カビ？　いつの間に？　時々小さい扇風機を下から当てることにした。家の中の隅々まで埃がなくなった。気持ちの良いこと。どこで寝転んでも良い。ドディが帰って来たからそれは無理になったけど今頃になってこの快適さに気づくとは。片付けをしたら世界が変わった。何もかもが輝いている。

## 平等

社長職として一線を退くまで、おかげさまでたくさんの給料を頂いた。どんなに収入が多くなってもそれは「会社を守るための預り金、何が起きても迷惑をかけないように困らないように」という考えで過ごしてきた。生活はずっと変わらない。たまにちょっと贅沢と思える外食や旅行をする。家を建てて移っても暮らしぶりは変わらない。亡くなった夫の住居に同居した時期を除き35年間ずっと同じマンションで暮らし、そのことは誇りだった。いつか思い通りの家を建て庭の緑を見ながら暮らすという夢は叶った。何でも質素に、生かせるものは最後まで生かして勿体ないことはしない。それが私の豊かさなのだと思って、わずかな収入だった時も、人より多くあった時も変わらない暮らし。

でもお金は使ってはじめてお金として役立つ、と思っている。病気で美味しい食事や好きなものさえ食べられない大金持ちの話もある。考えると人間は、個人が使うお金はある意味平等になるように出来ているのではないかと思える。立って半畳、寝て一畳と言うし、一人の人間に必要なものはそれほど多くは無い、たくさん持っていたって使えないし、食事だってなかなか二人分は食べられない。

余計なお金があれば、お金に振り回される。あるものを有難く上手に使う誇りがあれば、人は満たされた人生を送る。平等でないのは、資質でしょう。天才と言われる人があるように、人によって物凄く差がある。経営やスポーツ、芸術的なこと、センス、そして人に寄り添える思いなど。それも、色々な資質や角度から見るとまた結局平等に作られていると思える。

人にしたことは自分に返ってくる。これも母に教わった。化粧品を始めたころ下着の仕事で一緒だった人から健康器具の販売に誘われたことがあった。製品の機能の優秀さは理解できた。知り合いがむち打ちだというので勧めることにしたのだが、一緒に行かなくても上の人と行くからというので頼みました。結局、同行していないと言って成績にも紹介したことにもされなかった。そんな事をする？　と、その人の店の前に車が道路にはみ出して止めてあったのを何度か見て、何かで引っ掻いてやろうかと思ったことがある。当時、事務所の近くでそういう犯罪か悪戯が頻発していて浮かんだ。

そんなとき、その仕事で高山へ体について専門知識のあるご夫婦と出掛けた。その帰り、ご主人が車を運転したいと言い出し交代して、すごいスピードで夜中の飛騨川沿いの道を飛ばし始めた。片方は山で崖。これは無事には帰れない、でも死ぬことは無いだろうと後部座席で押し黙っていたら、突然カーブでガードレールにぶつかり、ガガーっときた。助手席で眠っていた奥さんが衝撃で怪我をしていました。実際その勢いで車ごと川に飛び込んで全員命を落としてもおかしくない状況で、車はといえば前のドアは開かなくなり見事に凄いことになっていた。

その時、思いの恐ろしさを感じました。軽い気落ちでちょっと傷をつけてやりたい、と思っただけだったのに私に返ってきたのは、傷どころではない大きな刻印のようでした。「人にしたことは自分に返ってくるよ」と母から聞かされていましたが、思っただけで悪いことってこんなに恐ろしいのかと、それこそ恐ろしい思いでした。それから、そういうことは思うだけでもできなくなった。親しくして頂いている方にその話をしたとき、私もそうです、と言われた。気の良い聡明で優しい人です。

それにしても思うだけでなく実際に人に色々な仕打ちをする、し続けている人が、何事もないように生きられるのはどういうことだろうか。因果応報は必ずしもそうとは言えない。

しかし物事にはすべて原因があり、結果がある。無かったことにはならない。食べたものは必ず身になる、消費しないことには。一つの結果が原因となり次の結果に繫がる。

下の兄は退職後、会社を手伝ってくれている。子供だった時に妹の私から見ても、この人と結婚する人は幸せになるに違いないと思えた。温厚で安定した信頼できる人なのだ。たまに体調が悪かったりしたけれど、いつの間にか私より元気？　という位しっかりしている。奥さんと散歩に出かけたり体操をしたりしているらしい。この家族の結束は凄い。何かあっても家族中で同じ方向を見て助け合う。息子は、この兄が居なかったら大変だったという。信頼して総務や経理を頼めるのは有難い。この人は争いが嫌いで決して人を傷つけたりしない。

恕　本を読んでいたら、「論語の中に弟子の子貢から『一生守るべき最も大切なものはなにか』と尋ねられた孔子が『それは恕であろう』と答えられたという対話が出てくる」という一節があった。恕とは許すこと、思いやること、という意味らしい。寛容は大きな美徳かもしれない。

「おのれの欲せざるところ、人に施すなかれ」と孔子は続け、それが恕の精神であろうと。（「心配事

の9割は起こらない」三笠書房　枡野俊明著より）

子供のころ母から「人を悲しませることをしてはいけない」と教えられ、その言葉はずっと自分の行動の規範になった。母は孔子を尊敬していて、世界の四聖などと話していた。あれは孔子の教えだったのだ。「おのれの欲するところを、人に施すことためらうなかれ」と続いて一歩進めて書かれている。人が嫌だと思うことをしないだけでは、足らない。

喜んでもらうことが好きで、できるだけのことをする。仕事でもプライベートでも、みんなが気持ちがいいよう常に気配りをしていたと思う。それでも十分でなく、またこちらの気持ち通りには受け取ってもらえないような、誤解されているかもしれない、そんな思いを抱いて落ち込むこともよくあった。疎外感の中で、誰もがこんな風に生きているのかしら、と。

誰かが不機嫌な態度をしている。原因不明。何か気に障った？　良かれと思ってしたけれどドジった？　分からないけど腹を立てているようだ。そういう時、落ち込む。でももうやめ。もう気に病むのは止めよう。ずっとずっとそういう時に心を痛めてきた。もういい。私はそういう風に人に不機嫌な顔をしないもの。そういう人には、させておこう。言ってくれないと分からない。そう思えるようになった。どれも思い過ごしかも知れないし。最近、アドラーの「嫌われる勇気」が流行っている。

物事の評価をきっぱりする人がいる。人それぞれの見方感じ方があるはずだけど、物事には共通する一つの真実があるのだろうか？　やっぱり違うと思う。違うように見える人たちもいる。

ある講習会に出ていた時、色々発言するのだけれど何か突っ張っていて、どうせ浮いているでしょ、と思っているように見える人がいた。その人の発言を一々頷くようにして聞いた。そうしたら嬉しそうだった。そして仲良くなった。

時々行っていたお店のカウンターで調理している子が人の顔を覚えるのが得意で人懐っこい顔をしていた。2、3年ぶりに散歩がてら出掛けた。マスクをしていたからすぐではなかったが、食べていたら気付いたようで眼が笑った。私も僅かに口の端を上げた。それで会話になった。それにしてもよく覚えているものだ。あの子が居ればお客さんは気分よく、きっとまた出掛けていく。全ての事は人と人の関係だと思う。国同士と言うけれど中身は人間同士、トップ次第で仲良くなったり戦争したりする。仲良くした方がずっと得なことが多いし戦争にもならない。トップ次第で国が変わる。

皆さんに伝えたいこと「愛」「思いやり」「信頼」「誠実」それさえあればどんなことでも成し遂げられる。　タリバンと戦い学校を作ったサキーナ・ヤクービ

思いやりと愛があれば世界を征服できる。　ペルシャの詩人ルーミー

アドラー心理学。

そのままの自分を認める。普通である事に勇気を持つ。ライバルを持つことは意味がある、その人と競争する必要は無い。

劣等コンプレックス　見かけの因果律を立てて自分の人生の課題から逃げようとする。現実を受け

入れるしかない
優越コンプレックス　自分を実際よりも優れているように見せようとする。肩書き、ブランド品、過去の栄光にすがり着く、自分の手柄でないことを自慢する。

他者からどう見られているかを常に気にする。自分についての理想を高くしようとする。相手の価値を貶めることで自分の価値を高めようとする。

不幸自慢　自分が不幸であることで特別であろうとする、優越性を持つ。

我々の文化において弱さは非常に強くて権力がある。劣等コンプレックスと優越コンプレックスは反対のようでつながっている。

人間は人と関わって傷つくことを恐れている。


『サピエンス全史』（ユヴァル・ノア・ハラリ）という数年前に出版された本があると知った。ホモサピエンスの最大の特徴は、フィクションを信ずる力、というところ。すごい納得。それで今まで疑問に思ってきた様々な事に答えが出る。確かに、お札を手に「お金ってみんなが欲しがるけれど、これ自体には何の価値もないじゃない」と思っていた。1本のお団子の方が100円玉よりよっぽど魅力的。でもそれは100円玉で手に入る。お金の価値を疑わない、その約束の上に成り立っている仕組み。これはすごく不思議なこと、誰も疑っていないって凄い！　と時々思う。

宗教って、私たちが思っているよりずっと前からあって、フィクションを作り出せるから作り出したフィクションで人間は自分自身を苦しめるから、宗教がなければ生きては来られなかったと。

人間は力やスピードでは他の動物に劣っているけれど、皆で力を合わせ工夫すれば強い敵も倒すことが出来ると知ったから地球上に勢力を持った。それを忘れたら、いつか滅ぶかも知れない。

勿体ない

何でも、今は使わないから位では捨てない。まだ、生きている、活かしてあげれば役に立つかもしれない。そういうものが何年かして、丁度ぴったりで現役に復帰する。百円ショップで買ったものでも何万円もするものでも同じような扱い。問題は場所を取る。空間をあれこれやりくりして納めてしまうのが得意である。引っ越した時には空っぽで快適だったのに、階段下収納は、もうどうするんだという状態になった。それでも、アッ、これはあれがピッタリに違いないと思いついて、何も買うことなく問題が解決した時の満足。やめられない。あったことを忘れてしまう物もたくさんあるけれど。

布や紙が好きなのだと思う。コンマリさんは凄い。その技以上に羽ばたき方が凄い。教えられることは多いけれど、私はあんな風には捨てられない。洋服も、現役、たまに使う、使う時もある、使うかもしれない、使えるけど使わない、絶対に使えない、と、分類はこのくらいになってしまう。

台所洗剤が嫌いだ。洗剤を綺麗に洗い落とすだけで時間が掛かってしまう。少しでも川を汚したくないと思っている。だから貰い物で置いてはあるけれどまず使わない。汚れた皿などは使った紙などで大体落としてから、亀の子たわしを使って水洗いをする。そうして食洗機に入れる。食洗機用の洗剤も使ったことがない。自社製品の《花子》を使う。花子は多目的洗剤で泡は立たないし、過炭酸ナトリウムと酵素で作られていて、汚れだけでなく除菌も消臭も漂白も油落としもしてくれ気持ちよく洗いあがる。茶渋も付かない。トイレも綺麗になる。洗濯にも必ず洗剤と一緒に使っているし、浸け置き洗いや皮のバッグ、シミになってしまった洋服にも使う。洗濯も海を守るために、一人でも抵抗するのだと思って長い事粉石けんを使っていた。食洗機と洗濯機から週に何回か花子が流れるからうちの排水管は多分綺麗ではないか。今は洗剤もずいぶん良くなった。

樹木希林さんが本木さんが台所の洗い物をしてくれるという時、あれこれ指図をしているのを見てちょっと似ていると思った。彼女は要らなくなった布などで綺麗に、ほとんど洗わなくても良いくらいまで汚れを落としていた。私は男の人のパンツなどは勿体なくても穿けないと思うが彼女は見事だ。家具を拾ってきたりもできない。長年癌と闘っていらした。凄い方だった。物は活かしてあげないと、命を全うさせてあげないといけない。本木さんは、才能に恵まれた希林さんには僕の苦しみは分からないと、自身を取り上げた番組で言っていた。

巨人の原監督が「目指しているのは、ギリギリで勝つこと」という話をされていた。大勝ちは目指していないと。確かに凄い点差の試合がたまにある。勿体ない、次の試合に少し取って置いたらと思うと、次は大負けしたりする。原さんは凄い。過ぎると碌なことはない。

2019・10　旭岳に登り、知床遊覧船に乗り、見たかった釧路湿原を少しだけど歩いてきた。どこを行っても紅葉が美しい。こんな時期の北海道は初めてだと思う。釧路の街の中の、何とか市場で勝手丼というご飯をいただく。ご飯はミニにする。配られた1600円分のチケットを握ってお店を回り、ご飯の上にあれこれ選んでのせてもらう。ウニがおいしかった。お味噌汁はほっとする。

こんな時期、こんな時間にこんなところでこんなことをしていられるのも、本当にたくさんのお客様のおかげ。お客様だけでは無い、私がどこで何をしていても頑張ってくれているスタッフ、それからお取引先、メーカー。なんといっても会社を守り、私には思いつかない方法で運営している息子様のおかげ。息子を褒めるといつも「見苦しいからそういうことを言うのはやめなさい」と旦那に言われたけれど、有難うございます、と思わざるを得ない。

この所、旅行は海外が多くて、南米やアフリカまでも出かけた。国内旅行もこれからは行かなければ。そういうことも何もかも、もとはわが社の製品をお客様が愛用してくださっているお蔭だから、ものを粗末にしたり必要以上の贅沢をするなんて、申し訳なくてできない。

いいのよ、十分働いてきたし結構な歳なんだから、そーゆーことを人からも言われ、そうだ私はリタイアしたんだからと自分でも思うけれど、誰でも一生懸命働いて歳をとれば出来るとは限らない。だから巡り合わせというか、これにも感謝の気持ちを忘れてはいけないと思う。

結局人間というのは平等に作られている、という気がいつもしていた。色々大変だったりそれなりに良かったと思えたり、そういう事が大波の人、小波の人はあるけれど結局は平等に出来ていると思える。大成功した方に幼い頃から経済的に恵まれず普通の人は体験しないような苦労をされたという話はいっぱいある。一方、特に目覚ましい話はないし、それなりに大変だったと思うこともあったけれど全体として穏やかな、お蔭様で良い人生だったという方も多いと思う。私は何気ない時、例えば庭の木の葉に午後の日差しが当たってキラキラしているのをただ見ているとき、ああ幸せだなぁと思ったりする。知人からは「これまでそんな事があったのに、よく耐えられたね。本を書いたら？」とか言われたりする。そりゃあ、思い返すと大変だったと思うし、誰にでも乗り越えられただろうかと思う。そういう事も含めて人間に与えられているものは平等に思えた。

けれど決して平等ではない。「格差の時代」と言われている。ミャンマーへ行った時、日本はほぼみんな平均しているでしょ、ここは違うよ、と言われた。日本だって十分格差社会だと思うけれど、その程度の話ではないらしい。気候のお蔭で食べるものがないという事はないので、親の家に居さえすれば年中ゴロゴロしていても生きて行かれるらしい。そういう仕事のない若い人がたくさんいると。カンボジアのガイドさんは子供の時、政変が起きて父親が肩車をして沼地を渡り国外に逃れた話をして下さった。ネパールで見たのも凄い格差だった。

日本も労働力不足を盛んに言われているけれど、職のない人達の数も相当になるようだ。壮年の引きこもり状態の方も多いと言うから、もしその人達が動ける状況になれば補い合えるかもしれない。それにしても人口は減る一方で、ということはお客さんも減っていくはずなのにもっともっと労働力が必要とは変な気もする。

格差はいつから？　それは人類始まった時から必然的に始まったのではないか。例えばみんなで獲物を追い詰めて倒し、肉を分け合って共同生活をしていたとする。でもそういった助け合っている人の中でも力の強い人、足の速い人、獲物を倒すのが上手な人、要領の良い人、そういう人たちがいたはず。遠い昔は獲物を平等に分けていたという考察もあるらしい。

そういえば色弱というか、今はそう言わないかもしれないけれど色が別の見え方をする人たちが一定の割合で存在するけれど、その大昔、草が生い茂っている中で獲物を見つけるのはその人たちの識別力が大きかったと言う。今のように色が氾濫している世界では逆の評価を受けることになると。

人間には他の人には考えられないような、想像もできない力を持っている人たちがいる。例えば音楽、その人たちには特別音が聞こえていて、記憶することができ作り上げることができる。絵を描くことだってそう。ゴッホはどんなに絵が売れなくても描くことをやめなかった。それは本能のように描き、本質的に自分の能力を知っていたからに違いない。歌手の人と普通の人の歌の違いは、同じように正しい音程で歌っても心に響く魅力が違うのは何故だろうと思う。あの人達の歌には微妙な音の波があり、一つの音の周りに飾りのように別の音も出ていると感ずる。美空ひばりさんはまさにそのようにして歌っていたと最近知った。いろいろな力が正当に評価されたり生かされたりしているとは限らない。特に時代によって逆に異物として大きな圧力をかけられたりする。

パソコンもワープロも何も無かった時代、作家たちは大抵ペンで文章を書いていた。もちろん何度も推敲したり書き直したりすることもあるけれど、ほとんど手直し程度で書き上げたりする。ちょうど彫刻家が木の中に作りたいものの形が見えていてそれを彫り出すといった感覚の作業をすると聞いたことがあるが、出来上がるものが全て頭の中にあってどんどんどんどん書いていく、というタイプの作家さんがいるらしい。想像もできない。文化や芸術の世界に限らず研究や経営、あらゆる分野でそういう、他の人には見えないものが見えている人達がいて、外見は同じ様な人間として生きている。能力というものには、ものすごい、それはものすごい差があるらしい。

私のような凡人には何も見えていないけれど、ちゃんと生きて生活をしていくわけだ。それはでも一生懸命で、やっぱりすごいことだ。生きていくということ、それは大変で楽々成し遂げられるような人生はどこにもないと思う。一つ一つの人生。

　旅行をいっぱいするのは、凄くしたい訳ではない。もちろん見たこともないものを見、色々な出会いをすれば楽しいけれど、例えば今回のように一緒に行く人が行けなくて一人ツアーの中にいる。一人の楽しさは、それはそれで良い感じなのだが、一人を楽しんでいるとこんなことが何？　もう私の人生は終わっている？　いつ終わってもいいな、何かをしてもしなくても同じじゃない？　というような虚無的な考えが浮かぶ。多分何か生産的な事をしていないとどこか自分を責めているというか自分は意味のないような気がするのだ。こうしてたくさん旅行をして疲れて、父や母がそうだったようにバタンと逝けたらラッキー！　と思っているのだ。でもそれも変。それなら旅行でなくてもいいじゃない。することがないから何かを一生懸命する、家にいると運動しないから旅行で体を動かしている等々、いっぱい言い訳をしている。そう、何かが違う。納得していない。生産的というより、評価はともかく自分にとって意味あるものに関わっているかどうかという事だろうか。

　会社へまともに行かなくなって5年か6年か。何がどうなっているのか分からない。私の仕事とされている事以外、全く手が出せない。自分の身体は血も肉も会社の事で出来ているような感じだったのに、どうしたらここまで関わらずにいられるようになったか。その方が良いと思うけれど、これはかなり酷い。気付くとスタッフが私の知らない事をサッサとこなしている。完全に蚊帳の外状態。全然問題もない。それにしてもこの5年間、日々仕事に携わり頑張って来た人と、壊れる様に自堕落を極め、まるで別の事に興味を持って生きた人間にはこれほどの差がつく。会社の事は一から十まで自分が仕組みを作り、全て教えて来たにも拘わらずだ。全てが一か所に留まってはいないのだ。

若い日に知り会った人から、会わなかった数十年の間に何があって、会社を興しそれなりの事をしたのか不思議に思われたりする。毎日々々、目標に向かって積み重ねる者は昨日と同じに見えて立ち止まったり戻ったりしながら絶えず前進を試みる。勿論それだけではなく、きっと何かの巡り合わせが存在する。若い時、その人の人生はその人が望んだもの、その人生をみんな生きていると思えた時期があった。その答えは、本当は分からないけれど全く違うとは言えないと今も思える。その上で望んでも望まなくても訪れる巡り合わせがあるようだ。

私にもこのまま進むとこうなる、と真っ直ぐに道がはっきりと見えていた時期があった。殆ど確信だったしそれはその通りになった。色々な問題にも障害や圧力にも襲われたし相談出来る人もいない中、恐れが無かった訳ではないけれど、いかにして進むか、乗り越えるかしか考えなかった。人生の中で何も考えずに向き合えるものに出会っていた時だったと思う。いや頭の中は常にフル回転で考え続けなければいけない事ばかりだったから、すべき事に迷いがないというか、そういう意味で何も考えなかった。ひたすらすべきことをし続け作り続けた。何が必要か全部わかっていた。その結果小さいけれど通信販売の化粧品会社として数年間は倍々以上に売り上げを伸ばし、身の丈に到底合わないような拠点としての社屋も建てた。その時間、思い出すとロング・バケーション、好きなことをしていた。本当に長いお休みの中に居たような、世の中の縛りの外に居たような感じだった。長い夏休みを終えて現実社会に戻ったように今は過ごしている。怠け者で家事も不得手な自分に戻った。

年寄りがしていけないのは説教と昔話と自慢話と、情熱大陸で高田純次さんが言っていた。

晩秋の東北の旅、目的地の一つ乳頭温泉に入るころ雪が舞い始めた。野趣溢れるとでもいうのか、いつから建っているのかというほど古びて傾いたような小さな脱衣所の佇まいや正に自然の中と言った露天風呂に、気分が高まる。入るとあまりに狭い脱衣所、その隣の小屋内の湯槽は5、6人も入れば押しくら饅頭というくらい小さなもので、ここにツアーのみんなが一度に入る？　と驚いた。外は気温せいぜい2、3度。暖房も何も無いところで皆さん、さっさと裸になる。狭いので目の前の私の胸に付きそうな位置にいきなり裸の背中とお尻があって何故か驚いてしまった。驚いている間もなくどんどん入って行く人達。殆ど初対面なのにお風呂となれば戸惑いも無く全部脱いでしまえるのは日本人の風習だろうか？　とにかく入らねばと渡されたタオルを握り滑って転ばないよう足運びに気を付け仲間に入る。連れは少し温まると露天風呂に向かった。中も外も手摺りやお風呂の縁は真っ白でヌルヌルしている。そして名前の通り乳白色のお湯。源泉は56度くらいで絶えず広い池の様な風呂の中に流れ込んでいるらしい。温まってくると外気が気持ち良い。板の床を歩いていた人が見事なかっこうで滑って、両足を空に向けて尻餅をついた。気をつけよう。零下何十度の中、水着で走って池のような湯に入るアラスカのチェナ温泉を思い出した。

朝早くから中部国際空港を発って秋田に着き、いつもならまだ寝ているかと思われる時間から観光が始まった。紅葉は、まだまだ真っ盛りのようで角館の武家屋敷跡付近の勿体無いような、紅葉だらけの景色に感動する。どこも素敵で、一枚一枚の美しい葉たちが愛おしく、その毎年繰り返しているだろう営みに敬意を払いたいほど。そうか、それも人の手がたくさん入っているから。ここは桜の季節も素敵だったと仲間が言う。そうやって温泉三昧の旅が始まり今が盛りの見事な紅葉を見、雪のちらつく白い湯に入る。宿に入る頃には雪がかなり降ってきてガイドさんは明日の心配をしていた。かなり古くて増築を繰り返したかと思える複雑な構造のホテルで、それもなかなか面白い。

翌日はすっかり雪景色に変わっていた。寒さは予想以上で準備して来た服では追いつかない。重ね着をして、貸してもらったユニクロの軽いダウンを来て、その上に持参したフードのショートコートを着てやっと気持ちの良い暖かさに。その感じも楽しんで出発。

東北は何と言うか、何が違うのか分からないけれど暖かい。何だか懐かしい日本の様なというか。何なのかもう一度巡って確かめたい。

コロナで自粛していた旅を始めた。ＧｏＴｏキャンペーンだ。奥越後へ。清津峡のトンネルの床の水面に映るあの景色を見たくて行くことにしたけれど、初日の奥只見湖の赤と黄色と緑の混じる紅葉に感動。今日が最高の見ごろですと遊覧船の船長さんの案内があった。いつも観光先をほとんど頭に入れないで行くので、出逢えた圧倒的な美しさに嬉しくなる。八海山や湯沢高原やたくさんのロープウエイやリフトからの眺め、山じゅうが紅葉しているのを堪能した。番組で見てから行ってみたかった清津峡、インスタ映えというのか、どう撮っても絵になる。

３日目の終わりごろ、ガイドさんからクイズを出された。自分が地球最後の人となった時、４つの動物の中から１つ選んで一緒に暮らせるとしたら何を選ぶかと。虎、羊、馬、孔雀の４つ。羊か馬かなと考えて、羊にした。これは心理テストのようなものだという。虎を選んだ人が大切にしているのは権力、そして羊は愛、馬は仕事、孔雀はお金という事だった。やっぱり愛か。そしてちょっと仕事という事か。一緒に行った人は馬を選んでいた。

ここでふと東北の暖かい訳に想いが行った。景色もそうだろうけれどガイドさんだ。色々な所へ出かけたから、たくさんのガイドさんや添乗員さんに出会った。旅の満足感はかなりその人たちに依る。イギリスでは一々気に障って疲れる人に会った。その時も景色や町や村の様子に救われた。トラウマになりそうな人もいた。海外旅行では支配欲のようなものを持っている人がいる。ツアーの間は子分でも出来たかのように振る舞うのか。ツアー客を無事に帰すために神経を使っているとそうなるのだろうか。サービスを間違えていると思える人もいるし気を遣わせる人もいる。そしてまた会いたい人も多い。オランダ・ベルギーの時は友達のように思えた。そして今回の奥越後は頼もしい面白い人だった。九州を回る旅も親しみのある優しい人だった。嬉野温泉の炊いたご飯本当に美味しかった。もう一度食べに行きたい。お米が自慢と、宿の人が言っていた。

思い当たった。去年の東北、ガイドさんと添乗員さんがいたが二人とも全く素のままの自然な感じがあった。特に会社から応援で添乗員としてきたと言っていた若い女の子は近所の親しい人のお嬢さんかと思う様な子だった。それが何だか東北って暖かいと思えたのだと思う。上でも下でもなく横にいるような普段の感じで接してもらっていたからではないか。それに景色に優しさ懐かしさがあるのかも知れない。ナチュラルでありのままは心地いい。来月は去年と同じころの東北へ行く。

人を、上からも下からも見たくない、横でいたいと思う。場合によって、たまにはちょっと上になったり下になったりして。でも人間関係は横でありたい。服従もご免だ。昔から小さい子とエレベーターに乗り合わせても下には扱わなかった。チビが私を好きなのは、彼の目線で一緒に遊んで楽しんでいるからだろう。私と遊んでいるところは親には見せたくないのか、あっちへ行ってと言う。

イ・サン

韓流ドラマ、奥様達の人気は衰えていないようだ。このドラマを見てからイ・ソジンさんのファンになった。別のドラマではなんだかゴツくて色気のない人だと思ったが、ファンになると何とも言えず笑顔が可愛く素敵に見える。

この長いドラマの中で王様が、失態を犯したイ・サンに言うセリフ。「そちは改革、改革と言っていい気持ちかもしれないが、王にとって一番大切な事は民を慈しむことである。民は貧しいものも地位や富があって悪事を働くものも慈しまねばならない。悪事を働く者たちといえども悪いところを押さえ良いところを生かしてやるのが王の務めである」

イ・サンは、市場を一部の商人が独占し利益を役人や高官が受け取っている仕組みを正そうと頑張るけれど利得を手放したくない高官によって謀にかかり改革は大失敗に終わる。イ・サンは言い訳をしない。どう回復するのだろうと興味津々。権力や利益を廻る仕組みはいつの時代も何処の国も、それを守っている人たちがいて変えるのは難しいのかも知れない。

会社のことを思うと確かに色々な人がいる。社長はよく見て、それぞれが生きるように働き場所を作り引っ張って行かねばならない。このドラマでは何度も教えられることがあった。なんでも勉強で役に立つ。それにしてもイ・ソジンさんの殺陣と集中力は凄かった。

　南米のツアーで一緒になった人と親しくなった。ドラマの話になって、鈴木亮平さんは凄いね。「花子とアン」の時に、こんな人が居たら絶対好きになると思った、あの誠実そうな爽やかさ、そうそう。と言い合っていたら、似てますよ、えっ私？　女ですけど。眼が似ています。

　なんか嬉しいかも。せごどんの、大きさを感じさせるところも良かった。瑛太さんも良い役者さんだと思う。妻夫木さんの感じは捨てがたい。挙げたら止まらなくなる。役者さんを好きになるのは、その役から。それから、やっぱり感動させる人、熱い人、上手い人、綺麗な人。

　菅田将暉さんの車のコマーシャルの透明感には見とれてしまった。何にでもなっちゃう。金スマに出てきた時、初めての対談形式だったけど滅茶滅茶面白かった。役者の生まれる話があり、中居くんが瞬間に見せた本音の様なもの、凄いなこの人たち。この形いいね。中居くんはドラマに出た時、候補作の中から自分に一番遠いものを選んだと言っていた。昔の演技術に拘っていたころの役者さんは、その計算が見えてしまうことがある。今の人たちは役になりきってしまう人が多い。

「冬のソナタ」は何度も放映され何度も見た。ソン・スンホンさんは、綺麗で誠実そのものに見える。「色の日記」は録画を消さないで見ている。イ・ヨンエさんもチャングムの時からファンだ。中国の「ミーユエ」に出ていたホアン・シュアンさんが、きりっとカッコイイ。「大地の子」の上川さんが中国語は全くできないと聞いた時は驚いた。どうやってあんなドラマを撮ることができたのだろう。毎週急いで帰ってテレビの前に座った。中国のお父さんは、なんて優しい立派な人と思った。

大沢さんの「ＪＩＮ－仁－」、毎回ドキドキして見た。最終回の、お慕い申しておりました、は、切なすぎる。この時の綾瀬さんは一番綾瀬さんらしいと思う。「俺の家の話」の最終回、死んだことに気付かない長瀬さんとお父さんの西田さんが本番中に話をする場面をぼんやり見ていたら、不意に涙がこぼれた。宮藤さんが凄いのか何だったろう？

大分前だけど「アリー・マイ・ラブ」もおしゃれで楽しかった。ソ・ヒョンジンさんの「オ・ヘヨン」は切なくて楽しくて幸せだった。母親役の女優さんは色々に出ておられるけれど、これが一番良い。役かな？　親子愛が嬉しくなる。若い時の錦之介さんに似た役者さんも出ている。筋が面白いのも良いけれど、終わらないで、と思わず願う心地よく楽しくて、うっとり何度も見たいものがある。

映画「離愁」。あれほど美しいセックスシーンの出てくる映画は見たことがありません。ロミー・シュナイダーと、男優も「男と女」に出ていた有名な方らしい。

ナチスから逃げる列車。男は電気技師か何か。妻子は別の車両に乗っている。男ばかりの貨物車に、途中で女が助けられて乗り込む。大勢が重なるように雑魚寝して眠る列車。短い旅の間に心を通わせた二人は、その中で愛し合います。数年後、男は呼び出され、この女を知っているかと問われます。命の懸かった質問。再会した女は会ったこともない顔をしている。知らないといえば終わる。男は一度、知らないと言い、思い直す。知っています、と女の方に近づく。女の目から万感の涙が。一瞬の恋で、愛だったのに。衝撃的に美しい映画でした。

イヴ・サンローランを描いた映画。圧巻だったのは、ファッションショーのシーン。究極と思える配色の衣装が次々に出てきた。世の中にはこんな色彩感覚の人が居る？

ずっと前の「パフューム」も凄い映画だった。「嘆きのピエタ」の最後は衝撃。スピルバーグの「太陽の帝国」には打ちのめされた。「ニュー・シネマ・パラダイス」や「風と共に去りぬ」は何度か見た。昔の「ひまわり」は大人で切なかった。デ・ニーロの「ミッション」も考えさせられる。

「るろうに剣心」旦那と観に行った。佐藤さんの綺麗さと圧倒的身体能力。「この道」という映画のエンディングに流れた歌、えっ、歌っているのは誰？　よく知っている童謡を初めて聴いたように驚いた。心に沁みる。ＥＸＩＬＥのＡＴＳＵＳＨＩさんだった。

『ワイルド・スワン』この本も凄い。とにかく濃い。わずか数行に凄い話が的確な表現で、きちんと勢いよくどんどん書かれている。凄い記憶力、文章力。中国には心意気で胸を打つ古典、物語がある。読もうとも思わなかったマルクスの『資本論』は面白いかも。

シェークスピアは全作品読んだ。山本周五郎も、松本清張も大抵読んだ。源氏も全部読んだ。盛んに書かれていたころのばななさんや宮城谷さんの本もたくさん買った。

若い時、終電で『銀河鉄道の夜』を読んでいて乗り過ごし、友達の家に泊めて貰った。『星の王子さま』を貸してもらって読んで、感激してノートに全部書き写した。岩波文庫や新潮文庫でロシアやドイツ、イギリス、フランス辺りの有名な作品は結構読んだ。モーパッサンやヘッセ、プルーストは興味深い。ゲーテは好きだった。魅力的で素晴らしい才能、感動を与えてくれる作品はいっぱいある。

「法華経」の全訳を貸して下さった方があった。結構何巻かあった。それを読んでいた時、あの時あんた優しかったよと妹が言っていた。釈迦を書いた本もいろいろ読んだ。笠井先生が教えて下さった高校の古文の教科書を4冊、今も持っている。いつか時間が出来たらゆっくり味わいたいと思って引っ越しても持っていた。きっともうすぐその茶色になってしまった教科書を手にする。

先代の猿之助さんがスーパー歌舞伎でオグリ判官を演じられた時、ステージの真ん中できりっと立つその姿は完全に若者に見えた。還暦を迎えられる頃だったと思う。今の猿之助さんの「ワンピース」を見に行った。この人は舞台に居ること、演じることが嬉しくて楽しくて仕方がないのだろうか。観客に身を投げるかのように、信じ切って自分を解放しているように見えた。あんなに観客を愛しているように見える人は見たことが無い。テレビドラマではそうでも無いよね、と言うと、彼は「受け」の芝居が出来ないからね、と友人が言う。そうなのか。「半沢直樹」で歌舞伎の皆さんは、やりたい放題やっておられた。その後のドラマも楽しんでおられるように見える。

狂言の萬斎さんは動きや姿が魅力的で、つい映画も見てしまう。親子3代で共演されるのを見た。3人が同じ姿勢で並んで立つところがあり萬斎さんに見劣りはあり得ない、と思っていたのに万作さんと並ぶと違った。腰の曲げ具合据え具合というか構え。これが人間国宝なのかと思った。テレビの子供番組に萬斎さんや勘九郎さんの出演しておられる豪華な番組がある。幼い時にこんなものを見て育てば日本の芸能は心に根付いて残っていくだろう。

ワンコの散歩をしていたら「フレンチブルドッグ？何歳ですか？」などと話しかけてくださる人に

会った。何人かで出てこられたところで、お店の明かりで見える横顔に見覚えがあった。振り向かれた顔は吉田鋼太郎さんだった。嬉しくなって「こんばんは、今日は名古屋ですか？」などと声を掛けると気さくに返して下さった。

イギリスのシェークスピアの故郷に行ったとき、そこの劇場で吉田さんが上演されたお芝居が好評だったと聞いた。熱くて凄い方だと思った記憶がある。テレビでお見掛けするより細身で優しそうに見えた。何だか身近に感じて、小さい出会いも大切にする人に思えた。

役者さんにはやっぱり色気というものがあるのだろう。この間、幼馴染と話をしていたら「さとちゃんは若い時から色気があって、あんな風になりたいって憧れだった」と言うので驚いてしまった。そうなの？　痩せっぽっちだったのに？　あまり良くない事？　そうでもない？　そうしたら、もうちょっとモテテも良かったなー。あ、他にもそう言った人がいた。昔居候させて貰っていた母の友人の家へ寄った時、一番末の子に「智子ちゃん色気があるね」と言われた。その時彼は東大生になっていた。そして、なぜそんな風に見えたのか色気とは何か文章を書いた記憶がある。私はこの人のお兄さんがちょっと好きだった。親しい友人だった彼のお姉さんにも、随分長い間、会っていない。

色気ってなんだろう。少し世間からはみ出ている人？　はみ出して生きるのはちょっと面白い。そして恐ろしい。はみ出している人が全部色っぽい訳ではないだろう。その人の心情、自信とか職業とか。やっぱり見た目？　肩とか目線とか仕草とか表情、雰囲気。作っている人も無意識の人もいるだろう。太地喜和子さんはしたたり落ちるようだった。やっぱりある種の包容力のようなものかな？

少し笑みを含んだ顔付きかもしれない。私は時々男の人に誤解されていると思う事がある、好意を持っていると。そんな顔をしていました？　少し気分が悪い。考えたら一度も自分からは出なかった。私は、少しはみ出した人が面白くて好きなのかもしれない。スリルを求めて生きる事を色気とは言わないけれど、少しドキドキしないと面白くない楽しくない人たち。それも色気かも。

じゃ、世間て？　ご近所？　無難な考え？　常識？　誰かが言って皆が同調したこと？　みんなが同じ事を考えるのは共通した利害がある時とか心を動かされるような事とかなら、その場の殆どが同じ思いを持つのは分かるけど、人はそれぞれ色々な意見を持っているはず。

はみ出している人、色気のある人は世間から目の敵にされるのだろうか。逆らってはいけないのだろうか。誰かが言い出した事が正しいとして広がって恐ろしいことになる事はないだろうか。

世間に負けた〜という歌や、天国と地獄だったかオペラにも「世間」は出てくる。世間は隣の八百屋のおばさんと、お向かいの秤屋のご夫婦や両親の知り合いの事だったのだろうか。私は世間の人に後ろ指をさされてはいけないと思って、愛が見つかる当てもないのに26歳になる迄に結婚しないといけないと思っていた。皆良い人たちだったけれど。

じゃー愛は？

寄り添う気持ち、大切に思う、護る、幸せであってほしいと願う、無事を祈る、したいことをさせてあげたい、応援する、比べない、信じる、認めてあげる、理解する、尊重する、見ていたい、一緒に居たい、大切なことはちゃんと話し合う。それから何だろう？　手を離す、誠実である。

比べないことは大事、幸せの秘訣かも知れない。希林さんも言っていた。比べたり、軽んじたり、虐げられることで人は何より傷つく。

好き嫌いは単純に感覚で、信じていい感情か。愛は理屈の入った感情、情念のようなものか、状況次第で思いが変わる。それは本物じゃない。それは好き嫌いも同じか。理屈抜きの愛は掛替えがない。愛も恋も、簡単に変わったり消えたりするものだろうか。人は大切に思われれば相手も大切に思う。嫌われているかも知れないと思うと、それも返す。

何気ない一言が深く心に刻まれることがある。愛も尊敬も憎しみも勇気も生むかもしれない。


人間関係がどんなに大事かは、オキシトシンの事で分かります。人は、愛されていると思うだけで生きていけます。自分がそう思っているだけでもいいのです。誰かが抱き締めてくれるだけで幸せになります。赤ちゃんはスキンシップが無いとちゃんと育つことが出来ないそうです。

会社に標語が貼ってあります。「元気」「笑顔」「挨拶」「感謝」。元気な笑顔で挨拶をされたら誰でも明るい気持ちになれます。感謝を忘れなければ傲慢にならず、幸せになれます。愛を送る人になれます。「愛しているよ」とアメリカ映画なんかで子供に言うのは不思議に思える。そんな事、親は当たり前なのに言葉にする。でも、きっとそれは大切なことなんだろう。


私はお節介である。ああした方が良いのに、こんな事になっていては困るだろう、何とか伝えて上げようなどと、ついつい思ってしまう。口を出し手を出し、それが良い結果になる事も余計なお世話になる事も自分の思い込みの場合もある。年とともにあまり気にならなくなったり、出来るだけ口を出さない方が良いと思い直したり、気付かない事も多くなったようだ。

一方で、お節介どころかまるでボンヤリしていて目の前のことに全く気づかない事もある。こんな風でよく会社を興し70のこの年まで無事にやって来られたと有難く思うしかない。お節介の虫が起き何とかしなければと思うのは問題や不合理な事が起きている時、もっと簡単な方法で良いのにとムラムラする時。気付かないのは隠し事が進められている時、妬みや嫉み。

皆が普通に理解しているのに勘違いをしていたりする時など、気付いて慌てて何とか追いついたりする。反対にどう思われているか過剰になって、どこかに隠れたい時もある。若い時は赤面恐怖症だった。それでも生きてこられた。結婚して子供を育て、育てながら働いて何とか世間に受け入れられ、やってこられた。数々の後悔や悔しさ、奇跡のような出来事、出会い。思った事を形にするため綱渡りとしか言えない事でも、出来る！　と根拠なく突き進んできた。過ぎてしまえば、どこか自分のして来たこととは思えない。


ダラダラ果てしなく朝方までテレビを見、好きなだけ朝寝して、朝昼兼用の食事をゆっくりとして、山のように録り溜めた録画を見、夜になると夕食後の犬の散歩をちょっとして録画の続きを見る。短い一日。咳をしても　一人、よりなお一層の孤独はあると思う。この句を詠んだ時、放哉さんはこの句を目にする人を思い浮かべることが出来た。それでも、底なしの淋しさ。

どうしても会社の事、経営や今後の事を考えなければいけないことになって、ほとんどなまっていた体や脳が少しずつ反応し、これも悪くは無いかもしれないなどと考える。生きがいと言うのか、何かを目指して進んでいる自分が好きなのかもしれない。とは言っても、こんなに遠くへ来てしまった。なんとか息子のプランを知ることができた。彼は会社に入って20年、その半分以上を責任のある立場で要の仕事をこなしてきた。相当疲れが溜まっているはずだ。彼の性はひとところに収まらない自由。思いは飛んでいる。まして今は可愛くて仕方がない子供のいる幸せな家庭ができた。

怠け者なのに何者かにならなければと思っていた。まだ何かをしなければいけないのか。自然の中で、ただ気持ちよく過ごせればと思っていた。もう楽になっても良いか、立派な自分でなくても。何でも我慢していたかも知れない、縛っているものがあるなら解こう。

「生命とは虚無をかき集める力である」。終戦後に亡くなった三木清という方の本にあるらしい。虚無と闘い、ゲームのように仕事に熱中し、世間に怯え、好奇心には真っすぐ。ちゃらんぽらんのやりたい放題。辛いことはやっぱり人との関係。孤独もそこにある。待つのは誰でも辛い、孤独感が募る。こういうめげそうな時こそ、逞しく生きなあかん。もう待たない。

夢中になって取り掛かっていることがあると待っていたことも忘れてしまう。人間ってそういう勝手な風に出来ている。そうだ、あの人からはあれきりだったと思い出し、どうしたんだろうという感じになったり出来る。そうすると人の事も理解できる。夢中になってしていることがあるのだ。

それにしても、去る者は日々に疎し、と言うけれど、どんなに全てだと思った事でも過ぎてしまえば、何だったの？　と言う様なことになる。結婚していたことさえ忘れて生きている。七回忌が終わって、もう新しい人生を歩こうと思った。生活から消えてしまえば確かにいつの間にか忘れてしまう。思い出す時、懐かしく温かい気持ちになるか、苦々しく思うかは違う。思い出になっても、楽しく気持ちが良い方が良い。毎日顔を合わせ、話をする人たちの会話は尽きない。しばらく話さない人とは会っても話題もなくなる。やり取りがなくなれば、それに慣れてしまう。

しようと思う事は何でもできると思っていた。どうしてもやりたいと思ったことは行動した。その我慢はしたことが無い。出した言葉は何度も後悔した。何でもすぐにクヨクヨする。落ち込むと立ち直るのに時間がかかる。

書くこと、自分と対話することは凄い。すべては「想いの中」にある。でも一緒に良い時間を過ごす人は欲しいな。佐野洋子さんは何だか凄い。物の本質を知っているというか。

息子が私のことが気になり始めたみたいだ。何だかだと言いに来る。チビは相変わらず抱っこされている。最近、何でも怖いと言うらしい。そんなに抱っこしていては当たり前じゃん。

すっかりパパッ子になっていた。おばあちゃんと遊ぶのもそろそろ卒業かな。チビも次のステップに行かなくては。いつも出掛ける時に、ばーばも行くの？　と訊くらしい。

人は嘘を言うことがある。自分でも思いがけない時に出たり、挨拶でもするように重ねる人もいる。

嘘は真実ではないから、そのうち分かる。本人は、うまくやっていると思って言っている。嘘というより言葉を上手に使っていると思っているのかも知れない。受け取る人は知らん顔して、また言っていると思う。人としての距離が縮まることはない。大した嘘でないなら言って得になる事などない。

人が好さそうなのに何故か誠実さとは違う感じがする、と思っていた人が、ずっと芝居をしているの、と言う。それで納得。そうやって人と仲良くし安全に生きてきたのだ。誰からも好かれる処世術だった。ずっとしているなら本物だし、そんな秘密を話すくらいだからやっぱり良い人なのだと思う。「あれは許せない、とか、これは許せない」などと、割りと聞くことが多い。「そういうことは好きではない」くらいの軽い意味にも使われてもいるようだ。でも、その言葉は傲慢に感ずる。

## カントの哲学

嘘を言ってはいけない。嘘を言わないで、相手を傷つけない言い方がある。
見た事が無い、とか、驚くべき内容でしたとか

スペインのアルハンブラ宮殿だったか、一人の少女が何か興奮したように話しかけてきた。誰かが、「あなたの顔が、とても好きだと言っています」と通訳してくれた。ヨーロッパのどこかの子のようで母親らしい人は子供のその様子に少し不機嫌な顔をしていた。何が気に入ったのか。この話を会社のお客さんで、座談会に参加してもらってから親しくしている栄さんと彼女のお母さんにしたことがある。再会した時、その話が出て思い出した。人間の好みというか感性は不思議なものだと思う。初

めて会ったのに妙に気になる、惹かれることは確かにある。人は誰かに初めて会った時、瞬間にその人の自分の中での居場所を決めているのではないか。人に何か頼むときも、この人には受けて貰えそうとか、とても無理、と何となく予想できる。どこで感じているのか当たっているとは限らないが、良い人そうとか怖そうとかだけで判断しているのではないだろう。

栄さんとは結婚してドイツへ行かれた時も、日本で暮らすことになっても連絡を取り合っている。結婚式にも招いていただいた。田中も交えて一緒に旅行をしたりもした。栄さん親子は魅力的。お嬢さんは浮世離れしたようなところがありいつも笑顔で表情も意志もハッキリしている。ドイツ人のご主人は一目惚れだ。お母さんは人が好さそうでパワフルで知的で優しい人。この方から「恩おくり」という言葉を教わった。震災の時、家族と一緒に名古屋へ来て暫く会社で避難生活をされた。

知り合いが結婚を決めた時は10代で、見込んだ男性に「婿に来てくれるなら、社長にしてあげる」と口説いたという。相手の方は了承して、実際に二人で頑張って実家を盛り返し大きな事業にされた。また、別の知人は交際を申し込んできた人に「結婚を前提なら」と言って了解されたという。20歳前後で、そんな風に言える発想はどこから来たのだろうか。自分のボーッとしたその頃を考えると、まるで違う世界を生きていたようで唖然とする。彼女たちは大人で世間というものを知っていた気がする。そういう考え方は環境なのか教育なのか。

## 澤村貞子さんのこと

名女優だったと思うけれど、子供だったし好きなタイプの女優さんではなかった。洒脱と言うか如才ない感じの達者な演技で、出てくるだけで作品に重みを与えておられたと思う。ご主人は編集者だったか何かでご病気をされていて、澤村さんは忙しい中でもとにかく食事を完璧に作り物凄く大事にし尽くされていたようだ。セリフを覚えなくてはならない時もご主人が休まれてから、それも起こさないように布団にもぐって台本を読んでおられたという。何よりもご主人のことを優先し、生涯愛し尊敬し、そして本当にお幸せだったと。凄いな〜、そういう人に出会い伴に人生を過ごされたことは、何にもまして女性としても人間としても幸せなことだと思う。同じ状況でも人によってはこの上ない不幸になりうる。それは澤村さんの見事さで幸せ名人なのかもしれない。この世に生まれて、たった一人でいい、お互いに向き合って生きる事の出来る人に出会いたいと思う、誰でも。

## 護ってくれる言葉

高校生の時、社会の先生に小原先生という方がいらっしゃいました。この小原先生から授業中に頂いた、ある一つの言葉は、生きる上で大きな力になり、後押しをしてくれたと思います。

「ええですか！　あんた方、逞しく生きな、あかんですよ！」

それは授業とは関係なかったと思いますが、何か「前向きに生きなければ、何があっても怯まずに生きなければ」という思いを持ったと思います。怯みそうになった時も心を後押しして、勇気を奮い立たせるのに役立ったと思います。困難があっても信念を持って努力し、目標を目指す勇気、そういうものを持つことが出来たと思います。

大きな石の顔、おぼろげに覚えている国語の教科書の題材。アメリカのどこかの田舎に、顔のように見える大きな石があった。いつかその顔に似た偉人がその町から出るという言い伝えがあった。色々な人が町から出て有名になったり、大きな仕事をしたが石の顔には似ていなかった。その町で育って石の顔をいつも見ていた少年がいた。今は老人になった彼は特別なことをしたわけでもなく静かに暮らし、町のために出来ることをして生きてきた。その顔はどこか大きな石の顔に似ていた。

NHKの「プロフェッショナル」で、箱根の名物バスの運転手さんを取り上げていた。お客さんから声を掛けて頂いたり、ちょっとした交流が出来る。誰かがきっと見ている、声を掛けてくれる。これは宝ですよね、嬉しかったです。もう後、何も要らない。プライドを持って、一つ一つ手を抜かずに仕事をしていく事です。守るべきものがある当たり前の生活。当たり前で、二度とない、この日を守るために。

色々な人が素晴らしい話をして下さる、勇気を下さる。そんな思いを受けとめて、出来ることがある。誰かが見ている、声を掛けて下さる、それは、自分がしている毎日の仕事が掛け替えのない、輝くものになる事。そう、私もそんな声掛けや交流をすることはできる。ちょっとした折りに感謝をこめて。

何かの器具、例えば腕時計、新しいものを購入して喜んでいると、それまで何の問題もなく動いていた今までのものが止まってしまったとか、何処か見えなくなってしまうという様な経験、したことがあるのは私だけだろうか。なにか物にも心があるようだとそういう時、思う。

元々ガタガタになっていたパソコンがとうとう壊れた。ちゃんと閉められないしディスプレイが内側と外側に剝離して中が見えそうになりセロテープで止めた代物をだましだまし使っていたが、閉じることも出来ない。画面も見えずデータも取り出せなくなるかも知れない状況に、やっと買い替えることにした。いくら古くてもこんなことになったのは最初のころ落としたりしたからだ。外れてしまった小さなネジを見つけて、あまりに小さいので購入した電気屋さんに持っていった。ネジ回しを使うだけなのに修理になるので店では触れませんと言う。持って帰って細いドライバーを使ったら簡単に締めることができた。それから長いこと使えて、そんな小さなネジの役割の大きさを思った。

このパソコンは全く動かなくなったこともあった。この時も修理をお願いしたら信じられない代金を言われたので持ち帰った。充電したまましばらく放っておいたら、なんと生きていた。その時は中身に執着がなかったが今度は違う。ここまで書いた原稿が消えるかもしれない。ＵＳＢなどを使って何かあったらと、それさえ怖かったが、新しいパソコンに何とか移行した。

そうして新しいパソコンが相棒になり気分よくまた書き続ける。ところが勢いよくページを移動していたら、突然画面がおかしくなった。消えたわけではないが１００ページを超えるはずなのにどう見ても、とてつもなく大きな１ページになってしまった。原因はわからない。ああ元通りにはできないかもしれない、乱暴な操作で壊したのかもしれない。きっと調子に乗っていたのだ。どうしよう、ここまで来て、と落ち込んだ。

翌朝、電話をするとＷＥＢレイアウトというのにワードの書式が変わっていただけで、ボタン一つで戻った。胸を撫でおろす。これからは乱暴には扱わない、何でも。それにしても、そんなボタンのあることも知らずに長年パソコンを使っていた。時間ができたら少し勉強したい。確か高齢でプログラマーになった女性が話題になった。古いパソコンを頑張って使っていたのは、この原稿が出来上がるまで最後まで一緒に走る、そんな気持ちだった。

私の庭は美しい。可愛らしく香りに満ちている。春ともなれば桃源郷のようだと思う。初めに咲くハクモクレン。木々に緑の葉が芽吹き、その下に可愛らしい花たちがいっぱいに咲き競う。芝桜がピンク、赤、薄紫それぞれにふっくらこんもりと広がっている。穏やかに温かく可愛らしく華やいで。

庭に行くたびに昨日とは違う何かを発見する。レンギョウ、オウバイ、ニオイバンマツリも早く咲いた。今日は山吹の花。ミツバツツジも美しい。ドウダンツツジもサラサドウダンも可愛い花を付けた。ピンクと白のライラック、ハゴロモジャスミンも大きくなった。ハツユキカズラは花でも咲いているかのよう。日陰のアルペンブルーとピンク、ミリオンベル。挿しておくとどんどん増えるイソトマブルー。サクラソウやアザレアが庭の雰囲気を春らしい明るさにしている。チューリップとヒアシンスも見える。ベゴニアが伸びていた。ミニシクラメンがまだ咲いている。ハナノキもサルスベリもコウチワカエデも葉っぱをたくさん出してきた。威厳を持って立っているモミジバフウ。

冬の間頑張ってくれたカクレミノやクチナシ、ハクチョウゲ、すぐに生い茂るヤマモモ、ナンテン。

マルバノキの緑が美しい。シマトネリコやオオデマリの葉の几帳面なこと。ムラサキシキブも頑張っている。桔梗が勢いよく伸びてきた。アジサイも大きくなり始め、ボタンやバラやシャクヤクがもうじき咲きそう。こんなに華やかに咲いて良いのと思わず思う。今年は白のハナズオウが美しかった。アガパンサスは咲くかな。クリスマスローズが今ごろ。シャクナゲはどうしたのか蕾も見えない。

思い切ってリンゴの木、そして梅酒のために南高梅を植えてみた。田中の家で作ってもらった畑に棒切れの様な梅の木を植えたら、3年目に大きな実を付け本当においしい梅酒ができた。実のなる木がたくさんある。キンカン、レモン、サクランボ、ユズ、夏ミカン、ジューンベリー、ブルーベリー、オリーブ、フェイジョア、ヒメリンゴ。ちょっと油断したらヒメリンゴのきれいな葉っぱに、小さなピンクがかった緑の虫が無数についてあっと言う間に食べられてしまった。とうとう防虫剤を買いに行った。欲張ってミカンの木も植えて貰った。イチジクは鉢植え。ブドウをいただいて植えたけれどちゃんと付いたか心配。庭の楽しみは美しさを愛でることだけではない。今度はここにあれを植えよう、育つ姿を想像して時を忘れる。その神々しいような美しさ、見る度に嬉しくて仕方ない。

南側の庭にはお隣の日本庭園との境に白い塀を建てた。この上をブドウのツタが這う予定だ。塀に棚を付け白い小さい鉢を並べ、シャベルなどが掛かっている。ガーデン用の日除け傘の下に小さな白いテーブルと椅子を二つ、息子が置いてくれた。蚊のいない季節は緑の中で寛ぐことができる。庭の世話は、蚊の他に太陽や雑草、猫とも戦わなければならない。庭で、ぼうっとしていると悠然と入ってきた猫と目が合うことがある。通り道にするだけで、この頃は逃げることも追い出すこともなくなった。アプローチや木の間を巡る部分には、南米産の明るい石を貼った。これは叔父の会社に頼んで入れて貰って、息子の友達が里帰りをして工事をしてくれた。ツルバラ用に緑のアーチも立てた。

広くない庭に色々植わっている。我ながら欲張ったものだ、月桂樹やサカキからエリカまで。出かけては買ってくる草花や初めに入れてもらった山野草達、グランドカバーと種から育てたハーブたち、スイートマジョラム、オレガノ、ローズマリー、色々なラベンダー、もう空いたところがない。セージもゼラニウムもミントも逞しい。今日は、田口トモロヲさんの「植物男子ベランダー」で見たタチアオイを買ってきた。トモロヲさんのナレーションのファンだ。

そうして、夢の中にいるようだとうっとり気分で眺める。この季節は特にワクワクする。人が、庭を見ながら通りすぎるのを見かける。小鳥や蝶もやってくる。ここで、ゆっくり呼吸をするとき幸せこの上ないものに感じられる。花や木を見て回り世話をするのはターシャの気分そのものに違いない、素敵々々と言いながら。花が人を狂わす話どこかにあった。

こうして木々と語らう生活を始めたときには、まだどこかに後ろめたさがあった。こうしていて大丈夫？　仕事に行かなくて良い？　けれどもういいよね、ゆっくり誰にも邪魔されない自分の時間をもっても許されるよね。本当に一生懸命で忙しかった日々。もう誰も難しい問題を持ってこないしドキッとする事もほとんど無い。この若い緑に囲まれた庭にも家にも家族にも社員にも、そしてたくさんのお客様に感謝。お蔭様です。昨日は目に映るこの優しい庭の木々たちをスケッチしてみた。そのうち色をつけよう。ここは小さい私の「ターシャの庭」。　２０１６・５

ノーベル賞作家の石黒さんのこと（カズオ・イシグロ）

なぜ書くのか
薄れゆく記憶の中の想像の中にある、個人的な日本という世界を残したい保存したい。

舞台や時代、ＳＦにすることも、全ての設定が自由だと分かった。

日の名残りの執事は、メタファー（隠喩、比喩）。

小説は真実を伝える手段、それが小説に価値がある理由。

どう感じたのかを伝えてほしい、それは人間の本能。

心情を伝えたい、思いを伝えたい。私はこのように感じた、君も同じように感じるのか。

人間としての感情を分かち合うのは重要なこと。

この世界に生まれた人間として、心を分かち合うことを最も大切にしている。

日の名残り、忘れられた巨人、遠い山なみの光、わたしを離さないで
コロナの中での言葉。怒りとは何か？　優しさとは何か？　愛情とは何か？　を考える〝ストーリー〟、こんな状況だからこそ〝ストーリー〟が必要だと思う。証拠に基づき、真実を見る手法が大事。


記憶は愛である、と言った映画監督もいた。

確かに、忘れない、覚えているのは愛に違いない。

大切なことは、一番大切な事はなんだろう。作り出したり生み出したり、そういうことだろうと思っていた。そうしていないと結局は満たされないのだと思っていたけれど、ここまでくると、片付け

ることこそ一番重要と思える。それこそしなければいけない事ではないかと。

エアコンの掃除をした。真っ黒になって、これはカビ？　拭いていると羽が外れた。中も汚れている。日頃買い込んである100円ショップのお掃除グッズをあれこれ見て小さなスポンジが先についた棒を発見。すっかり見違えるように綺麗になった。蓋を開けるとそこは汚れがない。洗った羽を元に戻しスイッチを入れると、おお素晴らしい。確か自動クリーニングのはずだったのに。でも、これで充分気分が良い。小さい事でも自分でやってみるって本当に良い。

今日は、庭の自動散水を直して貰った。先日、扉を取り付けたときに側を通っているパイプをはずしてしまったらしい。暑い中いつものお兄さんが頑張って直してくれた。冷たいウーロン茶を大きなグラスに入れておやつと一緒に渡した。顔と言い腕といい、汗でびしょ濡れだった。

ついでに扇風機の掃除もしてみた。気づかなかったけれど埃だらけ。掃除をして驚いたのは風がいっぱい来る。どれだけ埃だらけだったの。今日は気持ちが良い。

仕事をしている間に、下着でも化粧品でも大勢の方のお世話になった。どのこともずっと昔の事で夢を見ていて、その夢の中でのことだったように思える。

コロナで虹の会はそのままになった。大勢の人に喜んで貰えたら良いと思いついて思っただけだった。思っていればそのうち何とかなると思ったのか。何もしないことも苦しかった。きっと今の自分に相応しい何かがある。今は周りの人と一緒に少し何かができれば良い、みんなで健康に。

これを書き始めて、かなり集中していた。マンションへ最後の片付けに出かけ、その帰りどこかで食事をして行こうかと思いお店の駐車場に入り、思い直して帰って来た日のこと、携帯がないのに気付いた。鳴らして音のする所はないか探し回った。どうやら無いらしいと思った時、本当に慌てた。息子たちも降りてきて探したけれど見つからない。後はあの一瞬降りた駐車場しか無い。急いで行ってみた。近くまで行くと私が止めた列には1台の車も止まっていない。暗い地面を見ていると、わずかに光っているものが見えた。携帯だった。

本当にほっとした。いつも何か無くしたと思っては出てくるので、この時ももしかしたらという思いはあったが久しぶりに心が泡立った。やっと携帯に書き始めて、テレビ三昧の日々でとうとう書いた文章を、と言うより書き始める事のできた自分の前向きさを失いたくなかった。

突然、友人が癌だという。やっぱり、と思った。私が何か細胞レベルで病気にならない心の持ち方の様なものを身に付けたのじゃないか、それを教えて、と言う。今の私は免疫力を高めるような生き方をしていると思ったらしい。本当にそうか分からないけれど、どう言えばいいか、一言ではとても無理と思いつつ考えていると翌朝、漱石もどきが閃いた。

「流れには、棹ささない」と書いて、「お節介リスト」や癌関係の本7、8冊と見舞いの品などを届けに行った。翌日には数冊を読み終え電話してきた。役に立った事についてと「あと何年、生きたいじゃなく、たとえ1年半でも心穏やかに過ごしたい」と言う。凄い。前日には「あと4年は生きたいなー」と言っていたし、以前は「とにかく長生きしなくては」と口癖のように言っていた。コロナのように共存しようかと思うと言う。病気と共存の考えは良いかも。私はそんな風に言えるかな。父は倒れた時「もう、いい」と言ったそうだ。塩田の父もそういうことを言ったとか。人はいよいよとなった時、そういう心情になるものだろうか。義父の「生死解脱」と書いた色紙が残っている。

彼女は「それにしても、貴女は息子にちゃんと事業を引き継げて良かったわ」と言う。いや、引き継いだわけでは無く手を離しただけだよ。「ふーん、良くやっているから大したもんだわ」そう、私が言うのもなんだけど。

今日彼女から、玉ねぎのピクルスを食べて朝起きると、歩きたい！　と思うほど元気、と言ってきた。ご主人の血圧も下がって驚いたと。今、彼女が一番元気に思える。この人は霊感があると言っていた。「あなたをご両親が守っておられると思うよ」と突然言う。記憶力は抜群の人だけれど、どういう訳か私とのやり取りや色々なことを、すっかり忘れてしまう。でも私も印象的な事もすっかりと言うほど忘れることがあって、他人ごとではなく恐ろしい。

新玉ねぎをピクルスにして食べると美味しいと、その玉ねぎをおすそ分けしてもらったから、私はピクルス人生を始められた。そして、今、彼女にいかにピクルスが有効かを伝え、お礼を言われている。もしかしたら野菜をいっぱい食べる生活で、癌は克服できるかもしれないのだ。これまでだって彼女の生命力は半端じゃない。大丈夫だ。丁度持病のおかげで抗がん剤治療が出来ない。

アメリカでは、野菜を毎日5皿食べよう、という様なスローガンで癌が減ったらしい。以前は日本より多い国だった。野菜スープも相当良いらしい。済陽先生が癌に良いというのでたくさん本を書いておられる。

料理家の辰巳芳子さんが、「いのちのスープ」で言っておられた。

人が生を受け、命を全うするまで、特に終わりを安らかにゆかしめる一助となるのは、おつゆものとスープであると確信しています。いのちそのもの（神佛）の慈悲から目をそらさぬこと、愛し、愛されること、宇宙、地球、即ち風土と一つになり生きること。食すことは、いのちへの敬畏、食べものを用意するとは、いのちへの祝福。


すい臓がんに効く抗がん剤はありません、とハッキリ言われたのに、田中は、最後は自分で受けると言い出した。とてもがっかりし悲しかったけれど反対することは出来なかった。すい臓がんに限らず抗がん剤は20％の人に効果があれば認可されるという。もっと低いものもあるとか。残りの人は？それでもどこの病院でも体力があれば抗がん剤を使う。日本中の病院がそうだから病人は抗がん剤を使わないと不安なのだ。白血球が戻ると、せっかく元気になった体にまた使って叩く。白血球の中の癌と闘うリンパ球が減ってしまう。癌は小さくなっても免疫力を奪われた人間はどうなるのか。抵抗力の強い運のいい人が生還する。

あの頃あんなに調べたり話を聞いたりしたのに結局抗がん剤を使った。そして告知よりずっと早く命を落とした。野菜ジュースを毎日いっぱい作ったけれど、私が本当に野菜の力に気付いていたら絶対反対して、もう少し生きられたかもしれない。

16年前、家族だったジョディがリンパ腫と分かった時、治療すれば1年、しなければ3か月と言われた。そして1週間で死んでしまった。合併症が出たのか。一番忙しくしていた時期だから毎日朝から晩まで一人というか一匹にされて待っていた。息子と私は悲しみと同時に自分たちの責任に違いないと思えて号泣した。リンパ腫だったかも知れないけれど私が帰ると、待っていたよとでも言うように飛び跳ねて喜んでいた。とても元気だったのに入院してすぐに見るも無残な様子に変わった。会いに行くと家に帰りたがっていた。あの時も、そのまま家で見ていればもっと生きたと思う。それでも命が無くなれば何故治療を受けさせてやらなかっただろうと悔やんだと思う。それが寿命なのだ。

同じ対象を二つの方法で比較できないから、どちらを選んでも命を失えば後悔し悲しい思いをすることになる。私も野菜スープで末期の癌でも治るとは信じられない思いだったが今なら分かる。野菜ピクルスでこんなに驚いたから、そう言える。私は癌になっても抗がん剤は使わない。そんな恐ろしいもので、のたうち回って苦しみたくはない。お医者さんは抗がん剤を自分には使わないというのは本当だろうか。そのうち良い抗がん剤が出来るのだろうか。

妊娠中に癌が分かって大変なことになった人が、信じられないほどの困難を通り抜け、奇跡のように自分の命も赤ちゃんの命も守った。子宮が落ち着いてから、その状態でも使える抗がん剤を使い癌から逃れた。良い抗がん剤がもうあるのだろうか。胎児のために弱い薬が幸いだったか。

玄米の力も凄いらしい。栄養成分が完璧だと。玄米を炊ける炊飯器で柔らかく炊ける。圧力鍋の方が少し甘い感じ。私はお寿司のお米でもよく噛む。噛む食感もその美味しさも好きだから玄米だって苦にならない。回数は数えなくても口の中で溶ければ良いのだ。それから副交感神経を優位にし、色々から心を解き放ち、治った人の話をたくさん聞くのが良いらしい。最初にリンパ腫で入院した田中の病室には、きみまろさんや落語のＤＶＤを持ち込んで見ていた。

財政破綻した夕張市で総合病院が無くなり何が起きたかというと、癌、心疾患、肺炎の死亡率が女性の癌を除き低くなったという。地域の診療所や個人病院で患者さんの重症度を見て、入院や手術が必要な場合だけ札幌の病院に送るのだそう。プライマリーケアと言って、掛かり付け医が予防から在宅看取りまで行い、入院治療が必要な患者さんは非常に少ないことが分かったらしい。老衰の診断が増え救急車の出動も半減し自宅で最期を迎える人が増えたという事だ。日本の医療制度では難しいらしいが、患者さんの幸福という観点からも、治療とは、医療とはを、夕張市に学ぶことが多いとか。日本の財政問題の改善方法はもしかしてたくさんあるのかも知れない。在宅看取り、いいな。

アランの幸福論

幸福は、義務である。

悲観主義は、気分である。

楽観主義は、意志である。

自分が、幸せで無ければ周りを幸せには出来ない。

虚無との戦いは多分思春期から。子育てや仕事に打ち込んでいた時、みんなで騒いでいる時、恋かもと心が躍った時、気持ちの良い景色を眺める時など以外、時としてやってきた。人は時々鬱気分になるのかもしれない、そういうものかもと思い、誰もがそうなのか誰かに訊くことは出来なかった。

幸せの絆

これを書き進めて数か月、ある時、想いを深くし祈っていた時だったと思う、何かが変わるのを感じた。祈りは、いつの間にか心との対話になっていたのか、何か新しい人格を得て、悲しみも虚しさも溶かせる気がした。

大切なことが分かってくる、自分に必要なことも、どうすればいいかも。そして、なんとも落ち着く。もう、何も失わない、自分はここにいる、全て大切なものはあるし失わない。なんとも心穏やかな、落ち着いた優しい気分。夢の中でもないし普通にしっかりと物を見ている。

これは、生まれて初めて経験する気持ち、揺るがない何かを感ずる。もう虚無は消えたと感じた。もしかしてこれは？

物事が、こうでなければいけないとか、こうなれば良いのに、とは思わない。と言うか何でも、どちらになっても、問題はない、丁度良い、良かったと、受け止められるような、ああ、それで良いわって、凄く自由な感じ。

追い詰められて困った時、自分に問いかける。どうしたら良い？

じっと、心の声を聞く。かすかな何か、ふと感じて形にしてみる。浮かんだそれを取り出して広げる。それだけだけれど、解決が出来ている気がする。

もしかしたらユングの言う、意識と無意識を統合した自己との出会いが出来たのか？　分からないけれど、以後、困ったと思う事も悩みそうなことが起きても、虚無や孤独との戦いではない。しがみ付いていた自分を放したようにも思える。人のことを想うという事なのだろうか。

考えたら、生きるのに必死で、何とか今日の糧を得なければならないという状況がずっと続いていたら、こんな思いを抱いて生きただろうか。それどころではなかったはず。

虚無はどこから来ていたか。人としてのＤＮＡかも知れないし、人間の根源的な恐怖かも知れないし、それはたくさんの物語の中から自分で選び取ったものかも知れない。

人間は自分で望んだように生きていると、いつも思っていた。そうすると、この事も無意識に選んでいたのかもしれない。もしかしたら、ハムレットの様に悩むことが崇高な人間の証と思ったのではないか。もしそうなら、そう気付いたなら、シナリオを書き直せばいい。この世は楽しくて美しくて素晴らしい。それは自然を見たら分かる、きらめく陽射しを見たら分かる、赤ん坊の笑顔を見たら分かる。何でも面白がればいい。確かに私はよく笑うようになった。ちょっとしたことで噴いたりする。

これは他の事も同じ。腹が立つことも、悔しい事も、情けない事も、なんでも、思うように変えれば良い。面白い事に書き直せる。素敵にだって思える。自分がそう思えばいいだけだから、そういう癖に出来る。そうして嫌なことは消えてしまう。こういう時「ユーレカ！」って叫べばいいの？

瞑想で、静かな環境で一つのものに集中することから、体や心を観察するように観ていると様々なものに気付けるようになるそうです。自分の心が開いたように思えたとき、ただ心の中に思いを向けていました。そうやって心に浮かべるとは思いを送ることで愛なのかも知れません。そして、心が良い感情で満たされるような癖にすればいいのだろうと、人との関わりのことも尖らず。ちゃんと観ること、それが欠けていました。ずっと出来ていなかったと気付きました。ちゃんと観て、ちゃんと聴く。そうすると世界は広がり、そして身近になります。感じられ、理解でき、好きになれます。せっかくの人生、そうでなきゃ勿体ないですよね。

人間はずっと遠い昔、一人では生きることは出来なかった。どうしても仲間が必要だった。だから仲間外れや疎外感は命にかかわる恐怖に繋がる。今は一人でも生きられる。

だけど本当に一人の人は居ない。誰とも物言わぬ人だって食べ物一つ、全部自分の力で何もないところから生み出せる人はいない。お店に買い物に行く。食料を手に取って買って帰り自分で調理する。その事の、何処をとっても誰かの世話になっている。誰かが作り運んできてお店に並べたものを、誰かが原料を採取し誰かが造った機械で誰かが作った台所器具を使って調理しているのだ。

身の回りのものすべてがそう。全部、誰かのお世話になっている、それを自然に有難いと思えば良いのだ。今ここにいる自分は、間違いなく遠い昔の誰かが、厳しい自然との闘いに勝ち残って命を繋げたからある。こんなに凄くて幸せで楽しい事はない、奇跡のような命。それにしても、ここまで生き抜いたその繋げてくれた人たちは、どんな人生を歩んだんだろう、過酷なこれまでの時代をどんな想いで生きたのだろう。ここまで繋いで貰った大切な命。命は子供が居るとか居ないとかではなく、今生きていること、生きてきたこと、たくさんの想いを重ねたことで繋がっていく。

自分と仲良くすること、それが究極の繋がるという事だと思う。自分を大切にし、包んで許してあげれば良い、愛してあげれば楽しい。自分と繋がる、もう一つ奥にあった自分に気付くということは、もう寂しくないし揺れることもない、失う事のない幸せなのだと思う。不可逆的に自分のものになり、虚無に苦しむこともうない。

気の合う人が居たら繋がればいい、楽しい時間を持てばいい。一緒に筋肉なんか作ったりして。誰も気に入らなければ、周りの様々なものに微笑みかければいい、一人の時間を楽しんで。

やっぱり仲間が欲しいと思えたら、自分で一歩踏み出せばいい。踏み出せば何かに出会う。

久しぶりに親しい人から楽しいメールが入る。心があったかい。家族の何気ない一言、安心感が広がる。ご飯しようか？　そう言えば誰かがやってくる。

淋しくても誰かに想いを貰えば、愛を貰えば温かい。自分が誰かを想い、愛を送るだけでも温かい。そういう人が居るだけで温かい気持ちで生きられる。もう傷ついたりしないで周りを見よう。アン・シャーリーのように、凄く仲良しの友達を見つけたり、何でも楽しい空想にしたり、一人はこの上ない豪華な時間と決めてもいい。誰かと繋がっても一人でも、どちらも楽しめばいい。大切に思う人は大切にしたい。心が温かくいられる。

## 魔法の言葉

人が苦しい思いをする大きな原因の一つは人間関係。許せない想いや、うまくいかない関係があるのは辛い。関係が行き詰まって大変な時や良くない思いを向けられている時に、護る方法を教えて頂いた。心の中でも言葉でも、その人を思いながら「ありがとうございます、ありがとうございます」と言うのです。追い詰められて困った時も不思議なことにその問題は解決したり解除したりします。苦しかった時、その事を何度も経験しました。

知り合いが何か悩みがあると言うので話を聞くと、娘さんが自分に酷い態度で、とても苦しいと言うのです。私に言うほどだから余程困られたのでしょう。早速本を差し上げ、とにかく娘さんの住まいに向かって「ありがとうございます」と唱えるように教えました。驚いたことにそれから関係が良くなってしまったと連絡がありました。私も驚きました。娘さんには好きな人がいらしたのに、遠方のその方との結婚を反対して娘さんは別の人と結婚されましたが、それを恨んでおられました。

人間関係で人は最も傷つく。特に大切に思う人との関係、重大な影響を受ける可能性のある人との関係、それが思い通りにいかない時の苦しさは大変なものです。命に関わることさえある。その人に会わなくても冷たい氷がゆっくり溶け出すように変えてくれる言葉が、心で相手の人に向けて言う「ありがとうございます」深く想いを送るように。

それは、祈りだと思います。相手のために祈り、自分のための祈りだと思います。

想いは届く。いつの間にか思ったようになっている。

ずっと昔、どうしたらいいか決めることが出来なくて本当に苦しい時、義理と自分のしたいことの間で、どうすべきか悩みぬくことがあった。どうしたい？　どうしたら良い？　心に問いかけた。簡単ではない。あれも祈りだったのでしょう。自分の心の奥との遣り取り。そうやって選んだものが人生にとって良いかどうかは分からない。でも、後悔はしないで済むと思う。

　困った時、迷った時、はっきりとけ気付いていない問題がある時。そのまま進むつもりでいても、ふと何か気になって立ち止まる。その時、潜在意識は答えを持っていて信号を送っている。なぜか気になるところが浮かぶのだ。信号をキャッチして耳を澄ます。考えが浮かぶ。


　頑なと思える人が居る、ちょっとだけ柔らかくしたら楽しいのに。周りの人も気持ち良くなり、みんな幸せを感じられるのに。自分は正しいと思っている、自分の世界から出ようとしない、心を閉ざし人の意見は聞かない。原因はよく分からないけれど思い込みであったり、意地であったり、意趣返しだったり。柔らかな心でいられたら楽なのに、どうにもならない。

　失礼なことをしても相手が悪いと言わんばかりの人がいる。自分の価値観で判断し、盛り上がり批判して楽しむ人がいる。それで機嫌よく幸せなら良いのかも知れない。傷つく人がいなければ、そっとしておいてあげれば良いのかも。自分に非があると思うと、怒る人が居る、理不尽。

　私も頑なでした。腹を立てたままでした。他の人には「ありがとうございます」と心の中で言えました。でも、この人たちには許せない想いがあり言えませんでした。今の生活に関わりもない。でも、このまま終わっていいのかと心のどこかで思っています。許せる日は訪れるのだろうか。

　今は思えなくても自分も悪いと少しでも思えば「ごめんなさい。申し訳ありませんでした」と言えば良いのです。わだかまりの心を溶かす、魔法の言葉です。

　ユングの言うように、人類の心は深いところで繋がっているのだと思う。思っていると何故か通じます。この人たちにも心で言ってみると気持ちが穏やかになります。

出来ないと思い込んで何もしない人も、人に色々と何でもして貰って当たり前と思っている人も、周りの事に気付くのが苦手な人も、何かのきっかけで人の世話をしたり自分が役に立つことに気付くと、頑なではなくなることってある。それがちょっと大変なことであればあるほど人が変わったように一生懸命尽くしたり出来るのではないか。今日そんな話を聞いた。人は変われる。そうして、その人は幸せになるのだと思う。お世話をされる人と一緒に。


幸せって、平穏しか知らず、辛い事も苦しい事も知らない人には分からない。色々大変だったから、楽しい事も分かるし幸せだって思える。有難いと思えたら、それだけで幸せになれる。苦しいことが多ければ、それだけ幸せは大きい。幸せは心を満たす。温かく気持ちが良い。生まれてから、苦しい事も辛い事も無かった人はきっといない。

アランは、幸せは義務、と言う。生まれた以上幸せでなければいけないという事。今ここにあることを、自分がいる奇跡を感謝すればいい。それだけで良い。悲しい思いは単に気分なのだ。大事な自分のために、そんなものは打ち捨てて、楽しい気分に書き換えればいい。

一人でも、美しく豊かに生きたい。楽しく幸せに、威厳を持って。心の中には何でもあるから。ほら、幸せが胸いっぱいに満ちてくる。想いを抱き締める。


いつも元気な嫁さんの顔が不機嫌になった。腕白達に呆然としているようだ。年の近い息子二人は思う以上に大変だろう。私はこんなに子供一筋ではなかったし、とても真似はできない。仕事もしなければならなかったし。人にはそれぞれの生き方価値観がある。物事には何でも両面ありどちらが良いとか一言では片付かない。それぞれ信じた道を行き受け止めるしかない。

夢を見た。夢の中で気になっている人が窮地を救ってくれた。でも誰だかわからない。よく知っている人のはずなのに。車を走らせながらゆっくりと温かい眼差しの顔を向けた。ピカピカだった頃よりちょっと大人っぽいキムタクに似ていた。この人だっけ？　目覚めても楽しかった。

いつの間にか田中さんのことを普段は忘れているけれど、こうして書いていると、あの人の器や見掛けによらず芯の真面目な人だったことが思われる。一緒にいて楽だったし面白かった。誰でも受け入れ思いを大事にするあまり私には迷惑なことだったけれど、私の、運命の巡り合い、だったかもしれない。

生きていてくれたら、二人で良い老後を過ごせたかもしれない。

みんなでデパートへ行った。チビは大喜びで「バーバッ！」と言って、ずっと手をつないでいる。握った手が汗ばむと反対の手で私の湿ったままの手を握った。この子は何でも分かっているかのようだ。ちょっと贅沢な買い物をした。贅沢は楽しい。これからは少し心をほどいて豊かになろう。でもいつも贅沢はいけない、身を滅ぼすというから。味を占めると引き返せない、見栄を張るようになる、贅沢は見っともない、意味がない。足る、を知らないといけない。欲張らなければ皆、幸せになれる。私はこれで楽しんだから当分贅沢はしない。デパートのお寿司屋でカズタンが、持ってきたベビーフードを口に入れて貰って一生懸命食べている。

帰りの車で息子が「おじいちゃんは、偉い人だったね」と言う。「うん、大きい人だったね」突然、何故おじいちゃんのことを言いだしたのか。まるで私がこのところずっと父のことを考えていたのを知っているかのようだった。命は繋がっていく。

ヨシ、タクタン、イクジョ。ソレーッ！　エーイッ！

歌を聴いた。解き放たれたように歌い上げる声は沸き上がり、いっぱいに広がって、その声が体を包んでステージを覆うのが見えるかのようだった。確かに、すくっと立って姿はそこにある。手を広げ、歌に包まれ、ただ立っているように見えた。歌が勝手に流れ出るかのようで一瞬呆気にとられた。完璧なリズムで軽やかにダイナミックに、歌い込まれ造作なく流れて大きな波となって会場を包む。人間が歌っているように思えなかった。その声に包まれ、楽しく心地好く幸せだった。生まれて初めてそんな歌声を聞いた気がする。まさに、さらさらと流れ出たのか。

一緒に聴いた人は圧巻だったねぇと言い、昨晩は興奮して眠れませんでした、とメールを下さった。私も生涯忘れることは無いだろう。あの人は歌を愛する人にとって宝なのだと思う。

この人の本気には上があった。次に行われたコンサートでオペラに対する情熱とスケールを見せつけた。圧倒的な声量と安定感、そして歌に込められた表現力に誰にも負けない熱い想いが溢れていた。

そしてさらに大きなステージ。堂々と歌う声は広い会場に楽々と響き渡り、歌声は時にオーケストラと快く混じりコロコロと喉で転がしているように聞こえた。圧倒するように流れる美しい歌は深く心に沁み、言葉の意味は分からないのに感動する。観客は興奮して拍手を送り続けていた。凄い。大きな舞台になるほど凄くなる。極限の集中と冷静さのバランスを平然と保っているように見えた、自信に溢れて。きっとまだ高みを目指すのだろう。この人は人を幸せにしている。

友人が帰ってきた。持病があるから抗がん剤は使えない、手が付けられないと病院側は治療法に随分困られたらしい。難しい２度の手術はあったし、それなりに体力を消耗したと思う。けれど退院して全く普通にしている。抗がん剤でボロボロになる人を見ていたから、あまりに普通でみんなが拍子抜けするほど。一時は周りも途方に暮れるような、先の見えない状況だった。

分かってくれる人が居るだけで勇気が貰える、と言って病院の話を面白く話してくれた。日常生活しか見えない人には伝わらないと言っていたけど、この人の面白く語る話は、みんな大笑いして聞く。やっぱり逞しい。

何度か入院したから、一緒に見舞いに行っていたけれど田中さんが先に逝った。

抗がん剤は元々使う気はなかったと言っていたけれど、大量の野菜やレモンが幸いしたに違いない。田中さんが癌だと分かってから本をたくさん読んで、その中で抗がん剤の恐ろしさを感じてきた。今回、彼女は自分のことだから、より切実だったろう。これと思える納得のいくことが書かれた本を読んで実行した。そして、末期のがんも何とかなると思えるようになった。彼女の生きる気力も大きい。

2回連続で出た人間ドックの私の乳がんの疑い、今回は「心配のない状況」に変わった。野菜ピクルスからほぼ1年。

彼女の入院した病院は義父の亡くなったところで田中のご両親も入院していた。もし最初の入院を地元ではなく、そこにしたら彼の人生は違ったかもしれない。治療は二つ同時には試せない。どの方法が良いかは結果でしか分からないが、自分が信じた方法でするしかない、それがベストと信じて。心配するだけでは戦えない。本当にこれでいいと思える道を見つけて、手を尽くした人に道は開かれていると思う。病気も障害も対応は同じ、待っている、お任せしているだけでは良くならない。

海老蔵さんはコロナが少し収まったかというタイミングで、歌舞伎をもって全国を回られたという。その間にコロナはまた勢いを増した。そして挑戦する様に最後まで終えられた。一人の感染者も何百人も居る関係者から出なかった。芸術や芸能の息吹に触れたくて心が渇きそうになっている大勢の人の心を満たし、関係者の経済的支えになっただろう。こんな時期に、万が一のことがあってはいけない。ひたすら自粛も正しい考え方だと思う。

海老蔵さんは勇気をもって興行をされた。絶対にコロナは出さない固い決意で行われたという。万が一が起きていたら、どんな非難が待っていたか知れない。賞賛と非難は紙一重のようだ。素晴らしい勇気だと思う。この時期に何かをするのは、どれだけ大変だったことだろう。

若い時に観た時、舞台の後ろの方に居る場面で、舞台の上なのに気を抜き遊んでいるように見えた。随分変わられたと思う。多分元々、今のような厳しさを持った方だったのだろう。

もし、例えば1か月だけ完璧に人との接触を断つことで、全てが元通りになると分かっていたら誰も敢えて行動はしないだろう。

　大切なのは人にうつして広がらない事なら、自分以外は全員が罹っていると思って家族同士でも徹底してそのように行動することにすればいいか。ＰＣＲ検査で陰性と判定されても、その後すぐに何処かで感染するかもしれないから安心はできない。

　ランチに出掛けると外からは分からなかったが、満席に近くお客さんが入っている。通常の満席ではなく、間を空け、席を離しての満席状態。お店もお客さんも出来ることはしているのだ。

　落ち着いていたのに、また、感染が増え始めた。営業時間の制限が続くのはお店の方も困るだろう。出歩く時間を減らすことは大きなポイントだろうけど、混み合わない為にも誰も店にいない時間を長くするより、入店制限や設備、接し方や席の配置、店内の過ごし方などの決まりを徹底して、山梨県のように、守るお店に営業許可を出す方法は難しいだろうか。チェックの人手の問題はある。時間内なら感染させる行動をしていい訳ではない。テレビに出ている専門家の方々は政府のやり方を批判している。良い方法があるなら国はそういう人たちの知恵を活用しないのかな。

　皆で、みんなが罹っているつもりの用心、見えないもの相手だから簡単な話ではない。皆さん仕事をしなくてはいけないから本当に大変です。医療に従事している方達は使命感で頑張っておられる。科学者の方は凄い！

　コロナは初め半年もすれば収まるかと思えた。先が見えなくなり旅行もいくつかキャンセルした。

10年前の地震では毎日津波の恐ろしい様子が流れ、それ以外の番組は消えた。今は毎日コロナ、しかも世界中。半年もするとコロナのおかげでというニュースも出るようになった。対策商品が開発され、人に会わないために外食をしなくなり宅配が増えた。東京五輪も分からなくなったが、何とか実施するらしい。池江さんは凄い！　延期になったおかげで間に合った。凄い！

日本のデジタル化の遅れが露呈し、その事実に誰もが驚いた。何だか色々遅れている気がしてくる。それにしても、各自治体のやる気度が違う。この時期、体の都合で学校にいけない子供に何とかオンライン授業を実施する街、しないままの街。他で出来るなら、と思わないのだろうか。色々な窓口に工夫などしない利便性などほったらかしの担当者は居る。そんな仕事ぶりが楽しいはずは無い。

１００年前にもスペイン風邪の大流行があって、亡くなった方の数は凄いことになったらしい。終息までに数年かかったと。このまままいつまでもマスクをする生活になるとは思えないけれど、終わる事のないまま共存の道が探られるのか。ワクチンで生活を取り戻せるのか。ワクチンはどうやらインフルエンザと同様、毎年しないといけなくなるらしい。それにコロナは地球温暖化と関係がありそうだという。世界中で起こっている異常気象はもう、１００年に一度とか言っている状況ではなくなってきている。世界中が真剣に取り組まなければいけない状況になっている。

それにしても企業の逞しさ、人々の元気さ。心や繋がりを求め、その大切さを考えさせる報道も多くなった。優しい人たちもコロナで増えたか、姿が見えるようになった。繋がろうとする心は美しい。

私たちは、出会えた人、縁のある人達とどうしたって繫がっている。それが運命だから。だから大切にしたい。外に出れば共感しあえる人たちや面白いことと出会える。私はまた好奇心を振り回して生きていく。明日も今日と変わり映えのしない日かもしれない。ちっとも進んでいなくてもそれでもそれは掛け替えのない、大切な一日。

怖かったのは、人の思いと時間かも知れない。毎日、決まった時間に同じ場所へ行くことが出来なかった。集合時間は物凄いストレスになる。試験に遅れそうな夢を何回も見た。いつも集合場所に急ぐ。朝も自然に起きたい。社会生活に向いていない。

繊細と言えば笑われただろう。感じ方や価値観や思考の回路が違うのかも知れない。世界がもし非常時だったら合わせることができただろうか。今の様には生きるのは難しいだろうだろう。これでもかと言うほど、逞しく生きてしまった。どちらも自分なのだ。こうして書いたおかげで、晒してしまった緊張感はあるけれど、少し心が緩む。やりたいことは何でもした、世間知らずだから。

私より世間知らずはいっぱいいると気付いた。同じ世間知らずもタイプは色々。でも皆ちゃんと生きてきた。生きることは恐ろしい気がしたけれど、したいように生きた。今は生きているだけで幸せで心地よく楽しくなれると思う。優しい気持ちで接すれば、みんな優しい。どこでも繫がれる。

確かノルウェーは水力発電の豊富な電力を売っている。物価の高さに驚いたけれど、豊かな国。安全で人々は安心して暮らしている。どうしてほぼ完全に自由な国が北欧辺りにかたまって在るのか。きっと伝染している。その伝染は世界中に広まるに違いない。それは誰も傷つかないし誰も困らない。

ヨーロッパに育った文化や生活習慣は世界に広まっている。伝統や民族衣装はどこの国も大切にしているけれど、普段は多くが洋服を着ている。便利で動きやすいからだろう。多くの国が自由を手に入れたのも快適だから、人間にとって自然だからだろう。

インドはネール首相が国造りで目指した高等教育のおかげで、一部の人だけが飛びぬけて優秀でも多くの人は置いて行かれる、と思ったけれど、結果今のような凄い人材が世界中に進出することになった。教育は本当に大事だ。私たちが自由に考えていると思っていることだって、教育や環境や出会いや何かで自然にそのように考え選んでいるらしい。その自由が人の尊厳を守り幸せに繋がっていれば、その教育や環境は素晴らしい。いつか世界中がそんな自由を手に入れる。

言葉は凄い。人を動かすことも育てることも、自信を持たせることも無くすことも、心を支配することも開放することも出来る。活かすことも殺すことも、教育や環境を作ることも、恨みを生むことも人を幸せにすることも出来る。世界を動かすことさえ出来る。平和な世界を作ることも。

チームに誰かが入ってできる、または抜けてできる新しい人間関係で、色々な事が良くも悪くも変わることがある。それも一つの環境ということかもしれない。順調な関係に亀裂が起きたり大きな幸せに繋がったりする。

人間関係には相互の力関係も大きく影響する。親子でも夫婦でも「世話になっている」という思いがあれば、どこか遠慮しなくてはいけない気持ちになる。だから互いの「自立」は大切だと思う。しかし多くの家庭では、まったく経済活動などしていない奥様が誰より権威をもち大事にされている。最弱の強という事がある。それは実際、家族の優しさで微笑ましいのかも知れない。

人の幸せは人生の最後に、幸せだったと思えることだと若い時に聞いた。それだけで良いとは思えないという気がしたけれど、今この瞬間に感じていることが人にとって全てなら、やはりその最後に、安らかに人生を振りかえられるなら、ずっとそういう幸せな人生だったと思えるのだと思う。

途中で何があっても、傷だらけでも泥だらけでも良いのだ。人生は奇跡。こうして今ここにいるだけで、これだって私の奇跡。生まれただけで奇跡だし、すべては想いの中にあるのだし、それは自由になれること。人が思い通りに生きられる自由は何にも勝る。世界の国が自由を大切にし優しい人で溢れる。自由にプライドを持って、美しく生きられたら人は幸せを感じられる。「美しく生きる」そう思うと勇気が出る。毅然として心優しく慎ましく。そうだ、モルジアーナのように美しく逞しく生きなあかん。そう思うと元気が出る。人間にとって大切で守らなければならないものは、人と自然だろうか。

禍福はあざなえる縄のごとし、と言います。ラッキー！　と思えたことが何らかの禍のもとになり、それがまた幸福の原因になったりして、幸不幸は表裏一体、常に入れ替わりながら現れるという諺は、どなたもご存じだと思います。調子がいいと思える時こそ慎重に、そして進退きわまるような時にも却ってそれが大きな良かったに繋がることがあるから希望をもって前向きに、という事です。

本当にそうだと思います。何か大きな障害にぶつかっても、どうしたら乗り越えられるか頑張った人には、新しい出会いや展開が待っています。どんな時も道はないか、冷静に見ることが大事だと思います。ほとんど自分に言い聞かせています。天敵かと思えた苦手な人と、思わぬ親しい関係になることもあります。私はへそ曲がりで、できるからやれば、というようなことを言われるより、無理だから諦めた方が良い、と言われた時の方が人生にとってターニングポイントだった気がします。俄然「いいよ、やるよ」と妙に元気になったりするのです。その時に出るパワーで出来ることがたくさんあるように思えます。突然、ぼーっと生きるのを中断して、真っ向勝負で頑張るのです。

私に繋がったたくさんの命は、大きなうねりで禍福を迎え乗り越え、続いてきたと思います。私の命も奇跡、あなたの命も奇跡。そして私はこんな年になってやっと「そうだったのか」という、驚きに満ちた発見をしたりして、人生は面白い、興味深いと思いながら生きています。

美しく生きるのだから、へそ曲がりはもう止めないといけない、優柔不断も、それから……いっぱいありそう。とにかく筋肉を付けないといけない。気持ちよく生きるために、頑張りましょ！　一緒に。

「本を書いたら？」そう言った友人に「書いたよ！」と言ったら、「えっ！　本当に書いたの？　軽い気持ちで言っただけなのに」えっ！　ええっ！！

やっぱり、おっちょこちょいで乗せられた。

でもいい、お蔭で書くことになったし、色々考えることができたし、ちょっとちゃんと観るようになったし、真剣に伝えたい事を書けたと思うから。こうして私は、美しく生きる道を歩むのです。

# あとがき

8か月、9か月、毎日書き続け眼が壊れそうになって、もう戻らないかも知れないと思いながら、ちょうど全部の気持ちを仕事に向けていた時のようにパソコンに向かいました。

書くという行為は不思議で、引きずられるというか書き進むことで自分でも気付かなったことに行き付き、そうだったのかと驚いたり、書いても書いても、まだ足りない、書かなければならないことがある、それは何なのか。ほとんど意識下と対話をしているようでした。

大切なのは自分との対話だったのか。それは人生が変わるかも知れないほど大切なことだったと思えます。そうして自分と繋がることになったと思えます。それは人と繋がることに繋がっていました。心を開くことができるのです。もしかしたら新しい世界の住人になれるかも知れない。

生きることとは大変ですが、一生懸命何かをしていると、実に楽しく面白いことになるのが分かりました。そうやって頑張って、気付くと色々なことが見えるのです。それまで分からなかったことに気付ける自分がいます。幸せで楽しい気分です。これも本を書こうと思ったからです。一生懸命、外連味なく気持ちを言葉に移そうとしていました。だんだん力が付いてくるような気がして来るんですね。確実に何かがグレードアップしている感じです。感性とか感受性とか。それはとてもいい気分で楽しいです。やっぱり世界が変わります。どう考えたらいいのか曖昧だったことに答えが見えるような。半年、一年、あるいはもっと、何かに打ち込んで調べたり意見を聞いたりしていると世界が広がり、色々な繋がりができるのです。不思議です、何も話してはいないのに友人や知り合いが、まるで今私が何をしているのか知っているかのような話題を振ってきます。まだ出版のことなど言っていないのに書いている内容に近いことを言うんですね、驚きます。そういう勘の強い人たちがいるんですね。やっぱり潜在意識は繋がっているんだと思います。

きっと、私の中では読んでくださる方と、もう繋がっているのです。とても親しい気分で、嬉しくて仕方ありません。すぐ親しみを感じてしまう。それで何度もこけたのに、止まりませんね。

1章の「恋」は自由に書かせて貰いました。すっかり忘れている、繊細な、青くて傷だらけの魂だなあと感動しました、と言って頂いたので初めに持ってきました。

楽しいでしょう？　こんなことがあったら。もう手元には無くても、恋のドキドキはやっぱり、味わいたい、心の、何というか栄養剤のようなものですね。

自分の思っていることと、人のそれは随分違うかもしれない。でも、違うから面白いし、お話もできるんです、きっと。似た人に会えるのも嬉しい。

仲間と寄り添うことが生き残るために最も重要と、この後の付録にも出てきます。仲間と楽しみ体も心も動かしましょう。生きている間は動けるように筋肉をいっぱい付けましょう。瞑想の会で行っている運動は、成果と共に健康本として本当は写真付きで解説して体を動かしていただくのに役立てたい思いで一生懸命書きました。実際、この部分の表現は、どうしたら伝わるか、すごく時間がかかりました。どうぞ、こんな風かなと、ぜひ試してください。本当に元気になります。

背まで70代で伸びるって、すごいでしょ。膝裏を伸ばしたり良い姿勢を心掛けていただけですよ。

私にとってコロナは悪い事ばかりではありませんでした。もう、地に足は着いているし、それも個性だったと思うようになりました。もしかしたら、とっくに世間知らずなんかじゃなく、世間はそうだけど私はこうなの、と自由に対応しているかもしれません。世間知らずで恐れを知らないという事は、遠慮なく、どうやったら出来るのかを考えます。世間を知り尽くして物事を進めることが出来る人と、結局同じなのかもしれません。出来ると信じてしまうのです。

もう、私は出口を見つけたから大丈夫、心配は何も要らない。そういう気持ちで過ごせると思ったら、何か違う。想いが荒い。イライラしているような、いつの間にか穏やかさとは違う気分の中に居る。そうして、何だか人とぶつかっている。この角張ったものは何？

これはもしかしたら慢心？　生きる秘密を手に入れたと思ったのか、舞い上がってもう怖いものは無いと思ったのか、何でも思い通りになると思ったのか。何という事。確かにあのどこから来ているか分からなかった、命の深淵を覗く底知れない虚無、孤独感は消えた。だから、もうすべてが手の中にあり、自我をむき出しに生きて良いと思ったのか。

すぐに「ありがとうございます」の祈りと「感謝と謝罪」のメールを送りました。言っていることが何度も変わって間違いだらけで手に負えないと腹立たしかったけれど、良い。以前だったら、とんでもない、謝るのは向こうだと思ったかも知れない。

幾ら、何十年も顔を出した虚無が消えても、それで人を蹴散らしていくわけではない。やはり生きている限り、人には思いやり、寄り添う気持ちを持って向き合わなければ。

そう思い、やっと、穏やかな気持ちを取り戻しました。腹が立っても、その人はそういう個性だと思い、そういう時は少し見守っていてあげることにしよう。そうすると自分も傷つかないし穏やかでいられる。こういうことは、練習のようなもので段々自分のものになっていくと思う。

人間は日々道を見失う。これで良いなんてことはない。これだけ書いた後でも、ようやくそんな事に気付く未熟さ。でも、この繰り返し、これが生きているってことだ。

まだまだ先は見えないけれど日本にも世界にも素晴らしい英知があるのだから、きっとコロナはいつまでも続かない、また旅に出られる。

再婚して5年、夫が癌で亡くなりました。いつ頃からか健康のことを考えるのが日常の課題になり溢れている情報をまとめようと思いました。テレビからの情報が多いので、ご存じの事もたくさん出てくると思います。どれもが本当かどうか実際のところ分からない。確認したいので、どこまでも続きます。

「健康の情報」として、まだコロナはこれからという時期に一旦まとめ、会えないので送ったらNさんから「真心を受け取ったような、さわやかな気持ちです」と返事が来ました。

本当です。それは家族にも社員のみんなにも友人達にも「見過ごさないで、役に立てて！　少しでも健康でいて！　野菜いっぱい生活で癌も治るかも知れないから！」と願う、真心で愛です。その一部を整理して付録としました。


何だか長々と冗漫でよく分からないけれど、面白かった！　と思って頂ければ嬉しいです。

出版に当たり、最初に応対して頂いたご担当者に「これは、エッセイだと受け取りました」と言って頂いた時、ちょっと嬉しく思いました。「これは自己啓発本で元気のための健康書です」と頑張りたいところでした。それが届けたかった気持ちなのです。

仕上がった本の表紙を見ると、その、凜とした美しさ、可愛らしさに嬉しくなります。挫けそうなとき勇気を貰える気がします。そうだ「美しく生きるんだ」って。（凄いでしょ。）

ポスターのように時々見ては、元気をもらおうと思います。


私のように失敗や思いがけない出来事の中を無我夢中に生きた人生からの、最後の、そして〝大きなお世話〟の、お節介です。何かを一生懸命するという事は、人の想いや色々な事に気付き、分かるようになるという事だという気がします。これまでに知り得たいろいろなことで、少しでも健康に元気に笑顔になってもらえたらと、もう知ってるよ、と言われそうなことまで、心の友として全部を伝えようと思ったのです。本当は怖くて最後まで踏み出すことに躊躇いがありました。もう戻れないかもしれない。本屋さんに並ぶ沢山の本を見ると震えます。誰が読んでくださるのか。役に立てるのか。

あのたくさんの本から選んで読んでくださって、本当に本当に、ありがとうございました。

美しい輪が生まれますように、日本中に！

2021年4月

# 【付録】お節介リスト

## 健康で、長く居ていただくために

### １　お茶を１日に、３〜４杯飲んでください

緑茶、紅茶、ウーロン茶、コーヒー、何でも。ポリフェノール、ケルセチンが豊富。抗酸化力で毛細血管を、若く保つ。老化防止

### ２　ピクルス

野菜を食べやすく刻んで容器に入れ、ピクルスが美味しくできる酢を注ぐだけ。半日で食べられます。１週間分くらいは作り置きできます。ごはん茶碗位の器なら、軽く１杯くらいを、できれば、１日２回食べる。その他の野菜もできるだけ取り入れる
食べるのに少し時間が掛かりますから、食事時間を５分か10分、長めにとって、よく嚙んでゆっくり食べて下さい。疲れが出なくなります

お勧めは、人参（よく洗って皮ごと使う）、玉ねぎ（春から初夏に出回る、新玉ねぎは特に美味しい）、そしてキャベツ、パプリカ、セロリなど。何でも使えますが、液がすぐに薄くなる、水分の多いものは避ける
人参と玉ねぎは欠かさない。お酢は、減った分を少しずつ注ぎ足して、そのまま何回か使えます。少し薄くなったものはピクルスを食べる時に一緒に器に入れて飲む。野菜エキスたっぷりの体に良いお酢も取れます
ピクルス用の酢は、砂糖が少ないものを選ぶ。１〜２割くらい純粋な醸酵酢、米酢などを足すと良い（砂糖の多いものには、多めに足す）

スムージーも好みの野菜や果物で美味しく簡単に摂れる。急ぐ時は作り置きのピクルスにリンゴなどを入れて作ると美味しく手軽

### ３　ビオフェルミンや、エビオスを食後に

4　ヨーグルト（出来たら無糖を）を毎日食べる
ここに、スプーン１杯のハチミツを入れると相乗効果でより腸内を綺麗に。さらにオリーブオイルを足すのも良いです
ハチミツを入れる場合、ヨーグルトは無糖にし、おやつなどの糖類を少し控えることが大切　糖質を単純に増やすと中性脂肪の増加に繋がります　運動なども意識して行う

5　出来るだけ大豆製品を毎日とってください。抗老化食材
納豆や赤ワインなどの発酵食品、緑黄色野菜に含まれる、5-ＡＬＡ（天然アミノ酸）は新型コロナウイルスの増殖を阻害するとの研究結果も

6　その他、キノコ類、イモ類、板海苔、柑橘類、ピーナッツやアーモンド等の木の実類、中くらいの梅干し１個を、出来るだけ毎日
（柑橘類やハチミツは認知症予防にも）

野菜は干すと美味しさや栄養分が格段に上がるらしい。お天気の良い日に、野菜を薄く切ってざる等に並べて干してみてください
半日以上干す。農薬の掛かっているものは皮をむく

7　短い時間でも、心を癒す。瞑想や、ぼーっとするなど
よく寝る。軽い筋肉強化（膝裏伸ばしと、肩甲骨の運動を忘れず）
散歩をする。週に４～５回は、５～６千歩。坂のある道を選んで散歩をすれば、自然に筋肉が付く
週１、２回少し息が上がる運動をする

夕食は出来れば、少し早めに

テレビなどからの、健康のための情報を、まとめてみました。全部確かめたわけではありません

◎野菜を十分に（ビタミン・ミネラル・酵素・食物繊維）
◎運動をする　毎日30分以上の有酸素運動と週４回以上の筋トレ15分
◎８時間睡眠　良質な睡眠を得るために、入浴後１時間半くらいでベッドに入る。成長ホルモンは寝ている間に出る
◎瞑想をする　無理のない姿勢で、呼吸に集中

朝食には　　糖質・たんぱく質・カフェインを

たんぱく質　細胞を作り免疫力を上げる　筋肉を作るのに欠かせない　８つの必須アミノ酸は欠乏するとたんぱく質を合成できず、一つ欠乏しても他のアミノ酸も上手く働かない
筋肉の減少はリンパ球が減り、感染症にかかりやすくなる

脂質・油　飲むならオリーブ油や、オメガ３油
パンに付けるのもバターよりオリーブオイルがお勧め、野菜サラダにも

ハチミツ　１歳未満には与えない（菌の存在）
ビタミン、ミネラル豊富な健康食品　アミノ酸、ポリフェノールも豊富　咳止め・記憶力改善・強い抗菌作用があるといわれる　ビフィズス菌を増やす作用　ヨーグルトにスプーン一杯入れて摂ると腸内環境を整えるのに、より効果的

キノコ類　（菌類）ビタミンB1・B2・D・ミネラル・食物繊維・βグルカンが腸の免疫細胞に作用し、免疫力アップ　効果は種類によって異なる。ブナシメジは、オルニチンの量がシジミより多い

海苔　一日、板海苔１枚　血管年齢を若くするレバーに匹敵するビ

タミンが摂れる　必須アミノ酸をすべて含んでいる　水溶性食物繊維　疲労回復　血管を守る３つのビタミンＢ　B6・B12・葉酸　心筋梗塞のリスク軽減

ポリフェノール　抗酸化・抗菌・抗炎症・抗ウイルス・血糖値抑制　血圧を下げる・冷え性改善・傷が治る・老化防止・美白効果・インフルエンザ抑制　心疾患、脳梗塞、癌、認知症などを予防　お茶類に豊富

紅茶　（発酵食品）ビタミンＢ・Ｃ・Ｅ・カロテン・カリウム・ポリフェノール・カフェイン（脂肪燃焼・利尿作用・新陳代謝・疲労回復）　野菜を摂れない時は紅茶だけでも飲む
コーヒー　ワインに匹敵するポリフェノール
ウーロン茶　（半発酵）ダイエット効果・むくみ解消・老化防止・血圧降下・抗酸化
日本茶　ビタミン・カフェイン・カテキン（ポリフェノール）口臭予防・虫歯予防・抗菌・整腸作用・抗ストレス・がん予防・コレステロール改善　茶葉にはタンニン（カテキン）が含まれ、鉄を排出する性質があるので、鉄分の補給を怠らない　粉茶にして飲めば無駄がない

老化ストップ食材　　大豆　ポリフェノール／イソフラボン（女性ホルモンに似た働き）

ナッツ（木の実）
アーモンド　　ビタミンＥ・オレイン酸・食物繊維・抗老化・生活習慣病予防・便秘解消
クルミ　オメガ３脂肪酸・ポリフェノール・トリプトファン　抗酸化作用が高い・寝つき
カシューナッツ　鉄分・亜鉛・ビタミンB1　貧血予防・免疫力・疲労回復

マカデミアナッツ　パルミトレイン酸・オレイン酸　血液サラサラ・生活習慣病予防・美肌
レーズン　ポリフェノール・アントシアニン・食物繊維・カリウム　抗酸化作用・がん予防・動脈硬化予防・老化防止・鉄分補給・免疫力

柑橘類に含まれるヘスピリジン（ポリフェノールの一種）など　血流改善・血管強化（脳内の血流も改善）　柚子半個でヘスピリジン約500mg　果皮に多く含まれる（果肉の3倍以上）
冷えの改善や血液サラサラも　（夜間のトイレ回数を減らしたい方、オレンジなどを毎日少しでも摂る）

砂糖・塩　砂糖はミネラル豊富な、キビ糖などがオススメ
海塩などから取る自然塩は美味しく、ミネラル分豊富　岩塩は、海塩ほどミネラル分は多くない　黒糖はミネラル豊富

ビタミンD　たんぱく質の合成を促し、筋肉を増やす
キノコ類に豊富（油と一緒に摂ると吸収力アップ　てんぷらはオススメ）エノキダケを干すと、ビタミンDが断然多く、出汁やお茶として使える
血糖値を改善できる（オステオカルシン）日本人は不足している。日光に当たることで体内に生成される　カルシウム濃度を一定に保つ
骨の代謝を活性化し強くする　がん予防　日光浴は万能ビタミン

マグネシウム　全ての細胞内に分布　筋肉を緩める（カルシウムは筋肉を縮める）
そば・バナナ・海苔・豆・抹茶・くるみ・野菜・魚・椎茸・牡蠣・納豆・イチジク等に多く含まれる
不足すると疲れやすい・片頭痛・足がつる・便秘・ストレス・痩せられない

鉄分　スーパー栄養素　酸素を全身に運ぶ　アメリカは栄養状態改

善・健康向上のために、小麦粉などの食品に混ぜている。眼の、アッカンベーテストで鉄分が不足しているか、貧血の可能性が分かる（内側が白っぽい） 頭痛・肩こり・冷え性・疲れ 鉄分で血管も柔らかく蘇る
女性ホルモンと同じ働きをする。鉄鍋などを使うと自然に摂れる

亜鉛 血管の若返り 欠乏すると味覚障害を起こすことが知られている 牡蠣、肉、卵、粉チーズ、ゴマ、ナッツ類などに多い

糖尿病予防 １日30分程度の運動習慣 腹８分目 血糖値の上昇を抑えるには、まめに体を動かす 食事は野菜から、炭水化物は５分後
黄色い食べ物 （卵・かぼちゃ・バナナなど）血糖値を改善する 特に温州ミカン 食後に１個１日３個 生の果物には不溶性食物繊維も豊富で血糖値を抑制する。フルーツジュース製品には食物繊維は入っていない

認知症 85歳以上の約50％ ハチミツで脳の毒素を撃退、１日スプーン１杯（フラボノイド 強い抗炎症、抗酸化作用）

歯磨き 悪玉菌除去 認知機能改善
歯周病が関わる病気
脳血管障害・認知症（脳細胞破壊）・心疾患・動脈硬化・誤嚥性肺炎・糖尿病・早産・メタボリックシンドローム・骨粗鬆症・関節炎・腎炎など
　口内細菌は虫歯や歯周病は勿論、血管から入り込み、体中の色々な所で重篤な疾病の原因になるらしい。動脈硬化や脳梗塞、糖尿病、肺炎など、実にさまざまな病気を引き起こすことがあるというのです
　そして、きちんと磨くことは意外に出来ていない。小さいころから歯磨きはしていますから出来るに決まっていると思っていましたが、出来ていなかったのです。何度も教えて貰ってチェックを繰り返し、やっと問題ないですね、と言って貰えるようになりました

歯磨きを大切になさってください。できれば月１回とか、２か月に１回くらいは歯医者さんに通うのがオススメのようです。結果的に医療費が安くなるというお話も聞きました

インスリンの分泌量　朝は多く、昼、夜と減少していく　糖質は、朝と昼、摂るようにすると血糖値が上がりにくい

夕食後14時間絶食→ケトン体が多くなる。ケトン体が多くなると、体重・血圧・内臓脂肪・コレステロール改善
ケトン体　脂肪細胞が分解されるときに生じる物質　心臓老化ストップ物質　　心拍数を下げる。ケトン体が多い人は心拍数が上がってもすぐに下がる　睡眠中の心拍数にも違いが出る→心臓が休める

平衡感覚　　内耳を鍛える。つまずき、転倒を防ぐ。頭を傾け15秒キープ　衰えた神経を刺激　大股一歩、朝晩左右15回ずつ行う

寝たきり予防　小脳力
小脳力低下の原因　加齢・アルコール過多・運動不足
チェック　両足を縦に一直線にして立つ　そのまま目を瞑り、腕を組んだ状態で20秒立っていられたらOK

良い姿勢　骨盤が地面に対して垂直

踵落とし　骨を丈夫にする（血糖値も下げる）

血管ほぐし　手で骨までギュッと摑むようにして、表面を滑らすのでなく、摑んだまま上下に動かす。血液がしっかり流れ出す。皺も改善

体幹ストレッチ　仰向けに寝て下半身ひねり、上半身ひねり。膝を抱えてお尻を上げ、ゴロンゴロンと柔道の受け身の練習が良いらしい

足のセンサーを活性化するには　社交ダンス・ボックスステップ

ハッピーホルモン（癒しホルモン／オキシトシン）
タッチケアで出るホルモン（症状を改善する）　不安、ストレス撃退、認知症、痛みまで軽減、体も心も癒す　免疫力アップ、慢性の痛みも和らぐ
背中を両手で、下から上へゆっくりとマッサージしてあげる
抱き締めで、たくさん出る　触る側にもオキシトシンは出る
コンサートでも出る
（脳の中の扁桃体は痛みやストレスがかかると不安や恐怖を感じる→オキシトシンは扁桃体の興奮を鎮める）
仲間と寄り添うことが、生き残るために最も重要な手段
触れなくても出るオキシトシン　電話でハッピーホルモンは出る
スキンシップがないと食べ物や水分を十分に与えられても、赤ちゃんの成長は妨げられる

笑い　免疫システムに働きかけることは、よく知られている
癌やウィルスに対する免疫力を高める　脳の活性化・新陳代謝・自律神経・筋力アップ・幸福感・鎮痛作用・病気快癒

◎健康のために必要なこと
①免疫力を付ける　（細菌やウイルスに勝つ　人類は有史以来、細菌やウイルスの脅威に晒されてきた　今回の新型コロナウイルスも）
②抗酸化力のある食品を摂る（病気や老化を防ぎ、美容には欠かせないポイント）ストレスも活性酸素を増やす一因
③運動をする（筋肉をつけ、血糖値を下げる　体や脳の活動を衰えないようにし、血管の若さを保つ）
加齢や運動不足で筋繊維が細くなり隙間に脂肪が入り込むと筋肉の力が出にくくなり、さらに脂肪がたまる。炎症物質ができやすくなる

食べ物は驚くほど速く効果の見られるものがあります。「命は食にあり」
腸内環境をバランスよく保つことが重要（血流、免疫機能も高まる）
そして、人とのかかわりと瞑想（座禅でも、マインドフルネスでも）

テロメア　テロメアの長さが若さと寿命に関係する。細胞の染色体の先にあるテロメアは、細胞分裂の度に短くなり、細胞分裂が出来なくなる（老化）
テロメアを伸ばす方法があった。老化を遅らせることが出来る
短くするのはストレス　特に心配性の人は早く短くなる　短いと染色体の変異が起きやすく、がんの発症にもつながりやすい　脳の萎縮も起こる（特に海馬の萎縮）認知症
酵素テロメラーゼでテロメアを伸ばせることが分かった。ノーベル賞
エリザベス・ブラックバーン博士
ブラックバーン教授の挙げている方法
軽めの運動を週３回程度続ける・食事・睡眠・人とのつながり

瞑想　頭の中に光が差し込むイメージで、１日12分　ストレスを感じていた人たちのグループに、２か月間行う実験で、テロメアは平均43％増加した

４つの生活習慣
◎瞑想　◎有酸素運動（１日30分のウオーキング）
◎野菜重視の食生活　◎週に一度のカウンセリング
癌患者のグループに上記の４つの生活習慣を試したところ、細胞レベルで若返り、癌の進行も遅らせられることが分かった。テロメアの長さだけが寿命を決めるわけでは無い

瞑想は科学の対象に　細胞レベルでも効果があると分かってきた

友人やパートナーとの人間関係を重視。孤独はタバコと同じくらい健

康に害があるかも　３倍以上病気になりやすく、早死する傾向がある

鬱の予防　日々の散歩　癒し物質のセロトニンを活性化する朝日を浴びながらの散歩が、特にオススメ（朝日を浴びるとメラトニンの分泌する量や時間が調整され、体内時計の機能やリズムが調整される）フィンランドの研究では、１か月に５時間以上自然の中で過ごす人には、うつ病の人がほとんどいない（街中の公園でもいい）食べ物から摂取したトリプトファンは、日中に幸せホルモンと言われるセロトニンに変化し、夜になると睡眠を促すメラトニンに変化する
トリプトファンは大豆製品・乳製品・穀類・ゴマ・ピーナッツ・バナナ等に多く含まれる

自律神経を整える
３行日記を書く
①今日一番嫌だった、つらかったこと
②今日一番楽しかった、嬉しかったこと
③明日は何をする
　この方法は何か問題が起こった時考えを整理するのにも使えます

呼吸法　吐く２に対し、吸う１くらいの割合で呼吸する
吐くときに「あー」と言いながらゆっくりと吐く
３か月ほどで自律神経が安定してくる

呼吸数を減らすストレッチ　　一度に行うのは数回でよい
免疫が高まり自律神経も良くなる　ストレス改善　血圧低下　冷え症・肩こり改善
１）身体の前で大きなボールを抱えるような感じで指を軽く組み、体を前に倒しながら、お腹をへこました形で、ゆっくり息を吸う　腕を戻しながら息を吐く
２）後ろ手で指を組んで、下へぐっと引き下げながらゆっくり息を吐く、戻しながら息を吸う

**鼻呼吸**　鼻と副鼻腔で一酸化窒素NOが作られる　一酸化窒素は血流を良くし血液循環の調節に大きな役割を果たす　意外に鼻呼吸を正しくできていない人が少なくない
鼻歌を歌うと、無意識に鼻呼吸になり一酸化窒素を増やすことが出来る　腹式呼吸になる　横隔膜を刺激し肺機能を正常にする　自律神経を整える（リラックス効果）　音痴改善　鼻、喉の通りを良くする

**ダンス**　認知機能その他を上げるのに、最も効果的と思われる

生き生きと生活するために
１度体験したことを反復（再度経験）してみると記憶や感情が思い出され新たなエネルギーに
新しい友人を作る
人生を懸ける目標を決める
上機嫌は人間の第一の義務　　哲学者アラン

**座禅**　１日10分　座布団を敷いて、もう１枚を半分に折りお尻に敷き、骨盤を立てるように座る　深い呼吸がしやすくなる　右足を左の太ももにのせて組む　できればもう片足も太ももにのせる　目線は斜め下の一点をぼんやりと見つめるように　腹式呼吸を意識し、息を吸うときにお腹が膨らむように、深くゆっくり呼吸する　正坐でもＯＫ
自分自身と向き合う中で、リラックス効果が得られる

アメリカのゴア元副大統領の「不都合な真実」

地球の温暖化はもう待ったなしの状態です。私たちは、出来ることはしなければ、と思います

お水の事
　飲み水は買うという方もあれば、水道水をそのまま利用する方もおられると思います。日本の水道はとても安全で上質な水が供給されて

いますが、消毒に用いられている塩素で発生するトリハロメタンは、出来れば体に取り込みたくないものです
アイ・エム・ワイで扱っている「ヘルター」は高額でなくても簡単できちんと塩素を取り除き美味しい水に変える浄水器です。体にとって、水は大量に取り入れなければならないものですから、その安全性はとても大切です
息子は取り付けた時、買ってくるミネラルウォーターより美味しい、と言いました。兄も奥さんに、美味しい氷になった、と言ったと言います。野菜やお米のビタミンも壊さず、安心して洗えます
会社の創設時から水に関心があり、当時は海や河川の汚れが社会問題になっていて高額な浄水器がたくさんありましたから、安くて安全な浄水器をご紹介したくて取り扱いアイテムに加えたものです。気になる方は、一度お問い合わせください。
掲載したすべては主にテレビ放送などを参考にさせていただきました。ご自分の判断で体調などを考慮した上で取り入れてください。
元気で毎日を過ごせますように。

塩田智子
1946年生まれ　名古屋市在住
化粧品会社役員　日本心理学会認定心理士

美《うつく》しく生《い》きる
幸《しあわ》せの絆《きずな》　74歳《さい》の奇跡《きせき》

著者
塩田《しおた》智子《さとこ》

発行日
2021年6月25日

発行　株式会社新潮社 図書編集室

発売　株式会社新潮社
〒162-8711　東京都新宿区矢来町71
電話　03-3266-7124(編集室)

印刷所　錦明印刷株式会社

製本所　加藤製本株式会社


ISBN 978-4-10-910194-3 C0095
価格はカバーに表示してあります。